洪久坳叙事

一个“70后”的纸上村庄

梁瑞平 著

天津出版传媒集团
百花文艺出版社

图书在版编目（CIP）数据

洪久坳叙事：一个“70后”的纸上村庄 / 梁瑞平著.
-- 天津：百花文艺出版社，2023.1
ISBN 978-7-5306-8393-4

Ⅰ.①洪… Ⅱ.①梁… Ⅲ.①散文集-中国-当代
Ⅳ.①I267

中国版本图书馆 CIP 数据核字(2022)第 183087 号

洪久坳叙事：一个“70后”的纸上村庄
HONGJIUAO XUSHI : YI GE “70HOU ” DE ZHISHANG CUNZHUANG
梁瑞平　著

选题策划：王　欣　**图书插画：**何朝霞
责任编辑：由高峰　**装帧设计：**云上雅集
出版发行：百花文艺出版社
地址：天津市和平区西康路 35 号　**邮编：**300051
电话传真：+86-22-23332651 （发行部）
+86-22-23332656 （总编室）
+86-22-23332478 （邮购部）
网址：http://www.baihuawenyi.com
印刷：长沙市精宏印务有限公司
开本：710 毫米×1000 毫米　1/16
字数：230 千字
印张：17
版次：2023 年 1 月第 1 版
印次：2023 年 1 月第 1 次印刷
定价：78.00 元

如有印装质量问题，请与长沙市精宏印务有限公司联系调换
地址：湖南省长沙市岳麓区观沙岭街道西江庭院 006 栋 705
电话：(0731)85817162
邮编：410023

荐序一｜每个人都书写，历史便能更丰满

⊙叶立文

瑞平兄是资深媒体人，新闻工作之余，也默默书写着自己的乡土故事。按他的原话，是想“为卑微者立传，为平凡地纪实”。此番他寄来自己的书稿请我作序，作为曾经在武大一起踢过球的兄弟，我没有理由推辞。

在中外文学史上，从古至今，乡愁（乡情）都是一个永恒的书写主题。写作者既有舞文弄墨的专业人士，也有数不胜数的平民百姓。体裁也是丰富多样，有散文、随笔，也有诗歌、小说等。他们的诉求，既是抒发自我，也是记录时代；既是留存记忆，也是寄托情怀。

也许因为作者研习的是历史，从事的是新闻，所以这种经历使他有着记录的自觉。细读书稿，我不得不为他的努力与坚持点赞。毕竟，对于求学、对于进城；对于童年，对于中年；对于时代，对于世相……每个人都有自己独特的体验，如果每个人都拿起笔，写下自己独到的观察与领悟的话，那就是往历史的硬盘里增添了一份素材，使得历史更加丰富多彩、多元充盈。

书写曾经是一种只有少数人可以享有的特权，但是，时代在变化，技术在演进，随着自媒体时代的到来，只要愿意，人人都能书写，无论是朋友圈、公众号，或者博客及视频（这其实是基于视觉传播的书写）。

我认为，这有点类似于摄影技术的变迁，从专职摄影到“傻瓜机”摄影再到如今的智能手机“随手拍”，技术的进步终于填平了专业人士与普罗大众在影像记录能力上的鸿沟。

那么，当书写得到技术的加持，权利得到解放，乡土书写应该怎么写？

有人认为，书写乡土，追根究底是在书写一种生活，书写一个人如何处理与外部世界的关系。

国学大师季羡林先生有个著名的观点，一个人活在世界上，必须处理好三个关系：第一，人与大自然的关系；第二，人与人的关系，包括家庭关系在内；第三，个人心中思想与感情矛盾与平衡的关系（也就是人与自己的关系）。这三个关系，如果能处理得好，生活就能愉快；否则，生活就有苦恼。

瑞平先生的乡土书写，应该是在试图解决这第三种关系。我们可以感觉到，出身乡村的一些人在进城过程中难免有不适，甚至是困窘。虽然忙忙碌碌，有成功亦有失败，最难受的或许是灵魂，总觉得身心无处安放，难以妥帖。而通过书写过程本身，紧张与压力在某种程度上便得以纾解或释放。

在本书中，作者用文字回答了个人所经历的生活，也回答了生活本身意味着什么。最重要的是，他通过记录让我们知道，生存在江南湾村洪久坳的普通乡民是以什么样的方式来生活的，这也间接折射出20世纪三四十年代以来两三代人所生活着的世界是什么样的面貌。

尤其是，作者的写作跳出了小我的情感抒发，以超拔的眼光关注乡村里曾经有过的手艺人如木匠、篾匠、铁匠、砌匠等，那些乡邻离不开的器物如镰刀、扁担、风车、算盘……还有双抢、过年、赶墟等日常生活。

我最为欣赏的是关于乡村手艺人的“一人一世界”部分。随着时代的演进，有些手艺被淘汰，成为一个时代的背影，但毕竟是一门门活泼泼的技艺、一段段活生生的历史。这些手艺人都是不起眼的小人物，但是，小人物关联着大民生，他们的存在曾经不可或缺，他们的命运同样值得关注。

独具匠心的还有以器物为切口，回顾过往的乡村时光。如果器物能够开口说话，那么，它们无疑是来自生活现场、历史场景最有发言权的证人，见证过悲喜、进退，凡人的打拼以及始终不曾泯灭的人性，传承着绵延不绝的文化特质与精神内核。

难能可贵的是，全书所配的手绘插图，虽寥寥数笔，却重现了一些手艺与日常生活的场景，格外温馨，引人共鸣。

当下乡村的现代化及城市化进程，赋予了乡土书写许多新的课题。评论家汪政曾经把乡村写作分为“在乡式写作”“离乡式写作”及“返乡式写作”。那么，明显处于“离乡式写作”境地的本书作者，该如何选择叙述的立场？从书中可以看出，他的笔下既有挽歌式的，也有反思性的；有一些抱憾，也有不少无奈……但在我看来，存在的就是合理的，没有对错之分，只有不同价值观的选择。

有人认为，当下的乡土写作面临着几种困境。譬如经验表达的趋同化，以及乡土书写价值的同质性。至于如何突破这些瓶颈，当然没有标准答案，只是需要更多人的探求与尝试，不断丰富写作的主题与样态，并以鲜明的个人特色来确定自己的位置。

如果说本书有需要提高的地方，那就是理应更多地关注当下，描写正在进行的人与世界的互动关系与命运，而不是仅仅停留于虽饱含温情，却难抑几分忧伤的回忆层面。但即使如此，这本书的价值也是显而易见的，它是“大时代的一个小注脚”，是一个人对乡土社会及社会变迁的“管中窥豹”。

我来了，我看见，我书写。

若真能如此，那么，一个人的日子应是充实而无憾的。

（作者系武汉大学文学院教授、博导，湖北省作协副主席）

荐序二｜乡之恋与离之书

⊙王云飞

瑞平弟大作付梓之际，嘱我作序，令我既惊且喜。惊的是他周边朋友、同事多为湖湘翘楚，却给拙笔留下了一点空间；喜的是能够在他的作品上“涂鸦”，实乃荣幸之至。

翻开文本，一路畅读。故乡是每个人的精神源泉，本书以精巧之布局、平实之语言、诚挚之情感，谱写了一曲转型期乡村社会的记忆与现实的复调乐章。

非虚构文学不可避免地渗透着时代和文化的基因，在同一个时代中生活的人，心灵总有相通的部分。作者将其丰富的生活阅历和人生感悟，通过亲切温润的笔墨娓娓道来，展现出巨大的思想和情感张力，语淡而情深，带给读者丰沛的情感体验和审美体验。

一、万里乡心处处同

“洪久坳叙事”是“非虚构”叙事，“非虚构”之“非”，不在于叙述手法上完全摈弃虚构，而在于强调事件实证性的同时，鼓励采取必要的文字技巧以确保可读性。作者在历史记录中呈现文学性，又用文学述说着历史。情感的艺术表达是非虚构文学嫁接“非虚构”与“文学”的必要手段，作者在文本中眷怀故乡，以细腻的笔触带给读者唯美的乡村社会生活体验，以精致的细节描述撩拨人们对家乡的爱恋，激起心灵的感应。这恰好回答了每个人心中的疑问：为什么写故乡？

作者青少年生活的记忆，是个人的经历，但当围绕个体历史呈现出“纸上村庄”时，个体历史便成了一个时代的记忆，家庭纪事也成为国家大历史的组成部分。作者的追忆与怀想从20世纪70年代延伸至21世纪，记录当下也辐射家乡遥远的历史。大到山川江湖，小到一草一木，再到平凡人物，文本中的时空在故乡风物、历史、文化和故事中任意穿插。回忆有共性，生活在一个时代的人，阅读——不论喜悲——也是再走一遍人生轨迹的过程，其中的真情、感动、趣味、悲伤及精神失落都无比真实。

明月有情应怜人，时时携游去故乡。作者用心书写故乡，故乡因之而生动鲜活。每一篇短文传递的都是对故乡的爱恋，正因爱的深沉，所以对故乡之事挖掘起来也格外精心细致。多元的主题提供了多角度审视故乡的视野，不仅传递出思想的火花，也呈现了一种立体的生活模式，进而展示了一种多维的文化模式。通过“洪久坳叙事”，在大历史背景之下，文本构建了由自然环境、风土人情、社会生活和家长里短组成的，并超越了四者简单相加的、具有空间性和可感知性的一个时代人们的生产生活方式。

本书语言自然流畅、艺术手法精妙高超，阅读文本带给我们极强的审美体验。另一方面，文字中潜藏了巨大的情感势能，为读者描摹了乡村社会内在肌理的清晰生动的历史线索，不仅照亮了惰性思维下的视野盲区，也深刻提醒着我们亟须关注大转折时代的社会生活和人们的认知模式。

读者面对这一篇篇作品，既可以欣赏作者行云流水一般的文学叙事，又可以读出湘东南的风土人情和历史延展，在同喜同悲中感受到乡村文化的异质和人类情感上的共鸣，它是一种文化记录和传承。故乡的社会存在造就了作者，读者在作品中发现一个时代的社会存在。

二、故乡倦游思千重

这些年，我和瑞平不约而同，从不同的视角开始书写自己的故乡。我眷恋故乡万籁有声，这是自然的音乐，每一个音符都可能把我导向故乡；他围绕个人经历展开故乡叙事，却也触摸到了我最为敏感的神经。故乡情结是先验的，不知不觉中，我也翻开了故乡的一页。

我们这一代啊，精神深深地嵌入到故乡内部，无论未来获得的知识和经验是什么，都附着在故乡这一精神骨架之上，与之相互渗透、相互融合，缠绕着个体的知识和记忆，难以剥离。故乡是每个人的精神皈依，是动力的源泉。每当夜深人静之际，思绪信马由缰，心灵在体味故乡的自由、广阔与无忧之中。这种精神的遨游体验扫除了外部世界带来的疲惫和困扰。故乡的玄妙力量，得益于其声响的频率与人体细胞的频率产生的共振，这种共振使得身心愉悦达到最大化。异客倦游，思乡千重，每每是“浮云游子意，落日故人情”，故乡是精神的依赖，是思考的物质基础。

故乡也是一个矛盾体。一方面，游子希冀故乡保持着原貌，归乡时能够在每一个熟悉的场景中获得已然成为历史的情感体验。乡土之美，美在恒常，所以希望故园静止，美景不变。另一方面，又希冀故乡繁荣富足，看到乡野中现代化进程的气息。文本中呈现的故乡场景的变化，惆怅与彷徨在隐约之间，作者不忍指出城市化进程中出现的故乡衰败，更害怕任何人破坏心目中故乡的美好，“只要你心里有她，还时刻牵挂着她，故乡就依然充满着生机和希望。”

一个人年轻的时候，情怀是诗和远方，是渴望摆脱故土羁绊。直到独在异地，远离故土，才可能突然醒悟到故乡有诗，故乡是远方。在万里别吾乡中，远方的故乡早已凝练成诗。其实，故乡本就是诗化的存在……

离开故乡的人，永远处在精神流放之中，作者称其为“彻底的漂泊者”。在大变革时代，一个人注定不能拥有故乡。在写到自家果园时，作者从侧面道出了对故乡衰落的隐秘忧虑：“总有一天，这个果园只怕会荒废掉。”这是对社会变化波及家乡的担心，背后是对发展带来不确定性的忧虑。

每个人从走出故乡的那一刻起，故乡的形象便在心中发酵，盘旋上升，直至神圣。故乡成了抽象的具体，抽象的是凝练成了一种精神，具体的是故乡的人格化。

三、感物怀归念故乡

本书的单元结构看似随意，实则在谋篇布局中呈现出作者精心架构之下的人格化了的故乡。从“一坳一风景”到“一朝一夕间”，作者将故乡一层层剥开，逐渐深入到故乡的“五脏六腑”。

透过文本，我们看到的是故乡变化的容颜、包蕴的情感、跳动的脉搏、隽永的韵味以及物化了的故乡的构成。故乡是具体的，它是村落、山川、河流、田野，是一个个清晰的物象，是生动的人和独属于他们自己的生命历程。历史的年轮一溜烟从故乡掠过，但是，心灵中神化了的故乡和它的故事却永远不会老去！

父爱如山，母爱如水；父亲母亲，永远不老！在“纸上村庄”，父亲一锄锄地整理着果园，背篓中依然放着一本书；油灯下，父亲仍然娴熟地拨弄着算盘；与父亲一起吃米粉，陪着父亲一起卖鸭蛋，“村庄”中永远有一个感恩的少年在等待，等待母亲在鹿歧做好的红薯粉丝……

兄弟之情如酒。坚守在故土的大哥，活跃在乡野田间的二哥，都凭着聪明和执着，顽强地创造属于自己的美好生活。他们是吃苦耐劳的表率，是家庭精神的传承者。历史已经见证，情深似海是手足！每个人的历史中，都会有“内伤”，走进了历史便可感知人类的情感，便是对人性的歌颂，永恒闪耀着人性的光辉。深邃的爱，是对情感的信仰，爱与被爱，都因此而更加安详和愉悦。

故乡是具体的，具体到人和围绕着人而发生的故事，例如那些走村串户、如今已消失在商品经济大潮之中的剃头匠、补锅匠等。他们曾经是乡村社会一道靓丽的风景，是每个人怀念的故乡的一部分。

在作者的笔下，故乡的每一个器具似乎都有了灵性。不是因为故乡的一草一木被神圣化，而是它们本来就是神圣的。他给普通人、普通职业、故乡的器具等立传，是将曾经如此美好的故乡的生机和情趣留下。

本书的展示方式仿若作者扛着一台带有多功能广角镜的摄像机，读者跟在这台摄像机后面，便可一睹其故乡容貌的沧桑变化，从“水渠消遁”到“池塘荒芜”再到“消逝的渡口”，唯有“水库坚守”……故乡的人和事历历在目，眼前的现实，转瞬就是历史，而历史中的生活才是永恒。

在我看来，《洪久坳叙事》以个体命运贯穿数十年的乡村历程，以群体遭际展现多维度的农村风貌，以眷恋温情的心态追忆和回望故土，谱成了一曲铿然有力、曲风婉美的乡土歌谣。

（作者系历史学博士、安徽大学社会与政治学院教授）

目 录
CONTENTS

第一辑 一坳一风景

第二辑 一生一世情

第三辑　一人一世界

第四辑　一物一菩提

第五辑　一朝一夕间

第一辑

一坳一风景

坐标鹿歧峰

每个人心里都会有一座山。

这座山也许是用来仰视的，或者是用来向往的——譬如我从小就期望抵达的衡山、泰山、黄山等五岳，还有今年十月份邂逅的、横贯大西北的祁连山等。至于那些经由地理书而熟悉的昆仑山、秦岭、横断山脉甚至珠穆朗玛峰等，有些一辈子也只能在梦里念想了。

老家洪久坳近旁的鹿歧峰，虽然不高，海拔也就将近三百米，但对于我来说，也是值得一辈子仰视的。不过，如今更多的是用来寄托想念——想念那座山，山里穿行的那些岁月，以及山下的小村庄。最主要的，当然还是那些亲人与乡邻。

选择某个早上，驻足于县城五一路周边高楼，隔耒水东望，隐约可见起伏的山峦，绵延恰似一道屏障，拱卫着耒阳这秦汉时就已建制的古城。这屏障便是我始终萦绕在心的鹿歧峰。

相传中原逐鹿至此，遇歧路，苏仙（即桂阳人苏耽）引鹿入峰，相伴修道成仙，故得名“鹿歧峰”。寓意劝天下英豪急流勇退，上山学仙人修道。

这山，谁也不知它的年岁有多老，但肯定够远古，至少比有人类活动踪迹的年代还要早。是的，于山所见证的时空而言，人不过如一阵微风，轻轻地拂过。如我爷爷、我奶奶等一样的大多数村民，一辈子就在山里与田间奔走与劳作，最终化为尘土，安睡在山麓某处。

这山，方圆只有近十平方公里，面积不大，名气可不小。很早就入了耒阳八景诗——所谓“紫气腾腾马阜岭，白云霭霭鹿歧峰”。山有两峰，一峰形似笔架、另一峰则似一对突兀的羊角，故又分称笔架山和羊角仙。

坐标鹿岐峰

想念那座山
山里穿行的那些岁月
还有亲人与乡邻

半山腰上有“鹿峰寺”，门前一副对联，我比较喜欢——鹿隐三山横锦，峰藏一壁串珠。山顶亦有寺，名“上峰寺”。寺右侧山腰，有颇为知名的八卦井。传说西汉时期，桂阳人苏耽在此修炼成仙，用手指点出此井，故名“苏仙井”。后来，明朝状元罗洪先被朝廷解职，寻访到此出家，重修此井，并嵌入八卦，改名“八卦井”。

曾经，我对鹿歧峰非常熟悉，也许可以用“烂熟”来形容。这种熟悉，使得我几乎能从任何一个路径深入山体。不像如今的城市骑行客，列队蹬着山地自行车，只能从九队那边，沿着公路上行。

这种熟悉，主要是通过看牛和打柴累积而来。像力婆、力牯子等家里那些曾经养过的水牛，在寒暑假时，往往由我照看，一般都是随村里的放牛娃一起，把牛往鹿歧峰上赶。冬茅草丛里、杉树林竹林里、荆棘深沟里……牛们到哪里，我们自然循着牛道跟踪到哪里。

当然，我们最盼望的是春天。看牛的同时不会闲着，可以找很多乐子，譬如扯竹笋、品山莓（我们方言称作“三月泡”）等，尤其是三月泡，零星或者一丛丛点缀在毛茸茸的藤勾、童掌般的绿叶中，其色诱人、其味尤佳。我感觉，如今大棚里栽培出的草莓，也许更肥美、更鲜艳，依然无法与三月泡相比——这也许是出于自己的心理因素，也许就是事实本身吧。

鹿歧峰看遍了人世间的种种折腾。它却从不言语，只是默默地看在眼里，消化在肚子里——

山上的寺庙，拆了建，建了拆，只是香火似乎一直未断，显示出人之精神需求的柔韧与坚定。

山上的林场，20世纪50年代飞机播撒树种后，到80年代，已是满山葱绿，主要是杉树，还有松树、竹子等。可是，后来不知何故，有一年我回老家，发现山上的树已经被一股脑儿砍掉，说是要栽经济林，搞得山头像个癞子头，令人望着难受。

山脚下，斜贯着2000年通车的京港澳高速耒宜段。我很想知道，鹿歧峰它是否厌烦过日夜不息的车流所带来的嘈杂？唯一确定的是，往日那种简单、纯粹的宁静，已经难以找回了。

不知是从哪一年开始，每年正年初一，母亲必定要去鹿峰寺上香，祈愿新的一年家人平安、健康。我虽非唯心主义者，但也不反对母亲这种简单的执着，往往陪着（有时是开车送）母亲上山，看着老人家上香、叩拜，嘴里念念有词，那种虔诚，那种专注，已令人无法质疑其合理性。我甚至有点羡慕母亲这种全然投入的充实与幸福感——我还认为，类似于吃斋、对于未知世界的敬畏等这些自我约束，其实也是一种向善的力量。

有了小车之后，每次开车走京港澳高速回老家，过了衡南，再过了遥田，还未到下高速，远远地便能望见鹿歧峰，尤其是山顶高耸的电视塔。它们如同一个精准的坐标提示我，老家不远了，已近在咫尺！

是啊，不管离开故乡多远多久，都不要迷失家所在的地理坐标，以及家庭价值所天然赋有的方向与坚守——这些，应该一直是我们不容抛弃的心理坐标。

（原载2014年11月27日《长沙晚报》）

生我养我洪久坳

我生在洪久坳，同它“朝夕相处”直到十岁。

其后，我进县城上初中、高中，大学之后又赴武汉读研，我生活工作的地方，与洪久坳的空间距离是越来越远，可是，心理距离却越来越近，尤其是随着年岁日长，人至中年！

洪久坳的官方名称是鹿歧七组。这是父亲及我爷爷毓林公的祖居之地，一辈子也没有离开。

如何离得开？耕的地、呷的谷，喝的水、吃的菜，建的房、成的家，都在洪久坳，生活也许简单、朴实，却还算寡欲、清心，哪怕重复而艰辛——只有我是故乡的逃离者，一辈子漂泊在熙熙攘攘又功利虚伪的都市，心神不定、焦灼不安。因为，我们的基本需求、吃喝拉撒，真的无须这么多，我们所纠结缠绵的、不断递增的欲望，不少都是虚荣，甚至虚妄。

（一）

洪久坳湾村不大，我读初中时，全村只有十四户，几乎都是梁姓；还有文氏、张氏和黄氏各一户，其中张氏海峰他们如今已搬离洪久坳，文氏孝成等和黄氏头生等则早已迁居到了靠近村间马路的小学那一边。

所谓梁姓，其实也就是四个家族：毓安一支、毓凤一支、毓林一支和忠勉伯伯的父亲这一支。

翻开族谱往上追溯，不到四五代，他们都是亲兄弟，可俗话说，“最亲亲不过三代人”。这也许解释了，为何从我记事起，湾村里就不太平，明里暗里各家之间钩心斗角不止，甚至偶尔爆发冲突。

小时候，洪久坳有个正厅屋（实际上替代了祠堂），作为全湾村婚丧嫁娶、红白喜事的处所，是毓风爷家住着的。我们家的两间旧屋，就在正厅屋右侧靠近山边的位置；忠勉伯伯家（住房两间）在左侧，左右合抱，基本上形成拱卫正厅屋的态势。

正厅屋基本上满足了背山面水、坐北朝南的风水要求，正对门口塘，塘的外侧，就是无垠的稻田了，视野极为开阔，赤波峒一览无遗，天气晴好时，视线甚至可以直达沙头与灶市街。

洪久坳的田和土，都在湾村旁近，几乎把洪久坳如圆圈般包围。当然，有些祖山和油茶山在大岭背那边。也有些祖山就在洪久坳东厢的羊角仙，我爷爷我奶奶就葬在山岗上。

洪久坳是有故事的，可是，好故事不多，凄苦甚至凄惨的不少。

1944 年“走日本”时，洪久坳没能幸免。我爷爷被掳去当挑夫，几个月之后才逃回，这对父与子，不知抛洒了多少离别泪；而湾村还有人，遭遇了可恨的鬼子蹂躏之痛，终身背负耻辱。

听老一辈讲，1959 年涨大水，1960 年前后饿肚子，那日子过得真叫一个苦。直到分产到户，日子才慢慢好起来，有口饱饭呷了。

在没通马路之前，洪久坳也算是南来北往的交通小节点——往北即是灯笼湾，直通东鹿、黄泥坳，可以到达炭肥厂；往东沿着孝水冲水库的山坳上行，翻过山就是大岭背，再左拐右拐数个山冲，可以抵达庙背冲；往东南经石岭下、长胜村，可以去往大塘角或者走铁路桥过河，抵白沙和泗门洲；面对太阳落山的西向，经过赤波峒中间的渠道下行，依次是五队、四队、三队和二队，到河边就是早已消逝的易口渡（旧耒阳八景之一），过河便是金南村地界，不多时则到二中，再经行牌楼下而至县城。

对于大岭背，我有着儿时留下的刻骨记忆。具体年份不详了，只记得那是如今身在长沙的瑞胜哥娘过世时的事。那天是伯伯娘“上山”，我跟着送葬的队伍看热闹，可是，金刚们走得太快，跟着跟着我掉队了，一个人走在山间小道，越走越怕，仿佛树丛里有妖魔鬼怪，随时要跳出来把人吃掉，感觉格外恐怖，赶紧往回走，慌不择路、连滚带爬。

当然，也有温馨美好的记忆。

那是姐姐出嫁之后，母亲时不时安排我去江边邓氏她家走亲戚。走的便是石岭下、长胜、窑厂坳这条线路，过河还要经过姨外婆家门前。一开始是步行，后来慢慢有了单车骑，往往是带着母亲送的土特产过去，姐姐总要回点自家好吃的来。等于是满载而去，又满载而归。每次都是充满期盼与惊喜，路途也是格外欢快。

（二）

滔滔耒水日夜不停，一路北上奔向湘江。洪久坳也一样，天天送往迎来，年年生老病死；世事不断更替，稻作四季轮回。

在洪久坳这个小湾村，曾经毓凤爷年岁最长，如今父亲年纪最尊。

一直以为，老一辈在，规矩就在，礼仪常在——尊卑长幼，各各有序；不乱方寸，不缺讲究。

他们是如今挺流行的乡贤，有威望、能服众，愿出头、肯费力，说话重如泰山、处事唯有公心。

记得似乎是1990年代，洪久坳才通上电，那时是父亲任组长，他可真是没少劳神费力。之前家家户户都是一灯如豆，黑黢黢的。很早就睡觉，想看看书都不行，点煤油灯不方便，时间稍晚，母亲就要念叨了：一个是心疼煤油，一个是怕灯光太弱伤了我的眼睛。

又如简易马路进村，之前洪久坳人外出，一直都是走两排水泥砖砌的、连通八队的渠道，连骑自行车都得推着走，非常不方便。在父亲带领下，大家伙儿出工出力，通了路，也就通出了新希望。

洪久坳湾村再小，也是一个复杂生态的社会。曾经有过的不少传统风俗，令人回味无穷，温馨又和谐。

譬如，正月初一邻里间必定相互拜年，从湾村最年长的老人家开始，挨家挨户大声寒暄着拜年、问好，祝福健康、恭喜发财！即使某家与某家有过矛盾，也是“相逢一笑泯恩仇”，递上一支烟，请他喝杯香茶，或抿上一口米酒。似乎那些过节，从来不曾发生过。

又譬如，逢年过节或者遇上某人家里办喜事杀猪时，那家主妇会安排小孩端上热乎乎、香喷喷的猪血旺子，逐一送给邻里品尝，分享自家的快乐与丰盛。

还有，你家有磨台，打声招呼我就直接进你屋磨豆腐；我家的石臼，你要弄辣椒粉了直接过来捣——类似这种器物与工具的互助和共享，似乎天经地义；还有就是换工，今天你帮我家扯秧，明天我帮你家割禾……

可是，如今，一切都变了，毓凤爷不在了，元成堂叔搬走了，关键是记忆中的正厅屋已经倾圮，几成平地，仅剩下残垣一二，诉说着无奈与悲凉。

是啊，没有了祭祀用的祠堂（或正厅屋），上书“天地君亲师”的祖宗牌位该安放何处？逢年过节的公共祭祀又如何施礼？几乎年年少不了的婚丧嫁娶，连个办仪式的地方都没有。这是我最为挂心的事，我一直觉得，这也是作为湾村的洪久坳很没有脸面的事。

真心希望有人牵头，把洪久坳的这张面子给撑起来，我也愿意出点份子钱，贡献应有的力量。

（三）

作为湘南的一个小山村，洪久坳太普通了，但是，再普通的村庄，也有它的独到之处——有过荣光与面子、喧嚣与繁华，当然，有欣喜也有伤悲。

在村里人眼中，我或许算是给洪久坳挣过面子；早年修水库和近年来修高速，则给洪久坳带来过活泛与喧嚣。而假如某个孩子没照看好，淹没在池塘走了，洪久坳肯定要沉默寡言好一阵子。

印象中，在村头、靠近门口塘的东北角，以前有棵枫树，记得上面总长虫子，一到春夏之交，地上满是毛毛虫，树枝上则吊挂着不少拉丝的毛毛虫，令人毛骨悚然。也不知是哪一年，枫树竟然没了——毕竟我长年在外读书，对湾村的很多事，其实是不知情的，好似一个局外人，要事后听父亲或者母亲讲述，才能搞清楚个大概。

不知为何，洪久坳读书的人不多。我之后，靠读书走出山村的，几乎就没了。时光流转，如今能读书的，又在我们家，那是二哥的女儿文珏。

有人就有世界，洪久坳的人丁还算兴旺。目前繁衍已至“生”字辈，长者仍在“毓”字辈——上下已有五代,同处这一斑斓世界。如流水般生生不息，拼搏不止。

在各家自己打井取水以前,洪久坳有两口露天的水井。一口在李家湾门前，现在已不复存在，修建京港澳高速时给毁了；一口在湾村后背山冲里，但是，少有人挑水，没有人淘井，自然就荒废了，有一年春节，侄儿老冬陪我去看，里面鸭毛、杂物漂浮，令人恶心，不禁感慨唏嘘!

也许是2015年清明节吧，我回乡扫祖，看到洪久坳禾坪上，立起了一个不锈钢大水罐，靠近门口塘，里面竟然是二哥他们从孝水冲水库旁山间引来的泉水，由于地势有落差，这罐子里的水，便成了自来水，真是要佩服乡邻们出于本能的创造力。

最是无情时光刀，把人生砍得七零八落。我等“70后”，转眼入中年，不少离开了洪久坳，飘散在外——“70后”如肆秋、满秋等，“80后”如黑子牯一辈的，“90后”的一大堆（我已经叫不出名字，只知道在辈分上，他们要叫我叔了），他们依然在南方或者东方的城市里打工谋生，一年到头奔忙着，只是在春节时如小鸟归巢，全都返回洪久坳，享受短暂的团聚与温馨。

可是，这些年轻的洪久坳人，很多不愿或者根本不会干农活了，于是，稻田抛荒、池塘干涸，水渠消遁、镰刀寂寞……或许，久而久之，技艺失传，人心也会散掉。

也许是杞人忧天，我总是禁不住想到洪久坳的未来。

但是，关于未来的话题，答案终归在未来，谁也不能精准地预测与断言。

对于未来，我不敢乐观，却也不是太悲观——毕竟，风水轮流转，一些传统的元素，如今不是正时尚与流行着吗?

这，其实就意味着希望与生机吧。

（2016年2月9日）

溯江而上是故乡

世上的路有万千条，可是，几乎每个人，走了一辈子，也走不出故乡。

一个人的足迹也许有许多方向，可是，走着走着，他恍然发现，这一生，其实没有走出一条江，以及它的谱系。

于我，这条江，便是湘江。

时不时会默想，如果湘江能被比拟成一条时间之河，那么，沿着这条河一路上溯，沿途我将捞起大把大把的记忆，或不断激活自己的私人历史。而我们大多平淡如水的生活，应该没有谁能隔绝这些目光投向过往的冲动。庸常如我的几乎每个人，上溯的终点所抵达的，也许除了童年，便是故乡。

掐指一算，我在湘江边上，其实已经生活了十五年。

刚来星城那一年，我完全是误打误撞，进了现今谋职的单位。最初那几年，由于所学非所需，压力便大得有点夸张，甚至有时整晚焦灼，难以入眠。又换过一些部门，都是从头学起，边干边悟，慢慢地建立自信，累积业务所需的判断力、价值观和坚韧性。当然，也逐渐有了自己的一些价值判断。感谢这些历练与考验，它们丰满了我的经历、视野及表达能力，更强大了我的内心。

这十五年间，我所居住的地方，变化了几次，但不变的是，每年春节，我必定回到故乡，同家人围炉向火，谈谈既往、畅想来年。而正月初一随着父兄在村庄里给长辈与邻里挨家拜年，则是从不更改的传统乡村伦理。

如同时间始终向前，滔滔湘江水，日夜北去，从不停歇。

如果真的能够沿着江水上溯到二十年前，我会在同样濒临湘江的莲城，遇见刚好大学毕业的自己。

四年太匆匆，毕业那年我考研未上，难免有点失落与伤感。幸好那年六月，有首次在美国举办的世界杯，晚上盼着半夜看球，白天在球场放肆搏杀，精力充盈的青春，似乎可以任意挥霍，哪里懂得珍惜？

毕业的铺盖卷起，我的关系随着人事档案毫无悬念地打回原籍。九月份开始，每天无非备课、上课，同时以班主任身份，与一群将近六十名高一学生娃搅在一起，常常得与他们斗智斗勇。

沿时间之轴上溯到二十五年前。

那一年，是1989年。坐在那间三楼的高三教室里，我常常望着窗外那一江河水发呆。我始终记得，那时的我期望值并不高，只想走出小县城，即使只是考到耒水汇入湘江的那座城市——雁城，也知足了。

现实岂肯轻易地让人如愿？换句话说，没有足够的因（常常意味着加倍的付出），怎能盼来合理又合情的果？由于高一、高二几乎虚度了，所以不管我从进入高三起如何加油使劲，还是落榜了，蔫蔫地回到家，装作无事一样，却用加倍的努力投入到酷热难耐的“双抢”。

熬到八月底开学，我跟父母说想复读，理由之一是第二学期的复读费，我争取靠自己的成绩来挣（因为我知道，学校对于那些成绩排名前十的学生有激励，免一学期复读费），我也确实做到了。现在想来，是父母的这种信任和对于完全不可预知未来的投资，是家在我最艰难的时候依然站在身后，支撑着自己往前走。

沿时间之轴上溯到三十一年前。

那一年，我从村小毕业。事后才知道，我是当年仅有的两个进入耒水对岸的县城里读初中的一个。学校还没得寄宿，我们天天要撑船过河，我那一米四左右的身高与长长竹篙之间反差极大的对比，不免有点可笑，可这就是现实，至少这经历教会了我识水性，自在地驾驭一条渡船。

那一年，我无论如何料想不到，日后会在湘江边的省城定居下来，把满腔的乡愁，糅进文字、流连在梦中。

那三年，我的最大梦想之一，便是考上位于雁城、濒临湘江的“湖南三师”，毕业后当个小学老师。

其实，十八年前，我来到长江边的江城读研，貌似有机会走出湘江。可是，冥冥中有一股神秘却坚定的力量，拉着我回到了湘江边。那是因为，我的她，在湖湘，在湘江之滨，而她的名字里，便有一个“湘”字。于是，毕业求职时，我的范围便锁定星城……从此扎下根来，再不游弋。

其实，我还曾梦想跨过黄河，到京城继续圆求学梦。也许，是因为黄河与长江都已经大大逾越了湘江的谱系，令恋乡情结浓郁的我心里多了些犹豫，在面临种种选择题时，无形中向湘土这边倾斜了。

这些，除了归因于命中注定，别无解释。

（原载2014年6月8日《长沙晚报》，原题《此生走不出一条江》）

一棵树的逻辑

老家门前种的那棵法国梧桐，只差一年就三十岁了。

1983年，父母亲和大哥二哥他们，历尽艰辛建起了三间两层的瓦房。搬进新居后，父亲总觉得差了点什么，嗯，是绿意，是树！

也不知父亲是从哪里找到的一株法国梧桐树苗，还有两蔸苦楝树苗，很快栽在了房子的前坪和最外侧那间房的左侧护坡下。

人在长，树也不闲着。我一天天长高，这棵梧桐枝丫不断增多，个子也慢慢地拔高，似乎还在跟我比赛，无声无息中，树已经可以平视甚至俯视我了，枝叶更繁盛，树干更结实。张开的树冠直径估计三四米了，炎炎夏日里西斜的太阳光，经过它的遮蔽和阻隔，中间这间房的外墙，已经不再被烤得炙热。

那些年“双抢”回家，午饭后，我和哥他们，就会在走廊上，各自摊开一张折叠竹躺椅，前面摆上一张四脚板凳，用来架起疲累的双脚，全身舒展了，分秒钟内，人便在树荫里沉沉睡去。

不知为何，同时种下的三棵树，仅法国梧桐茁壮生长着。房前的那棵苦楝树，还在幼苗而弱不禁风时，就被家里那头牯牛用庞大的身躯来回磨蹭着挠痒痒，硬是给折腾死了；而左侧护坡下那一棵，也许因为太靠近村民挑水的路了（但凡有人经过，往往用手去拨弄一番），又或者地势太平坦，无法蓄积足够的水分，在长了几年后，也枯萎了。

也许，这棵梧桐它知道，在哪里扎根不是自己能决定的，但是，把根深深扎进土壤并四处伸展，以汲取养分，却是完全可以自我掌控的。

于是，水分足不足，环境脏不脏，树都不是太计较。它只知道安安分分地生长，死都不挪一个地方——哪怕时不时有家里洗衣的脏水，甚至涮锅的开水泼过

一棵树的逻辑

思念这棵树
就像思念一些人
我已经忘不了
老家这棵树

来，每天家里的垃圾也是直接倾倒在它身上，然后，才滑落到树旁的坑里——树始终对主人很忠诚。

很快，树的个子超过了二楼走廊的栏杆，又超过了房顶，终于有一天，它成了村子里最高的树，俯瞰着村子的人和事情，眺望高空和远处北去的耒水，轻风吹来，树叶沙沙作响，似乎在谈论和交流什么。

树还在长，树冠几乎横跨三间房的时候，村子里已经走了几位老人。树当然也看见一些娃娃出生，成长，劳作，以及这些娃娃的结婚生子，周而复始。

树有点不解的是，老人们故去的时候，人为什么要哭呢？活累了，年岁来了，便要歇息，回归泥土，这简直是天经地义，应该是没有什么悲伤的，就像它自己，终有一天，也要歇息，不是枯萎就是衰败，终至重新投入大地的怀抱。

树是一个耐心的听众，我有什么烦恼和心事，有时会站在二楼走廊上，手越过栏杆的空间，握住树伸过来的枝丫，对它说说，这时，它是忠实、值得信赖的倾听者；树更是一位身正为范的智者，沉默寡语，却堪称师表——

扎稳根，立得住，使劲向天空攀缘生长，以赢得更宽广的空间，并舒展生命的华盖。

这，或许就是树教会我的生存逻辑？

当我长时间看不见这棵树时（我更愿意把它看成老家洪久坳的精神标杆），一种淡淡的忧伤，便涌上心头，树成了我的一种魂魄，一种寄托。

思念这树就像思念一些人，我已经忘不了老家这棵树。

（原载 2012 年 5 月 24 日《长沙晚报》）

走在田坎上

不是每个人都有过走在田坎上的经历，就像不是每个人天生就是城里人一样。

那些走在田坎上的人，大多拙朴、简单、实在，有的甚至大字不识一个，因此，往往难免有点自卑。

不过，我一直在心底跟他们说，你们完全不必自卑。毕竟，你是靠自己的劳动与汗水谋生。再说了，天天踩着踏实的大地，清早的露水、松软却清凉的泥土、无穷尽的蚂蚁时不时快速经行你的脚面……这些，都让人倍感亲切、实诚，连晚上的觉都睡得格外安稳、香甜。

走在田坎上的这些乡亲，虽然视野有点局促，但他们依然保有朴素却永恒的道德底线：该担当的，不能退却；该尊重的，不容亵渎；该放弃的，不许悲观。

可是，如今的乡村年轻人，不再满足于走在田坎上，他们纷纷奔向了城市。当然，这路上有梦想，有挫败，更有“打掉牙齿往里吞”的忍耐与坚毅。

田坎是一条真实的线段，标识着不容置喙的边界，而且，具有庄严的法律效力；它也是真正忠诚的卫士，拱卫着主人的疆域。

大多数田坎是寂寞的，只有少数被村民走成路，走成喧哗，却因此常常显得疲惫，尤其是那些一不小心成为牛道的田坎。它的身板，便往往是千疮百孔，遍体鳞伤——为何呢？下雨天被牛蹄所踩过的田坎，会留有鲜明的蹄印，天晴之后，这些蹄印便坑坑洼洼，佐证着田坎的痛楚。

曾经，父亲天天走在田坎上。那时家里的经济来源，完全依靠父亲养鸭，那是以一枚枚鸭蛋换钱的日子——大姐和大哥结婚的支出，1983 年家里起新房的费用，我的学费，以及人情往来，等等。

父亲的装备无非是一根长长的赶鸭的竹竿，一个背篓，里面装有一张小板凳、一个饭钵、几两大米、几根咸萝卜条，还有中午要给鸭子们补食的满满一背篓稻谷。到中午了，父亲便用随处可得的柴火支起一个临时炉灶，把饭煨熟了，就着萝卜条，就对付了一餐。

即使过再多年，我始终无法忘记这样一天——母亲中午去给坚守在田坎上的父亲送饭，也许是过于疲累，母亲竟然一不小心摔下了田坎，篮子里装着的饭菜自然没了。我无法想象母亲当时的沮丧，但是，我能够理解母亲内心的愧疚与浪费了饭菜的心痛。

如今，我依然钦佩的，是父亲的坚韧，炎炎烈日下，坐在田坎上，守着满水田的鸭子。这种孤独、清苦时时提醒着我，父亲的付出，我不能不以成绩、成长回报。我更要以加倍的孝顺慰藉如今已年逾七旬的父亲，他和母亲的幸福指数，就是我的成就感。

田坎是一个舞台，几乎天天上演着悲喜剧。多年前我亲眼看见的那一幕，如今依然历历在目——那天，由于争水（争水是村民在农忙时常常难免的冲突），村里两个壮汉海峰与以从，在争执到白热化之后，忍无可忍了，便用锄头在田坎上对起阵来，结果是以从那一方惨败、血流成河。

感谢田坎，你提醒着我，凡事只能永不放弃。“双抢”的那些日子，扮禾后堆满两箩筐、重达一百多斤的稻谷，即使你已经精疲力竭，你也得把它挑回家，晾晒在禾坪上，才能坐在桌旁，端起饭碗，分分钟把一碗饭囫囵扒到嘴里。你说想在半路歇口气，得，歇吧，越歇你把稻谷担回家的距离越远啊，因为你早已到了体力的极限，反而不如一口气撑到底。

田坎有的有名字，更多的是无名。当然，不管有名无名，都是一种恒在，老家洪久坳的那些田坎，它们的名字有这些——十八担、台子上、条子丘、傅家下、后背冲九担……不管有名无名，田坎都承载着播种、收获，见证了农人的汗水与耕耘。

田坎甚至锻炼着人的利害计算与全局观。曾经，家里的牛是交给我看护的。因此，我就要对洪久坳周边田坎上的草情了然于胸，这样才知道，每天牵着力牯子出栏时，该往哪条田坎上走。再说了，万一草情好的田坎被别的放牛娃抢先“享用”了，我还得有备选方案。这，其实也是这个社会无处不在的一种竞争。

田坎无疑是乡村人的路，几乎是每天必走之路。关键是要走对方向，尤其是勿入歧途。因为曾有人说过，如果走错了方向，那么，你做得越多，只会离得越远。

不是吗?

（原载 2012 年 12 月 6 日《长沙晚报》）

井这一辈子

哺育了我二十多年的村里那口井，说没了就没了。那一年，是十二年前，京珠高速潭耒段正式通车。

这口井，在村后那片农田间，对面同组的小村李家湾眼皮底下。小时候担水，过了门前的禾坪，经过肆秋家那一排走廊，爬个小坡，便是村里共用的水泥晒谷坪。跨过晒谷坪，脚便踏上了一丘长长水田的田坎，村里人把这丘田喊作“十七担”。快到十七担的尽头，左侧是一池水塘，自小便听大人们叫它“泉塘”。

顾名思义，这塘里有一眼泉。大约是20世纪50年代吧，村民用水泥和石块，砌成了约四米见方的露天水井（井壁大约厚六七十厘米），其伸向塘中平行的两条井沿上，有村民们用瓷碗碎片拼出的两行字——“为有牺牲多壮志，敢教日月换新天”。也许，这便是时代留在它身上的印记吧。

这井水与井壁外的塘水应是互通的，否则，如何解释井和塘两者水平面的动态均衡？但我相信，泉水不断涌出的压力，应该足以迫使塘水无法入侵井的空间，这样，便保持了井水的流动与洁净。

这口井一直没有名字，我们叫的是李家湾门前那口井。这井，是一面镜子，很直观地照见一家人的勤与惰。不是吗？这家的男人五点半就起来担水了，一挑就是两大担，灌满水缸后，还余点水煮饭用；而那家的主人，太阳老高了，才支使着黄毛小儿，晃悠了半担水回家。

小时候，我为家里承担的很大一部分责任，也是担水。因此，直到如今，历历在目的不少儿时记忆，便是靠这井维系的。

除了每天早晚两次的担水，夏日里我们喜欢在井旁的池塘里游泳，或者就着井水在井上方的田坎边洗澡……印象中母亲最严厉的一次咒骂，就是十一二岁时那个夏天的某日，母亲等着我担水回家洗衣服，我却与同伴们舒服地泡在泉塘的水里，忘了回家。

井这一辈子，也算得上阅人无数。最频繁的是村里的人，当然，还有过路的或者去附近鹿峰寺拜香的香客，偶尔，也有经过的流浪汉，口渴了，掬一把清水，亦可以稍微安慰下辘辘的饥肠吧。

在这条路上担水的人，走着走着，有的不见了，沿着田坎，走到了另一个世界；活在世上的那些，他们的面孔，日渐老了，沧桑了。又或者添了新的面孔，那是一家家的孩子大了，要分担家务了。

当然，井的耳朵，也听到过不少闲话，或者笑话。它纳闷的是，为什么人会有那么多话，有些话还不那么中听。井可是真有涵养，很多话，它听了就听了，全部吞到肚子里，慢慢消化，然后沉入水底，装作什么都没有听到。

这井水源源不绝，印象里从未干枯过。我知道，这泉水，就像人的脑子，只会越用越活泛、灵光，恰如井水是越挑越鲜活，反而汩汩冒得更欢快。

担水用的那些日子，我最大的感受是，水得省着点用，因为，水缸里的水是有限的，每天要用肩膀挑回来，否则，饭都没法煮。哪像现在用自来水，人们习惯于拧开龙头，任其哗哗流淌！每当这时，我会油然而生一种负罪感，似乎觉得这种奢靡是一种犯罪，终将受到诅咒。

一辈子普济众生的井，也许从没想过，自己会如此终老一生——不是因为天旱，也不是因为污染，却是被一条路吞噬，这是历史的意外，谁也无法预知。

不过，即使高速公路没有经行我们村，井的命运也不会太光明。如今村民追求的是如何更方便：前些年，流行过汲水管深入地底的手摇井，这几年，则纷纷请人打井，然后安个小马达，把水抽上来，储在房顶的水罐里，家里便有了自来水……人哪，终归是势利的，有了新欢，就不会再把旧爱放在心上，管它水井是脏了、废了，反正是日渐懒于打理了。

唉，不说了，提到井，我就有点伤感，因为——水还在，井没了。

就像现在的城市，楼还在景还在城墙还在，可是，魂没了；而行走在都市的不少人，躯体还在，可是，心丢了。

一想到这点，禁不住悲从中来。

这，是谁的悲哀?

（原载 2012 年 8 月 16 日《长沙晚报》）

水渠消遁

那条几乎横贯整个鹿歧村的水渠，也许躯体隐约还在，但是魂魄早已消散。常常有老人慨叹，渠断了，有一截没一截的，你们看，不是被填埋就是被挖断，支离破碎的，没法抽水了。如今已没人在乎，主要是人心散了，真散了……

在那些家家种粮谋生的日子里，水渠无疑是村庄的血脉，是如同路网一样重要的网状系统。水渠的触角连通到哪里，希望与收获就播种到哪里。

这条水渠，起于一队那座濒临耒水的丘陵，止于九队那口面积不小的全塘，全长大约四五公里。从机房旁承接宽口铸铁抽水管的大池子开始，水渠在丘陵间逶迤前行，向东先后经行二队、三队、四队、五队、八队，然后注入九队的稻田，一路扭头向西北，顺地势而下，扎进如今已被京港澳高速耒宜段“咬”掉大半边的全塘。至于我家洪久坳所在的七队与地势更高的六队，由于地势偏高，需要从全塘通过二次抽水，把水位再次提高后，才能得到河水的润泽。

听父亲讲，这水渠是20世纪60年代初开挖的，几乎动员了全村的劳力，还有一些知青。

每年“双抢”时的抽水，算得上是村庄重大的公共事件。由于农时丝毫不能耽误，所以各村之间抽水的时间是需要磋商与博弈的，有时只得靠行政力量来平衡。

一旦某队抽水的日程轮到了，这就意味着，该队男劳力需要倾巢而动，各司其职，有派工的、送饭的，也有巡查水路的、蹲守豁口的……那条沿着水渠前行的土路，必是人声嘈杂，不分白天黑夜。

抽水时的水渠对孩子们来说，几乎是快活的同义词——至今我依然留恋当年那种经历：焦灼难耐的炎炎夏日里，在忙完农活之后，一头扎身水渠，躺在汩汩流淌的河水里，除了肌肤上的清凉与舒适，似乎疲劳也瞬间消解。尽管此时早已饥肠辘辘，依然不愿离开。

当然，一些往水渠里吐口水甚至尿尿的恶作剧，对孩子们来讲，似乎是再自然不过了。对于我来说，一直好奇的是渠水强大的自净能力——为什么不管上游的人如何把水搞得又脏又浑，譬如洗菜、洗澡、洗衣服，过不了几分钟，下游的水又洁净如初？

如今我想，也许，流动是最有效的自净。河水在流动中不断稀释、沉淀，从而达到自我更新——这是不是有点像我们每个个体在社会中的流动，经过时间与空间的转换，不断找到新的成长机会，从而以全新的面貌面对周边的人？

水渠最看不惯的是某些村民的“搭便车”行为，即不想付出劳动与成本，一心想着傍着别人的机会，直接获取利益——倘使别的队在抽水，他会利用巡查的人夜里之疏忽，突然用锄头撬开一个豁口，把水偷偷引向自己的稻田。

大人们估计，从河里抽上来的水，类似于这种被占便宜而非正常损失的水，有时多达两三成。村民们虽然极为不满，似乎也只有接受这样的事实。因此，水渠也是对人意志力的考验，你只能坚信河水能最终到达自己的水田，尽管损耗会相当大——这种信念，其实也在某种程度上支撑着下个季度的丰收之企盼。

水渠一直崇尚简单，不想纠缠于复杂。自诞生起，便习惯了随遇而安。譬如它的走向，它的深浅，几乎是命定的，一切都由村民们说了算，自己根本无法选择，它便设法令自己适应——因为它知道，面对无法改变的现实，不如学会理解与妥协，否则只会徒增烦恼与挫败感。

村里这条水渠，曾经是很滋润并溢满成就感的。每年至少在“双抢”这一段时间内，它是充满生机的，有时候晚稻缺水，村民们也会再次抽水。可是，在我印象中，至少已有十多年没有抽过水了吧。村民们一个接一个地外出打工，把稻田撂下了，水渠便没有了用武之地。近些年，一些村民纷纷把新房建在马路旁边，其实也就是在水渠边，每天他们把家里的垃圾，顺手倾倒在房前的水渠里，慢慢地，慢慢地，把渠给填埋。

自忖早已失去价值的水渠，内心遮蔽在自卑的阴影里，日渐消遁于草丛乱枝，仅留下时断时续的一截截，成为孤寂的标本，似乎诉说着被村民与工业时代遗忘或抛弃的痛楚；又像静脉血栓，血流不动了，自然不可避免地走向枯亡。

（原载 2013 年 10 月 31 日《长沙晚报》）

水库坚守

从小就与水库结缘。

已经记不清有多少次，母亲跟我提起过——那年修水库的时候，我是用篼箕挑着你，扁担这头是你，那头是放着起平衡作用的几块砖头。大人们在紧张地劳作，你就自己跟泥巴、蚂蚁做伙伴，或者玩累了趴地便睡。

母亲讲的那年，大概是1975年或者1976年。这水库的名字，长大后才得知，叫作孝水冲水库。

父亲曾跟我提起，这水库最初是20世纪50年代初修建的，当时，堤坝并没有现在这么高。后来是70年代，为增加库容，才再次组织全村劳力加高堤坝。

水库位居洪久坳东厢，夹在两座丘陵——羊角仙与山魔岭之间，足够狭长的山形，加上落差较大的地势，似乎天生就是为了水库而生。只要用一道堤坝拦腰阻断，水库便生成了，通过纵横交错、粗细不等的水渠，基本上能覆盖六、七、八、九队这些缺水村庄的稻田。

年复一年，村民们向水库托付希望与信任，渴盼水库能保障充足的灌溉用水；水库也始终遵守诺言，回报这份信任——每年3至6月份，水库一心一意地收纳并积蓄着雨水，望着自己怀里日渐升高的水位线，它感觉很知足。微风拂来，水波荡漾，那是水库在惬意地微笑。

终于，迎来炎炎夏日，村民们要“双抢”了。这是一年中水库张扬自己价值的核心时段，便日夜有村民为了水奔走在不同的田坎，因为时令可是一天都耽误不起的。当然，为了争水，没少发生争执甚至流血事件。

水库的具体库容，我至今都不知道。这么大体量的水源，村民们是不会仅仅用作灌溉的，承包后养鱼，是当年不少村民削尖脑袋争取的。毕竟这是种稻之外又一种经济来源。

记得大哥家承包过。那时大哥很勤快，每天早晚打鱼草两次，等于农闲时间基本上伺候着水库里放养的鱼。傍晚时，大哥会挑着一大担鱼草来到水库边，当他一小捆一小捆地用水波把鱼草推送到水中央时，你可以看到鱼儿们簇拥在水草周边，欢快地用鱼嘴拖着草，时而一个猛子扎进水里，尾巴激起知足而兴奋的水花。我猜想，每当这时，大哥内心必定洋溢着收获的企盼——他会在岸边歇会儿，抽支烟，满足地看着草鱼、鲢鱼、鳙鱼等饥不择食的样子……

现在，二哥承包了水库，可他打鱼草的次数少了，心思已经不全在这水库。除了开货车，没生意时，他就到城里打点临时工。

读初中那些年，每到“双抢”过后，由于水田里刚插晚稻，鸭子不能到稻田去（它们会把秧苗全部给拉倒的），所以我父亲会把鸭子赶到水库里，等同于圈养着，以挨过那一段时间。这时，我每天的重要任务，就是待在水库边，帮父亲看鸭。

如今回想起来，在水库边的杉树林里守着鸭群，真是无聊。最希望有书读，可是，家里那么拮据，我根本不敢问父亲要钱买书，偶尔得到一张如今看来极为乏味的报纸，也要翻来覆去地看上半天。有时我想，自己现在囫囵吞枣般地大量阅读，或许是当年极端饥渴留下的后遗症吧。

这么多年来，水库一直很低调，性格不喜张扬，它奉行的哲学是，不动声色地汇聚、积累雨水，日复一日地蛰伏着，等到时机成熟，等到稻田与村民们张口喊渴时，便毫不吝啬地让自己酣畅地释放——而它生命的价值就在这释放中得到认可。

水库心胸很宽广，因为它有足够的体量与底蕴，看淡一切。当然，秋冬季枯水的时候，我相信它一定是难过的，因为此时的它毫无脸面可言，平常深埋水底的隐私暴露无遗，这便如同一个人，丧失了最底线的尊严。

这么多年来，水库始终坚守着自己的堤坝，严守时令的节奏吐故纳新。半个世纪过去了，它从未垮堤决口，一直为村民们带来润泽之福祉，柔和温顺、绵绵不绝——我知道，这是因为，不管外部世界多么充满吸引力，不管村民们如何一个个毅然离开村庄，把它抛弃在偏远、孤寂的丘陵之间，水库的心理之坝却从未失守。

可如今，无论城市还是乡村，有多少人敢扪心自问，自己的心灵从未失守？我以为，有些人不但失守了心灵，甚至连那可怜巴巴的身体，也日渐溃败，难以救赎。

（原载 2014 年 4 月 10 日《长沙晚报》）

池塘荒芜

池塘与村庄也许天生是一对孪生兄弟。

村庄要是没有池塘，便难免缺少水的滋润，并因而少了诸多便利与灵动；池塘要是没了村庄，便少了人间烟火，淡了人气，多了野性。

如今，村庄只顾着忙自己的营生，慢慢把池塘给抛弃了，冷漠而决绝。这池塘的荒芜，便从意料之外变成了意想之中。

我老家是个不到二十户人家的小村庄，俗称“洪久坳”，在它的周边，有大大小小、形态各异的六口池塘环绕着：门口塘、心塘、深塘、竹叶塘、泉塘、傅家下塘。

我家门前台阶下，出门几步即到门口塘。三五级台阶下去，一个麻石砌成的四方形洗衣平台延伸到水面，台子中间有一条斜斜的槽子。每天清早，主妇们各自占据一侧洗刷时，那些溢满泡沫的脏水便从水槽排到塘里。三面环水的平台有台阶一直延伸到水面下，方便村民取水时下脚。

平日里，主妇们一清早便在塘里洗衣服，这得益于门口塘的水始终是活泛的——塘的西北角有条小水圳，水圳经由中炎、中地家门前，低调地注入池塘；而东南角靠我们家台阶下，有一个小小的出水口，流往旁近的稻田。

门口塘的这个洗衣平台，是村里除禾坪之外，又一个重要的公共空间。恰如一个乡村广播电台，农忙时节每天至少播出三次——清晨，主妇们一边刷洗或捶打着衣物，一边交流着家长里短；中午时分及傍晚，忙碌的村民们扔下农活，一个接一个地汇聚在洗衣台，掬一捧清水，洗去脸上手上的汗水、泥巴，相互间寒暄着，或者抽支旱烟歇口气，往往在这时，大小新闻在发布，各类信息在交流，当然，闲言碎语甚至丑话也是免不了的。

门口塘也是孩子们的游乐场。打水漂、泡澡游泳、赶鸭子、水里骑牛、冬天在结冰的水面上大胆滑行……不似城里的孩子，被低俗的肥皂剧、伤人的电脑游戏、手机等挤占了他们的时间，弄坏了他们的眼睛。

打祖辈落居在此，六口池塘一直备受呵护。一旦塘泥过深，把门口塘的心口堵得慌时，村民们会趁着冬日干塘，把塘泥给清一遍，用锄头搭到篼箕里，再一担担挑到禾坪上。等待阳光曝晒之后，便成了次年做春工时肥田的好料。

谁都知道，干塘是村里年前的一件大事，相当于为过年热身吧。在队上干部的张罗下，一张大网下去，先把大鱼都给起了，然后各家都通过抓阄分到大致等同重量的草鱼，或鲢鱼，或青鱼，而塘里那些从渔网里逃脱的小鱼，村民们自然不会轻易放过……那些有名无名的小鱼，按照村庄默认的规则，不属于公共财产，只要你肯花力气从泥巴里面去抓去捞，谁都有权获得。

不知是哪一年，中弟家建新房，把门口塘出水口的稻田填埋了，房屋的地基也比池塘的水面要高，水便断了去路，如同人的喉咙被紧紧扼住，你说，池塘它还能活得滋润吗？

于是，如今的门口塘，不那么惹人喜欢了，即使洗个手，也嫌它脏。夏天里，十数只鸭子整天在里面搅和着，塘水便绿得有点难以置信，甚至有一股暗暗的、带着窒息的腐败气味漫过来。其他的几口塘也挺落寞，不像以前，池塘是重要的生产资源，大家伙儿是抢着抓阄要承包；如今，这些池塘已经没有人在乎了，不要钱也没有人搭理了。

池塘是村庄的隐私，装载着不少秘密，也很神秘。虽然我没有见过，但是，我却听大人说，门口塘淹死过几个小孩，都是大人忙农活去了，家里老人一不留神，就让孩子溜出了视线范围，然后，跌进了水里——为了这些伤痛，池塘至今抱憾在身，悔意连连，尽管这并不全是它的错。

随着一轮轮的打工潮波及洪久坳，像侄儿老冬等这样的“80后”“90后”毅然离村外出，散布在广东、浙江、江苏等地，四五十岁的中年人，也纷纷在县城周边找事做，于是，投入产出比明显低于打工收入的池塘，便被村民们无形中抛弃了。

唯一值得庆幸的是，轰轰烈烈的所谓城镇化的车轮，暂时还没有碾轧到洪久坳。于是，至少这些池塘还保有既有的疆域，没有成为挖土机下一个个被填埋的冤魂——只有村背后的泉塘在十多年前，被经行的京港澳高速割去了一大块地盘，甚至把那口井也吞没了。心塘则是多年前被中开叔和文牯子家建房子给蚕食了；而竹叶塘、深塘、傅家下塘等，虽然保有既往的形态，却无人顾及了。

我不知道，入夜的泉塘，是否有过悲戚和幽怨，而它的这些悲戚，又有谁曾经听到、愿意听到。前一向我回老家，在洪久坳睡了一晚，硬是失眠了：门口塘的青蛙，整整闹腾了大半个夜晚，在我看来，这也许是门口塘在通过如此委婉的形式，传递它因荒芜而起的苦痛吧。

（原载2015年4月29日《长沙晚报》）

消逝的易口渡

一辈子看遍了熙熙攘攘、荣枯兴衰的渡口，终于在通往火电厂的大桥修通后，它自己也从兴走到了衰。

这个横跨耒水的渡口就是家乡鹿歧所在的易口渡。

渡口很有些岁数了，即使无人知道它真正的岁数。我曾就此求教于村里年岁最长的父亲，他也未能回答。

查阅《耒阳大事记》，我得到一些史料：明嘉靖三十一年（1552年），邑令马宣创建五里牌、灶市头、易口渡、东湖塘劝农亭四处，刻农桑摘要书。我想，整个县城仅设四处，易口渡便是其一，可见当时其交通之便利，地位之重要，至少往来人流应该是不少的。

不管生于何年，渡口自诞生那天起，便成了唯一，更是无法取代——它是两岸村民甚至经行路人的必然通道。现如今渡口的上下游分别有一座桥，但，那已经是20世纪七八十年代的事了。

（一）

前阵子，借着回家接儿子返回，我特意向父亲打探易口渡的典故或渊源。父亲告诉我，粤汉铁路修建之前，易口渡曾是南来北往的交通要道上一个重要节点。那时候，这条路上，曾经活跃着到韶关挑“南盐”的挑夫，至于大小商贩，更是络绎不绝，一派繁忙气象。

这条路，在空间上是这样延展的：从县城南门口起始，南行经金南村，大约四五里便到了易口渡，过河后便是鹿歧村；然后经赤波峒、新河村、荷叶塘，再沿耒水河沿上溯，到窑厂坳、长胜村、白沙，渐至公平圩，继续南

消逝的易口渡

渡口是个有故事的人
只要你愿意耐心听它讲述

下延伸到郴州、韶关。

对话中才知道，20 世纪 50 年代，父亲竟然受大队的委派，在本村人掌管的渡船上，卖过一阵子票，是那种统一印制的小船票。后来，这个事宜交由船夫自己办理了。父亲说，那时过河，是五分钱一趟，当然，本村人是不需要付钱的。

渡口是个有故事的人，只要你愿意耐心听它讲述——

譬如说，它看到过激烈的搏击与厮杀。

那是在大革命时期。1928 年 4 月 1 日，朱德率领工农革命军退出耒阳县城向井冈山进发后，4 月 2 日凌晨，伍云甫、伍临庄、徐仲庸组织城厢耒阳第一区农军七百多人，从易口渡偷渡过河攻城，激战南门菜园，不克，县委宣传部部长伍临庄等一百二十余人壮烈牺牲。11 月从井冈山回耒阳的红军游击队又先后打垮易口渡、新波桥挨户团。

它当然也见证过丰收与荒歉。

如果耒水南岸的村民是满脸喜色地挑着一担担的稻谷进城售卖，那自然意味着风调雨顺，收成应该是不错的；如果是反过来，农妇们提着男人夜里捕捉的青蛙、乌龟或山里扯的小竹笋、野百合等进城卖点钱，然后买点米回家，那，自然是歉收，日子要扳着指头苦着过了！

渡口没少遭遇过洪水泛滥。最大的一次，据父亲讲，大概是 1961 年吧，那次的洪水，把整个赤波峒（覆盖全村的一、二、三、四、五队）都淹了，洪水还漫到了我们七队傅家下的水塘。

1964，城镇的知识青年按照“统一部署”，陆续下放到农村进行劳动锻炼，鹿岐村也来了一批。渡口看到一批批的年轻人，壮志凌云地走在下乡的路上……

（二）

有几年，渡口对我很熟悉，就像我曾经对它也熟络一样。那是我在城南中学（现在的三中）上学的日子。1983 年，我考到河对岸的城里上初中，其实，离家更近的是省重点中学二中（尽管也是在河对岸），但我没考上，没办法，跟城里学生比起来，我的底子太差了。

由于城南那时还没有寄宿，我只能每天早晚来回奔走。初一那年，我们村有三个学生哥——元成、孝仁和我——每天走在这条路上，渡口则是必经之路。

为了赶第一趟船过河（这样才能不迟到），每天凌晨四点半，我就得悄悄地起床，用开水泡热头天晚上的剩饭，草草吃了，赶紧在村头等元成和孝仁。

渐渐入冬了，五点多出发时，天几乎还是大黑，于是，我们会用稻草做成火把，照亮脚下的路。每次要准备四五个扎得很紧的火把依次点燃，走着走着，天慢慢透亮了……

有一次，我们的恶作剧差点惹成大事故：在经行二队时，我们一不小心，竟然点燃了一户人家的篱笆（混合着竹竿和稻草的那种），烧了个精光。当天下午回家时，家里一堆大人正候着对我们破口大骂——户主上门告状了！

寒冬腊月里，船老板恢鲁爹爹是不会为我们撑船的，被我们喊醒后，他会把船从隔岸几米处靠回岸边（晚间这样渡船才够安全），瞬间他又钻回暖暖的被窝。唯一的办法，便是我们自己撑船。一前一后，两个十一二岁的娃子，一个握着长度是我们身高几倍、足足有八九米长的竹篙，另一个负责掌橹，那场景，其实很有几分滑稽，甚至危险的。可是，如今我能记得的不是如何艰难撑过河，而是一双手刚刚握住冰冷竹篙时刺骨的寒冷。

等船到了对岸，一双手已经冻得通红，使劲撑船的结果，则是全身微微发汗，寒冷，已经不在话下了。

虽然每天想赶上第一趟船，可很多时候人算不如天算，碰上比我们更早的“捷足先登”了，我们则要等第二趟，那么，迟到是肯定了。因为要等对河的人足够多，船才会撑回来的。

于是，我的迟到是经常性的。不过，当年我享有小小的“特权”——我的迟到，班主任谢老师“特许”不算迟到。他知道，渡船过河的时间是不确定的，没有规律可言。万一哪天遭遇河里发大水，我到教室时，往往已经是第三节课开始了。

渡口对我们家也很熟悉。那些年，我们家不是母亲，就是父亲，小心翼翼地挑着一担鸭蛋，赶往城里老菜市场去卖。

还记得那一天，母亲挑着一担鸭蛋，在渡口边的商铺等对河的船过来，七八岁的我跟着母亲进城，那满箩筐的鸭蛋，差一点被八队那个绰号“聋子”驾驶的、急速下坡的手扶拖拉机撞到！如今想来仍旧心悸，母亲当时首先不是考虑自己的安全，而是急忙用身体去护着箩筐。不是她不爱惜自己，而是只有鸭蛋才能变成现钱，缓解家里一贯的窘迫。

有时候，人穷怕了，钱会变得比命还重要，这种无奈的逻辑，每天不都在演绎？

（三）

渡口曾经是诗意的象征。这不，它本身就入了诗。

但凡有点文化的家乡人，几乎都知道有一首“耒阳八景诗”。诗云：“杜陵烟雨暗蒙蒙，易口渔翁乐融融。紫气腾腾马阜岭，白云霭霭鹿歧峰。东洲桃李争春色，西湖荷花映水红。更有蔡池双月美，夕阳斜照耒江东。”

可惜，如今的渡口，诗意不再，人迹罕至，唯有蓬蒿丛生。

上次回家时，我特意下车来到渡口所在地察看，可惜，以前人们候船的商铺位置变成了菜地，商铺门前的道路已了无踪迹——比人还高的野草中，偶尔跳跃着蚂蚱，地面地下来来往往的，是蚂蚁、蚯蚓，或许，还有草丛中的蛇吧……我知道，这是另一种层面的生动与喧闹，可是，这喧闹，已经跟尘世无关。

日积月累中，渡口慢慢识透了人性，但是，它轻易不说出来——

你看，纷纷扰扰想挤上船的人，只要自己上去了，就全然不顾后面的人能否上船，而是一个劲地催促船老板，快点，快开船咯……

有一天晚上，船老板传球大伯遇到好友借钱，只借孩子的二十五元钱学费，尽管自己手头紧，传球大伯还是慷慨拿出。而令传球伯不解的是，他这位好友其实有个亲戚家境很宽裕，那，为何没能从亲戚那里借到钱呢？这人情也太寡淡了吧？世态炎凉竟至于此？

1983 年，耒阳火电厂筹建，为了运送大量建设物资，第一步便是建桥。

这桥在渡口的上游不到两公里处，渡口天天看着它打桩，长高；架梁，成形，最后是通车。

渡口其实也是一座桥，浮动的桥。只是它没有想到，这新建的桥会是自己最终的劫数。通车之后，人便转投“新欢”了，虽然路程稍微远点，可是，毕竟不需要费时地等船了，而人的耐心与忍受力，面对利益和效率的追逐，已经变得越来越有限了。

（2012 年 4 月 17 日）

樟树下

总有一些地名，对别人是一文不值，对自己却是一生一世。

譬如，从小就常常挂在父亲嘴边的“樟树下”。

樟树下是我奶奶老家所在的地方。但是，在我读高中时，这地方还一直停留在想象中，只是每年春节拜年时听父亲和尤法伯、育位叔聊天，时不时提到这三个字。

我不知道这个地方父亲去过多少次，因为在父亲仅两岁时，奶奶就因病去世了；我也不知道这个地方为何后来没人住了，因为那时候尤法伯总在跟父亲说，要重新在樟树下起房子，搬回去——我唯一知道并深信的是，樟树下对于父亲来说，是生命的源头，一个挥之不去的情结。

是的，很多时候，我们牵挂某个地方，无非是因为，那块土地上有一些无法忘掉的人。

听父亲讲，奶奶有三姊妹，一个嫁在庙背冲（距离樟树下仅仅三四里路），一个嫁在河对面的白沙。

虽然念兹在兹，但我实际抵达樟树下只有两次：一次是 2014 年 11 月下旬，我利用休假开车陪着父亲去探访、寻根（虽然尤法伯早已离世）；另一次，是前年 5 月父亲去世后，二哥骑着摩托车带我去给头生和德生等老表吊孝。

去樟树下，要从白山坪煤矿一个黑黑的巷道穿过，然后沿着山间马路北上，在快到庙背冲时右拐过峒再上山，翻过一个并不平缓的山坡，才能抵达。对了，坡度太陡，路也逼仄，小汽车是难以进入的。

的确是一片好风水，可是，并没有我想象中的大樟树，倒是屋后一片繁茂葱茏的竹林，屋前的山冲里是一大片板栗，还有一口露天的水井。

这里所居住的，除了尤法伯的三个儿子头生、德生和满生，并没有别的村民，也许是因为有点封闭，几乎与世隔绝，不像父亲的老表李育芝所在的庙背冲，交通倒是相对便利。

我总在想，这个地方以前应该有一棵高大的樟树，只是因种种原因从地表上消失了——这人世间的事，很多是无法预料且难以善终的，不是吗？

头生老表年纪比我大几岁吧，耳朵一直有点聋，他老婆是个言语障碍人士，几乎家徒四壁，看着令人心酸。但是，无论艰难困苦，人始终要活着——活着就是一切，活着就是动力，这是我那一次探访最深的感触。

头生的儿子，后来当过空军，我在他们家墙上的相框里，看到过英姿勃发的小伙子。可惜当时没有遇见他，否则我们应该谈得来，也可以打探到关于他们家境的更多信息。

我们小时候跟随父亲去给舅外婆拜年，都是去南阳镇星明村，那时的尤法伯和育位叔都陪老人家住在这里，并没有迁居到樟树下。如今，育位叔依然在这边住，虽然他的儿子中彪在县城里买了房。

印象最深刻的一次拜年经历，是我骑着自行车，却失足摔下路旁的池塘里。要知道，那是正月初三，天气冷飕飕的，大人小孩都穿着厚厚的棉衣——这次囧途，可谓此生难忘，给我的教训是，做任何事都要充分评估风险，确保稳妥才行。

那棵高大的樟树尽管只是一个虚拟的意象，却始终萦绕在我的脑海里。在电子地图上也找不到“樟树下”这地名，因为，在官方表述里它叫兴竹村。以前属于南阳镇（或竹市镇），随着时光流转，如今跟洪久坳一样，都归属于水东江街道了。

2020 年 5 月 10 日，我跟二哥去樟树下吊完孝返程时，站在樟树下后山，我竟然肉眼看到了鹿歧峰山顶的电视塔，原来，我小时候觉得很远很远的樟树下和庙背冲，竟然是这么近。后来我特意用百度地图的测距工具试了一下，洪久坳至樟树下的直线距离，大约 3.7 公里——或许，这就是由于年龄与感知差异所带来的时空上的“相对论”吧。

一直以为，命名是一种神奇的力量，更是一种影响深远的权力。譬如“樟树下”这地名的命名者，也许并没有多少文化，可是，他以自己的口头语言，在大地上写下了永恒。当然，任何一个地名都是可以被重新命名的，但原初的信息，就像难以割断的密码，会在口耳之间流传。

与人比起来，树的生命其实要长得多，见识也更为高远。他看遍了人世的忙碌与荒唐、忧喜或无奈，最后往往会获得一种无法解释的灵性。

有时候想，人还不如一棵树，或者，不如就变成一棵树。凡人的欲望太多，所以纠结与烦恼也不少，其实，不都是自找的？

树就不一样，扎下根之后，从不奢求什么，也不挑三拣四，给点阳光、有点雨水，就奋力地攀缘、生长，独自撑起一片天空。

（2022 年 1 月 18 日）

羊角仙

羊角仙是洪久坳村民共同的祖山。

我不知道这祖山是何时，按照什么规矩确定的。只是从小就跟随父亲兄长等，每年清明上山来到这里，拜倒在爷爷奶奶的坟前。

生死乃天理。在农村里，基本上每个村都有一座用于逝者安葬的“坟山”，是为祖山。密密匝匝、“比邻而居”的坟头上，或有碑或无碑，或者有碑无文。

很明显，羊角仙是洪久坳所在的七队和邻近九队共用的祖山。因为每年清明祭扫时，都会碰见九队的乡邻；也记得父亲曾经说过，九队与七队很早以前是供一个祖堂的。

其实，洪久坳的祖山不止这一片向阳的山坡，在大岭背那边还有一片，大体上是夹杂在油茶山之间，相对于羊角仙来说，更加偏僻而幽静。

瑞胜哥的父母都葬在那里，有一年清明，我陪他从长沙回去祭扫时发现，在投入林间斑驳的阳光辉映下，满山的竹子、满坡的竹笋格外生机蓬勃，似乎一眨眼又长高了几许，令人在怀念故人的悲伤中，又感受到一种不可遏止的向上力量。

羊角仙其实是鹿歧峰山脚的一部分，大体在山体南部。右手边是孝水冲水库，左手边有独门独户的孝云家；山体下方为台子上那一片早已荒芜的稻田（梯田），上行过了一条简易马路之后，即离鹿峰寺的大雄宝殿不远了。

从小到大，我都对“羊角仙”这三个字好奇，为何叫这个名字？难道以前这山间有过羊？还是这座山的形貌有点像一头羊？“仙”字又做何解释？

羊角仙曾经是喧闹的，因为，每天都有牛群被孩子们赶着，从这里上山，直达鹿峰寺前后混杂着杉树、板栗和竹子的树林里吃草。

在读大学之前，每年寒暑假我的重要职责之一，便是照看家里的水牛力婆。每天清早我打开牛栏后，转眼间力婆欢快地汇入村里的牛群，十几头牛排成几行，浩浩荡荡绕过村后的晒谷坪，行过十八担那条宽宽的田垄，不多久便到了羊角仙。

俗话说，走的人多了，也就有了路。当时的羊角仙有三条道可以通行。可是，由于水牛早已绝迹，村民们多年不上山，这羊角仙已经几乎找不到上山的路径（只有右边通往孝水冲水库的那条道勉强可行），满山都是错综交织的荆棘和疯长的杂草，零星的油茶树自然也被人们淡忘了，我也不知道是否还挂果——想想也是好事，至少羊角仙的生态与绿意在恢复。

平常的日子里，羊角仙是安静而庄严，少有人问津的。除了偶尔有刚过世的老人入土，带来一阵呼天抢地的悲伤。

每到清明前后，羊角仙便有如过节一般热闹。时不时会有几缕青烟从不同的方位升起，甚至传来鞭炮声。这是后人们从村里或外出谋生的各地赶来，虔诚地进献供品，点香烧纸，又清理坟头的杂草，挨个地给祖宗磕头——当然，也不忘给先祖们汇报各自在人世的打拼，家庭的欢喜忧愁，并祈求先祖们继续护佑平安健康。

我爷爷和我奶奶的坟墓，都在羊角仙向阳的坡面，一右一左，几乎是平行的，直线距离应该不到五十米。我从小到大的一个疑惑是，为何没有安葬在一起？也许是因为我奶奶去世太早，而两位老人去世的间隔，长达三十四年。2006年清明，在父亲的带领下，我们家给爷爷奶奶立了碑，那是当年家里的一件大事，连平素不参加祭扫的母亲也来了。

如果生活在地下的先祖们，也像人世一样有着交往与走动，那么，羊角仙的他们应该不会寂寞的。

我不知道京港澳高速开通后，安歇在羊角仙的先祖们是欢喜还是烦躁。因为，这条交通大动脉就从山腰穿过，南来北往的车流是不舍昼夜，川流不息。

在我心目中，羊角仙是沟通生死，让人顿悟的地方。无论贫穷富贵，无论失败成功……每个人的终点都是一样的，生命的价值不在于长短，而在于尊严、担当与厚度。像我爷爷这样的平凡人，虽然穷困窘迫，忙碌一生，但他尽到了抚养后代的义务，给我的父亲留下勤劳、节俭、仁厚等基因，也就没有什么遗憾了。

父亲在世时，每年清明都要带着一家老小去羊角仙，给我的爷爷奶奶扫墓。如今，他也安息在这望得见洪久坳的坡面上，陪伴在我爷爷侧面。

世事如棋局，谁也没有料想，如今鹿歧峰成了城市近郊的森林公园。而羊角仙就是这旅游胜概的一部分。近年来，又据说京港澳高速公路要从羊角仙这边增开一个出口，但是，一直动静不大。

身处这不确定的世界，很多事情是无法预知的，不如走一步看一步。或许，这个逻辑才是比较确定的。

（2022 年 1 月 17 日）

珠矶滩

如果一个人的“诗和远方”有种子，那么，我内心的种子应该是在珠矶滩播下的。

珠矶滩是京广铁路支线上的一个小站，我舅功实家就在离该站不远的新渡一队，人称“刘家老湾”。每年正月初二，父亲会带着我们三兄弟，去给舅舅、舅妈他们拜年。拜过年，喝完糖开水，开心地拿到舅舅准备的鞭炮之后，我们一般都会到距离舅舅家一里路左右的珠矶滩玩耍。

老家向以产煤出名，据说建于1967年的珠矶滩站，其价值就是供运煤的火车编组与临时停靠。这车站上接红卫煤矿，北延四五公里后，在灶市接入京广铁路；高铁西站开通以前，灶市一直是整个县城物流、人流“链接”全国各地的关键集散地。

对于当时幼小的我来说，这里就是城市，有商店、有会堂、有篮球场，甚至电影院吧。每天清晨，周边菜农的菜摊沿着仓库门前的一溜空地次第摆开，接受车站工人和家属的挑选，穿着制服或衣着光鲜的他们，眼神里带着些许莫名的自负。

而我对于那两条通往灶市方向长长的枕木铁轨，以及巨大的蒸汽式机车头，印象最为深刻。如今想来，我对未知远方的向往，应该是那时候播种的。

我记得，最初去舅舅家，是要坐渡船过耒河的。从洪久坳出发，经过哑子塘那片被扔弃不少夭亡婴儿的阴森地（据说这里令人瘮得慌，“鬼打得人死”），再翻过一座小山便是新河地界了。然后，沿着河边小道顺流而下抵达渡口，过河后有一棵大樟树，树下我记得有一个供过路人休憩的凉亭。

这樟树的树冠撑出一大片阴凉，若夏日里坐在凉亭里，伴随着习习河风，并来一支绿豆冰棒，那可是美得很；而渡口边浅水处，游泳嬉水的孩子不少。

后来，有了珠矶滩通往火电厂的铁路桥，这渡口慢慢就荒废了，码头坍塌，船也不见了，如今更是看不到任何当初人来人往的痕迹。所以说，人世间没有什么是永久不变的。

无疑，珠矶滩小站深深嵌入了附近村民的生活。舅舅舅妈他们，除了去那里售卖地里产出的大米、菜蔬，也从那边的商店买来油盐酱醋。而但逢煤车进站、暂停在站台时，钻进巨大的车皮清扫那里剩余的煤灰（煤渣），则是车站附近村民经常干的事。据说，周边村民家里烧的煤，基本上依靠捡。

不过，常常有悲剧发生，那就是一不小心，抢着攀爬还没停稳的车皮时，人被车轮意外轧断了手或者腿。所以，刘家老湾周边几个村庄，经常可以看到缺了一只手臂或者拄着拐杖的瘸腿人，令人想想都痛彻心扉。

对于我来说，珠矶滩提供了一个地理与精神坐标，标注着血缘关系，那是有我亲人的地方。其实，每个人的生活里，都会有这样一些地方。

舅舅家所在的刘家老湾，是一个典型的带正厅屋的江南民居群落，有点像张谷英村的“当大门”。迈入由石头门槛、门柱及门楣组成的大门之后，结构上为“两井三进”，即两个天井、地面次第抬升的三进对称分布的堂屋，皆为木门木窗，且门窗上都有带雕花的装饰。最里面厅屋正中间为一个神龛，上面摆放着刘氏列祖列宗的牌位。

出大门，沿着一条石板路前行，正对面稻田边有一口水井，以及一个水泥砌就的洗刷平台。我记得，取水需要用上拴有麻绳的水桶，桶底快到水面时，稍提麻绳，桶子便整个翻过来，下沉到井水中。把装满水的水桶提上井沿之后，谁都会忍不住先畅饮几口。现在回味起来，那水还是沁甜的。

舅舅家在第二进的右手边，小小一间蜗居，就是一大家人的栖身之地。母亲曾经告诉我，她小时候就和妹妹青英住在楼上。

舅舅是个勤勉的人，一辈子忙于耕田种菜，与世无争。但我一直认为，对孩子教育的缺位，是老人家最大的失误。当然，舅舅自己没读什么书，这对他来讲也许有点苛求，但无论什么时代，一个人都要走正道，这个应该是基本底线吧。

于是，小时候就手脚不太干净的满牯子（我舅的小儿子），不但没有得到严厉制止，反而被无声地默许。终于越陷越深，进了班房，一直到去年才出来。

很遗憾，我没有见到我舅最后一面。但我知道，2019年他离世时，是带着深深遗憾的！因为当时，满牯子还蹲在外省的班房里。

岁月不居。走着走着，舅舅这一辈的人，只剩下舅妈和我母亲了。终有一天，我们与刘家老湾的联系，会越来越少。

但没想到的是，我们与珠矶滩的关联却顽强地接续着。因为，姐姐的女儿、也就是我的外甥女小梅，就嫁在珠矶滩附近的新渡十二组，如今她就在那里的玩具厂做事。

虽然我已多时不曾去珠矶滩小站了，但不知为什么，那些小站上经历过的细节，观察到的世相，却总是不请自来，而且历久弥新。

铁路车站、公路客运站、地铁站……人的一辈子，总会与这样那样的车站发生关联，在不同的场景演绎不同的剧情。

但是，有一点不能含糊：车站是用来出发的，也是用来抵达的，就像一个人的故乡，既是闯荡江湖出发的起点，也是终究要重新返归的终点。

（2022年1月20日）

第二辑

一生一世情

三代人的远方

一直以为，在这个世界上，一个人最终成为什么样子，首先，是自己的产物；其次，很大程度上也是时代的产物。同样，一个人能够如何与世界相处，能走到多远的远方，也离不开各自所遭逢的时代。

我爷爷、我父亲以及我自己，三代人生于三个不同的时代，见证过兴衰际遇；各有各的希望，也各自抵达过不同的远方。

生于清朝末年的我爷爷，最远到过广东的坪石（今韶关乐昌）。这是他被迫抵达的远方，但，这更是他一世难忘的悲伤。

那是1944年，所谓“民国三十三年走日本”时，当时的侵华日军发动豫湘桂战役一路南犯，意欲占领衡阳，南下广东。我们老家洪久坳，一个湘南的小山村，恰恰就在日军行经的路线上，当年9月的一天，五十一岁的爷爷在躲过毙命于日军大刀的威胁之后，还是不幸被日军掳去当了一个挑夫。

以为父亲从此性命不保，当时仅仅七岁的我父亲日夜以泪洗面，白天在村里各家讨点剩饭剩粥充饥，晚上就借宿在别人家里。万幸的是，次年4月，我爷爷在帮日军挑水时逃出，靠从当地百姓家讨到的几块红薯皮充饥，一路风餐露宿，终于安全到家，父子团圆后抱头痛哭。

我相信，其后每当回忆起这段凄惨的经历，我爷爷毫无疑问会对日军怀有刻骨的仇恨——这是他个人的不幸，也是民族之痛，积贫积弱的国与家，在面临外敌入侵的时候，连最基本的安全和生存都没有保障，真正是悬若发丝，危如累卵。

幸好我们赢得了抗战的胜利，又迎来了解放，在仅仅四年之后！这才有了中华人民共和国成立后的新生活。我爷爷和我父亲两人，“分了土地，分了农具，通过勤劳节约，家里除了自己吃的之外，还略有节余，在1953年还起了两间土房。”我爷爷毓林公最终活到了八十岁，在我出生那年8月离世。

与我爷爷相比，我父亲去的远方更多，也走得更远。

中华人民共和国成立那一年，他刚满十二岁。如果不是时代的更替，他哪有机会成长为共青团员、共产党员，还在大队任职会计，一干就是二十多年。

在2011年2月写给我的家书里，我父亲曾经提到，“感谢组织的信任与培养，我1954年在农会入团……在高级社后，任鹿歧高级社团支部书记，并且还任了信用社会计，从此以后，我就一心一意为党工作……于1959年12月17日被批准为中共预备党员，1962年把我提升为合并后的大队会计……1976年提拔为支部委员。”

受大队的委派，他到过长沙、湘潭，为的是购买广播设备；也在20世纪70年代去过广东三水（现佛山市三水区）和花县（现广州市花都区），学习水稻制秧技术，并与当地的技术干部结下了深厚的友谊，一直持续到我读研究生期间，他们还有往来。后来，我们一起去拜访过我父亲的好友邓文辉。

我到长沙工作之后，我父亲多次来探望。我陪他游览了橘子洲、岳麓山，体验地铁、磁浮列车等，让他真切感知星城的点滴变化；我还曾陪他和母亲去参观韶山和花明楼；2012年，我让妻子、儿子陪我父母亲去北京跟团游。第一站到天安门广场，一路游览了故宫、鸟巢和长城之后，时年七十五岁的父亲感慨万千。

我是一个“70后”。跟我爷爷和我父亲相比，我走过全国大部分省份，也比他们走得（海拔上）更高、（空间上）更远——1998年底准备撰写硕士论文时，我第一次去了北京，我是去国家图书馆查阅外文资料；我已经去了五岳中的衡山、泰山与华山；还先后因公、因私去了两趟香港；今年暑期，我还与两位亲友合作，完成了“一生必须体验一次”的国道318自驾之旅，直抵青藏高原圣城拉萨。

我十分清楚，能做到这些，不是因为我多么聪明，多么能干，而是时代给了我成长与自我实现的机会，得益于我始终秉承“知识改变命运”的信念，并通过自己的努力与坚韧走出了乡村。

有人说，时代是一个大命题，它对我们每个人的命运所起的作用都是决定性的。此言不虚，生于20世纪70年代，我是幸运的。

我四岁那年秋季，高考恢复了；五岁那年，标志着“现代中国崛起开端”的十一届三中全会召开；上初中（1983年）那年1月，中共中央印发题为《当前农村经济政策的若干问题》（即当年“中央1号文件”）给各地试行，正式确认了联产承包责任制。如今我想，正是有了分田到户等种种改革与利好政策，解放了生产力，极大地释放了人的活力与创造力，我们家才能渐渐有了些许积蓄，供我读书。

更幸运的是，在我1990年上大学时，学费还比较低廉，每个月还有几十元钱的师范生补助。考上大学，让我有了更宽阔的视野，更高的人生期许。其后的学习、职业与生活（尤其是公休假制度），都让我在祖国大地上走得越来越远。

如今反观自己所经历的四十多年，我认为，一个最大的特点，就是尊重人，尊重权利和知识，包容人的个性和才能，并且，为每个奋力向上的人提供了相对公平的机会与舞台。

末了，顺便讲讲我的下一代吧。

我儿子今年十二岁了，生于信息时代，现在已置身万物互联时代的他，相较于我，自然有着更好的起点，相信未来也有更多的可能，不过，他也要学会拒绝更多的诱惑，譬如手机、电游，等等。

我平常总跟儿子讲，这个时代，也许有拼爹，有“富二代”，但是绝大多数人，比的是谁更拼、更努力，幸福都是奋斗出来的。

我相信，正为自己梦想奋斗的他，肯定能抓住更多的机遇，不断踏上比我更远的远方——他曾经独自跟团队一起，去北京参加机器人比赛；他曾跟随出差的妈妈去过上海，在酒店落地窗前俯瞰过美丽的外滩；他曾经与我们一起去过香港，在那里工作的他表舅，带我们在咸田湾体验过海滩露营……

（原载2019年8月29日《长沙晚报》）

那两间旧屋那些童年

在村人眼中，早已跳出乡村、扎根城市的我，应该算是非常幸福的了，可是，他们怎会明白，其实，我是一个彻底的漂泊者，因为，故乡是再也回不去的故乡，而异乡，却是日渐待不下去的异乡。

于是，我常常不由自主地，在梦里回到故乡，回到那两间旧屋，还有，那些童年。

（一）

旧屋严格来讲是一间（西侧加建了一间灶屋），两层的人字脊房顶的瓦房。依山而建，打开后门就是逼近房脚的红砂岩，沿着石头里凿出来的小路，爬个坡，就是猪栏了。不过，得格外小心，天雨时会很湿滑。

木楼板以上的二楼都是土砖砌的，只有楼下是青砖。朝南而开的对开木门是正门，门缝几乎一指宽，故门背的栓即使拴上，外面的光依然可以畅行。

杉木楼板之上，就是支撑起房顶的人形架构，幼小的我，站在楼板仰视，尤显空荡。楼板下，靠近进门处，常年有一燕窝，每逢春夏之交，燕儿飞进飞出，觅食繁衍。一旦雏燕呢喃，甜蜜的歌声给全家带来生机与快乐。

进门左侧，灶台边最北侧，是一个一米多高的红薯窖。来客时，就变成了临时床位。目光右移，是一个更高的青砖砌的大柜子，主要是装稻谷用的。上方的墙壁上，高处贴着爷爷的遗像，却没有奶奶的，因为她老人家过世时，我父亲才两岁，估计没机会，也没有钱照相或画像。遗像下方，在我读书之后，基本上贴的是我得的各类奖状。进门右侧，是一个挺大的、带木盖的水缸，七八岁时，担水的任务，也算上我一份了。

屋里的贵重家具只有几样：碗柜、父亲用的办公桌，带抽屉，常年落锁，在幼时的我心目中，很神秘。衣柜没有，只有母亲结婚时带过来的一个木质四方柜子。四条腿的简陋饭桌挨着水缸放，来客了搬到屋内合适的位置放好，饭毕再挪回原位。

旧屋仅有的两扇木条方格窗户，全在北侧，一大一小，全用报纸糊，后来改为薄膜纸，就已感觉很幸福了。

（二）

旧屋其实早已远去，只留存在我的记忆中。我也不知道，是哪天，或许是某个雨夜吧，它终于倾斜而竟至轰然倒地。我想，如果看到了那一幕，我会禁不住失声痛哭的！虽然又黑又潮，但是，它毕竟与我的童年血脉相连，难分彼此了！

那一年，应该是正月初五,五岁的我骑在大哥肩上，我们父子四人，一起到二三十里之外的庙背冲远方亲戚家拜年。当时感觉好远，毕竟是步行，爬坡又下坡，曲曲折折，又全是山间小道，尽管流水潺潺、空气清新得逼人。

始终觉得这一个普通的日子清晰如昨，是因为我怀念当年那种，亲戚间互相走动、简单朴素的纽带关系；那种基于亲情，哪怕是血脉已非常疏远的远方亲戚之间难舍的温暖与恒久。

那几年，父亲总不在家，在 1978 年（那年我五岁）从村会计岗位退下来之前，村部就是父亲的家，我对父亲基本上没什么印象。

那些年，我必须完成的家庭责任，有担水、切菜、蒸饭、放牛等。农村娃子，再小，也天然地有一份责任上肩的。你必须为家庭付出点什么，才能体现你的价值。

让我最为痛恨的家务之一是切青椒，那种又尖又长的土青椒。往往是割禾到十一点左右，母亲会要我先回家，上好木甑蒸饭，同时切好各种菜蔬，等母亲忙完农活回家就能炒，以节约时间。每次切完后，拿青椒的左手手指常常被辣得刺痛乃至有烧灼感，只想浸泡在水里，才稍微有所减缓。

（三）

旧屋装载着我的童年，而我的童年则多多少少，点亮了那两间旧屋，哪怕仅如星星之火——自五岁上学起，我得到的几乎没有断过的各类奖状和漱口杯等奖品，是父母家人最为自豪的希望与尊严。

旧屋很黑，没有电灯，只有一盏忽闪忽闪的煤油灯。至于用上电灯，已是1989年的事了,那时,我们早已搬到现在父母仍住着的新家。如今我理解了，黑暗擦亮了我黑色的眼睛，教我用文字和思维及韧性寻找光明——正如人生永远在黑暗中追求光明，悲凉中寻找希望。

旧屋很小，却告诉我一个道理，小空间，也会有大作为，只要心大，梦想的翅膀就能飞得足够高，那么，再局促的空间，一样可以找到人生的方向，活出生命的质量与厚度。

旧屋的空间无疑窘迫，可是母亲却用勤快维持着该有的整洁与条理。这一点对我影响至大。我讨厌杂乱，看不得邋遢。

这些年来，每当艰难跋涉、脆弱无助、内心疲倦时，我会不由地想起住在旧屋里的那些困苦却不失快乐的岁月，内心就能倍添温暖和慰藉，也因而对未来充满希望，继续信心百倍地，毅然前行。

（原载2011年2月10日《长沙晚报》）

那半碗米粉

我头脑里关于米粉的记忆最最清晰的部分，发生在初中阶段的后一年半里。那时我才十二三岁。那些米粉来自我们学校附近的一家小米粉店，店老板是从邻县过来的，他们的米粉有一种特别的口味，尤其是里面拌的风味独特的佐料所溢出的醇香更是沁人心脾。

这种记忆是如此的深刻，以致我现在每次回家，都要抽空到这家小店去坐坐，试图重拾当年父亲与我一起吃米粉时的情形——哪怕只是一丁点儿片段、细节，也像收拾、珍藏一份份岁月赠予的宝贵的礼物般。每一次去，我都似乎觉得，当时所吃的第一碗米粉的香味仍弥漫在小小的店里。小店依然是那家小店，老板还是那位老板，可当年的情景到哪里去找寻呢？除了在内心深处可以觅得关于当时的一些蒙太奇般的画面以外，一切已逝去如风！

从初二第二学期开始，我就读的学校终于腾出房子让那些路途遥远的同学住校，我也终于结束了那段难忘的求学生涯——每天来回步行将近二十里，中间还要靠渡船过一条并不狭窄的河流。

由于我一个月才回家一趟——父亲认为这样不至于浪费宝贵的学习时间。所以几乎每周，父亲都会准时从家里赶来给我送一大瓶咸菜。而且父亲每一次来送菜，总要带我到学校附近的那家米粉店吃碗米粉，他说，总是吃咸菜，你的身体长不起来，这米粉味道不错，有不少肉，可以补补营养。尽管父亲讲的“不少肉”，只是一点点肉末而已，但对我来说已经是很享受的了。

每次吃米粉，父亲总是把他碗里的粉丝的绝大部分夹到我的碗里，自己留下的几乎只有半碗粉汤，里面能捞起的就为数不多的那么几根粉丝，嘴里还不停地说，我不饿，我从家里吃饱了来的，真的不饿，你现在长身体，要

那半碗米粉

那半碗米粉
却温暖
充实了
我的整个少年时代

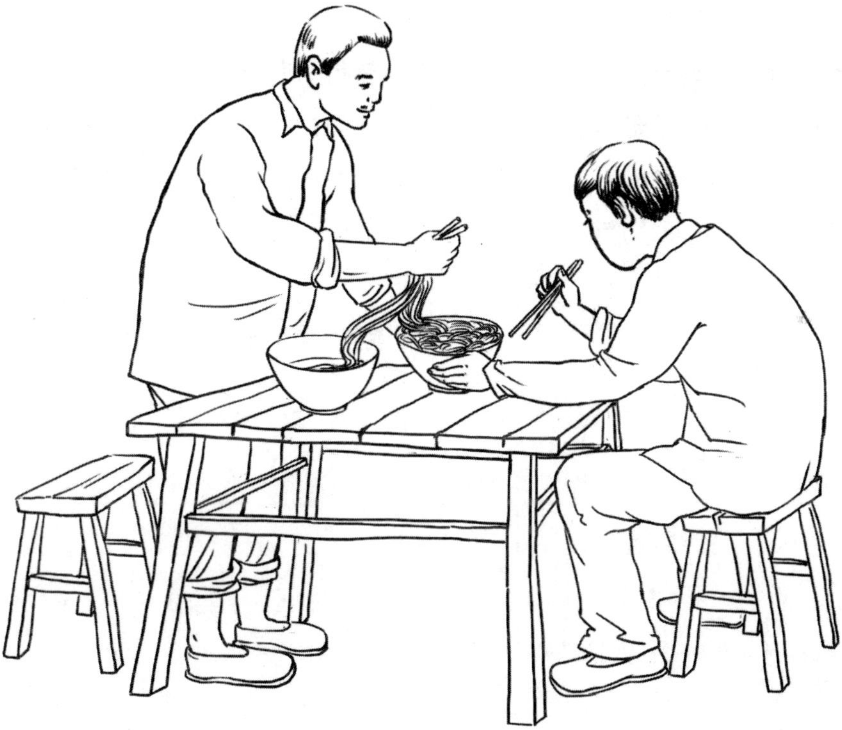

吃得多才好哩！

当时少不更事的我，总是毫不客气地把面前的一碗米粉——准确地说，是一碗半米粉—— 一扫而光，心里总是以为父亲真的不饿，甚至幼稚地以为父亲的胃或许真的如他经常所说的那样——不大。

现在想来，这一幕一幕是多么的残酷，我没有丝毫体贴之心，每次都是心安理得、从容下箸！现在我当然知道，那半碗米粉，岂止是半碗米粉，它其实是再大的容器也盛不下的人世间最朴实、最无私、最持久的父子情。我想，有朝一日，我也有了儿子，我肯定会不止一次地如自己的父亲那样，对我的儿子重复着同样一句话：吃吧！孩子！我不饿，真的不饿！

整整一年半，我吃掉了多少份父亲夹给我的半碗米粉，已经记不清了，这也无关宏旨。也许有人会说，半碗米粉，算得了什么！但是，对我来说，那半碗米粉，却温暖、充实了我的整个少年时代；那半碗米粉，让我悟出了一个道理——人类的亲情原来就是这样通过一个个微不足道的细节而得以一代代轮回般地往下传承、赓续的！

（原载 1999 年 1 月 2 日《广州日报》）

鸭蛋的故事

这是发生在十二年前一个春寒料峭的日子里的一幕，至今历历如在眼前。

时间：中午；地点：菜市场。

一个显然是因天冷而不断微微颤抖的男孩站在熙熙攘攘的人流中，从侧面静静地注视着十几米开外的一位老人。

老人蹲在地上，头上盘着一条白色的麻布长巾，面前摆放着两小筐鸭蛋。老人正在顾客冷漠眼光的监视下，一枚一枚地把鸭蛋捡送到别人的菜篮里，嘴唇微微地一张一阖，点着枚数，男孩就那么站在那里，一动不动，约莫十几分钟之后，男孩抖动得更为厉害。他为什么这样？他是谁？老人又是谁？

"他"就是我，老人就是我的父亲。我为什么抖得那么厉害？仅仅是因为又冷又饿吗？不！

那一刻，我活生生地看到，父亲供我读书的钱，就是这一枚枚鸭蛋换来的，是由一张张零散的钱币积攒起来的。而我那天就是专门去拿钱的——父亲在前一天托人捎信，要当时正在读寄宿学校的我到菜市场去找他，说是等他卖完鸭蛋，就能凑齐那不得不缓交的学费了。

那一刻，我突然想到，这一个个简单的捡送动作，饱含了多少汗水与艰辛；又是多少个起早贪黑的日子凝结而成！我读书的机会是多么的宝贵、来之不易！

我不敢想象，当年的我如果竟然见此情景而没有发抖的话（不仅仅是身体的颤抖，更是心灵的震颤！），能走到今天这一步；也不敢想象，一个对此情景无动于衷的人，能有资格在这里谈论父子之情！

是啊，现在算来，父亲养鸭已近二十年了。由于照顾不过来，一般只养七八十只。这么些年来，就是这一枚枚鸭蛋，换来了我个子的不断增高、学位的不断递进、思想的不断成熟！

我曾试做过统计，从我上学第一天起，一直到大学毕业，为换回所有学费而卖掉的鸭蛋，一枚一枚紧挨着排列起来的话，竟然能排成一条将近十八公里的"白线"！上大学的时候，每当我心底对那些有钱有闲的同学心生羡慕的时候，每当我也情绪不佳想去潇洒一把的时候，每当在可心的女孩面前想表现出慷慨大方的时候，父亲的身影和那一枚枚鸭蛋似乎在向我警示一点什么。于是，我收回心念，又捧起那看似枯燥却令我内心安宁的书本。

我有时想，这"白线"的延伸过程，何尝不是父亲把他的期望、意志源源不断地注入我身体的过程？

我甚至想，如果这些鸭蛋都能比喻成一个个充满关爱的细胞的话，那么现在，我全身的血液里流动的何尝不正是这些细胞？

十二年前的那一天，父亲是否是有意让我到菜市场去拿钱？我不知道，也没有必要知道，真的。父亲仅仅是一个普通的庄稼人，没有那么深刻的哲理，但是，事实上，这个无意的安排却给我上了充满哲理的一课，让我一生受益无穷！

（原载 1999 年 1 月 9 日《广州日报》）

耕作着是一种幸福

上周三，由于悦翔儿突然腹泻，妻和我先后匆匆返回耒阳。借着回家，我又到老家鹿岐看望父母。于是，又一次来到父亲的果园。

这果园是父亲一锄锄挖出来的。大约始于七八年前吧，也不知父亲是从哪里来的毅力和雄心，他竟然要把自家房子后面原本是荒山的丘陵改造成沃土。现在，果园里种有橘子树、枣子树、板栗树，平常则种些绿豆、黄豆、豇豆等果蔬，还有日常吃的小菜等。我想，也许父亲的动力来自一辈子劳作的习惯，以及为后辈留下点榜样和范本的初衷吧。要知道，父亲只有一只手（加左手的半只手），两亩地的面积对于他是多么大的一个工程！

父亲先是买了一把锋利的砍刀，一把耐用的锄头，把杂草和各类荆棘一一砍倒，等风干之后，一把火烧尽，这对于原本贫瘠的土地，是多么丰腴的养分！他又把斜度不小的山坡，依照山形，一垄垄改造为梯田状，以便下雨时能存储下足够的雨水。然后，挖坑、下肥、购苗、栽培，果园里便有了不同的绿意。

终于，迎来了第一次收获，那年的橘子，虽说产量不高，但也许是鼓励和回馈父亲的辛劳，味道却特别甜，甜到心坎里。父亲兴奋地给我们打电话，说是一定要留一些橘子，等我过年回家时尝尝！

如今，橘子和枣子吃了四五年了，每年父亲都会在收获的季节给我打电话，告知他的丰收、他看到儿孙们吃美味水果的幸福感，以及对来年好收成的期盼。我知道，这是他的生存方式、他的寄托、他的成就感所在。今年刚过七十大寿的父亲，眼见着一年年老了，常常讲一双脚没有以前那么有劲了，但是他何时服过输？他始终坚信，对于脚下的土地，只要给予足够的投入和

耕作着是一种幸福

只要给予足够的
投入和敬重
土地就会
回报给人惊喜与收获

敬重，土地就会回报给人惊喜与收获。

回家那天的上午，父母都在果园里忙着锄土，母亲说，确实有点累。是啊，母亲也六十七岁了，岁月不饶人。聊天之后，我在睡椅上短暂地休息，父亲又上山锄土去了，醒来后我也来到劳作的父亲身边，他打着赤脚，这让我的脚板似乎又回忆起小时候踏踩在温润泥土上的感觉，微凉、潮湿，时不时爬过脚面的蚂蚁，让你觉得生命是多么的丰富和充满活力。

我可以想象，每天父亲都在与土地对话，看着自己耕作的菜蔬一点点破土、发芽，他心里该是多么的幸福和满足——从清早到傍晚，日子在平淡却规律的节奏中悄然流逝，而土地却不断蓬勃出生机。

我跟父亲开玩笑说，等我退休了，也到老家来，继续耕作您开垦的土地吧，父亲笑而未言——他不需要我言语的表达，而是希望我行动的落实。但是，我不知道，在父亲终将离去之后，这片果园，是否会得到两位兄长足够的重视，和持续的耕作，它会不会再次逐渐荒芜，而从小基本上在外读书的我，基本上不善农桑，即使日后能够继续耕作父亲辛勤打理的土地，又如何能达到他的水准。

微笑着，我心涌起淡淡的悲伤，这，也是父亲的担忧所在吧。

（原载 2008 年 5 月 7 日《长沙晚报》，原题《耕作着，幸福着》）

“80后”父亲是读客

一辈子生活在农村、已八十岁高龄的父亲，是一个不折不扣的读客。

我常常想，自己能走到今天这一步，我从小就有对文字的敬畏与痴迷，也许全是仰仗父亲遗传的基因，以及他的言传身教吧。

大概1977年之前，父亲在村里任职会计。因此，小时候，家里总会有一些父亲带回来的报纸，譬如《人民日报》《湖南日报》，似乎偶尔还有《参考消息》吧。我记忆清晰的是，家里的土墙上，糊的都是报纸，否则人的衣服一挨墙，肯定是满身的泥土。

父亲其实小学都没有毕业，那是时代与家境的窘迫所致，但，这丝毫不影响他对阅读的浓厚兴趣。

离开村里之后，为了谋生，父亲在朋友的指点下开始养鸭，靠一枚枚的鸭蛋来换取我读书、家里建房，以及大姐出嫁、大哥成家的费用。或许是感觉养鸭不能仅凭经验，又或许是遇到了鸭生病不知怎么办的难题，父亲买了些书来看，边学边养，渐渐地，成为洪久坳及周边村落小有名气的“鸭师傅”。

我的记忆里，父亲终日不离身的竹背篓里，肯定有一本书，用来打发那些田坎上看鸭时的无聊时光。在我读高中时，隔一段时间，父亲就会趁进城卖鸭蛋时，买回一本厚厚的《文萃报》合订本，母亲为此没有少抱怨过，“看看看，一本书这么贵，要花几块钱，看书能当饭吃吗？”父亲很少与母亲争执，但是，他的购书会照样继续。

书中自有黄金屋？读书是否有用？我想，对于这些问题，也许在父亲心目中，根本不成问题，或许也从没想过。他只知道，人要敬惜字纸；他只知道，一个个方块字里，有无尽的智慧与知识；他只知道，一旦开卷，必定有益，能满足人天生的好奇心。因此，他几乎是逮到什么就读什么。

小时候，除了墙上粘贴的报纸，我们能够阅读的东西非常有限，记得父亲经常给我们三兄弟传阅的一本书是《集韵增广贤文》，如今，很多话我还背得出，成为指导我面对人生的智慧——譬如，逢人且说三分话，未可全抛一片心；来说是非者，便是是非人；路遥知马力，日久见人心；客来主不顾，应恐是痴人……

父亲常用的记事本，是那种小开本、价格十分便宜的口袋书式“农家历”，上面的目录页之后往往附有数十条春联，有一些会被父亲用毛笔字书写出来，每年在大年三十时贴到门上，为清贫却温馨的年增添一些喜庆色彩。

我读大学时，程控电话还很稀缺，打电话绝不可能；读研时手机还很奢侈，于是，书信成为我与父亲之间沟通信息的最好方式。我的学习动态、生活状况，都通过文字详细地向父亲汇报，父亲每次除了自己读信之外，还要读给不识字的母亲听听。一般来说，寄信之后，一周左右就能收到父亲的回信，家里的农事、收成等信息，那些熟悉的字体，信尾客气的希望与祝福……这种一纸相牵的牵挂与亲情，至今依然温馨；这些家书，我大部分完好保存着。

我到长沙工作后，父亲已年过花甲，但是他闲不住，不知哪来的决心和毅力，开始开垦屋后的荒山，来种植柑橘、椪柑等果树。

没有经验怎么办？父亲也是买书来读，边学边干。今年春节回家，我终于发现了父亲多年来陆续购买的这些书，包括《椪柑优质丰产栽培技术》《板栗栽培技术》《果树种植技巧》《枣树丰产栽培技术问答》《甜橙优质高产栽培》，等等。我忍不住用手机拍了下来，这是给我儿子最好的教材与示范啊。

随着年龄越来越大，父亲的耳朵越来越背，我们之间的交流与沟通，自然更困难，打电话时，一般是他接通了之后，就顺手递给母亲。于是，我又拾起纸和笔给父亲写信，每年我们往来的信件大约有七八封吧。

我还有意带一些自己购买的图书给父亲读，尤其是关于乡土的和个人忆旧类的，譬如阎海军的《崖边报告：乡土中国的裂变记录》，梁鸿的《出梁庄记》，姜淑梅的《乱时候，穷时候》，杨显惠的《夹边沟记事》等。我是希望父亲在读到别人对于自己过往的书写后，或许受到启发，也来完成一些哪怕粗略的梳理与记录。留下来的白纸黑字，便是无法抹去的痕迹与难以衡量的财富。

有一次，我把浏阳退休教师沈博爱先生的《蹉跎坡旧事》带给父亲看，他读后感慨不少，在给我的信里这样写道，“人还是要多读书啊，以前的那些事，记录得这么清晰，我甚是佩服！”

这几年，我时不时写就的文字，以及儿子完成的一些较好的作文，每逢回老家鹿岐，必定打印一份给父亲读。其中一些文字，父亲反复阅读，那篇写奶奶的《有一种思念叫不休不止》，虽然当着我的面，但父亲读着读着，终于忍不住失声痛哭；还有我写的，也发表在报纸上的《眨眼六十一甲子》，里面提及爷爷被日军掳去当挑夫的经历，父亲读后，眼角也是闪烁着泪花。

2016年底，我给父亲买了一些传记，像毛泽东、周恩来的传记。鸡年春节回家时，母亲跟我唠嗑时抱怨说，“他整天就是看书看书，几乎百事不管了。”

那一年，二哥家迁入新居之后，父亲在他家三楼暂时闲置的房间里，靠窗设了一个写字台兼书桌，每次我给父亲带回去、用于习练毛笔字的旧报纸，就码放在写字台边。父亲的练字一直在坚持，这个很好，既练了腕力和定力，也能保持思维的活跃，我多次给予鼓励。

耳朵背了之后，我想，父亲更加孤独了，除了看电视（尤其是央视的《新闻联播》或者新闻频道）使他与外部世界保持着联系之外，也许，书才是父亲化解孤独最好的伙伴吧。

（2017年2月18日）

一路上有你

前阵子，为了下树上的枣子，父亲摔伤了腰，到今天，父亲勉强能自己慢慢地迈步了。我上午打电话去问候，顺便想跟你说说话，结果你又不在，你是去地里锄草去了？父亲说，你妈是闲不住的，双手根本停不下来。

我眼前禁不住又浮现出你暑日里劳作的经典场面：檐上点缀着黄泥的草帽下，豆大的汗珠正从额头、脸颊往下掉，后脖子上用来擦汗的毛巾早已汗透，几乎拧得水出——但是，再苦再难，你不会说累的！

你没读过书，但这并不妨碍你识事理。

譬如"节俭持家"。小时候，你经常讲，你总是记得老辈人给你讲的故事，一个角子（就是当时一分钱的硬币）再不值钱，节约下来，便能积少成多，照样能办大事，不信？关键时候少一分一厘，还就是不行！

在你的熏陶下，我从小知道，饭碗里的米粒，是一粒都不能留的，浪费就会挨骂；家里的每件物什，都是要特别珍惜的，更容不得半点闪失。记得五岁那年，我洗碗时失手打掉一个饭碗，硬是躲到后山半天，直到天黑了你喊我下山，说是不再责怪我。因为我知道，打掉一个碗，节俭的你会心疼不已的，而我，从小就不忍心看到你心疼的样子。

譬如"读书成材"。尽管你根本念不出"耕读传家久，诗书继世长"这样的句子，但是，你认准了，非读书不能改变孩子的命运。那年第一次高考，我差了 5 分，灰溜溜回到家，你听说后，没有责骂，只是叹口气问，你准备怎么办？想读就继续读吧。

到一所中学教书一年后，我向你们透露考研的打算，父亲有点犹豫，因为他觉得儿子能回到离家不远的地方工作，已经挺好了，莫要轻易放弃。你却说，读吧，但是要注意身体，天天熬夜看书，搞垮了身体可划不来。

譬如“日事日毕”。俗语说，季节不等人，一刻值千金。这是讲农事的。有年“双抢”，我还只十四五岁吧，插田已经插到傍晚七点多了，水田里的蚊子盯着脚咬，肚子早就咕咕叫了，腰也几乎是弯折得似乎要断了，我跟你说，干脆明天早上早点起来再插吧，你只回了一句，明天有明天的事！

你个子矮小，但是人格力量绝不弱小。

我们家所在的村子虽小，但也是什么鸟都有。有些人家里孩子手脚不太干净，今天从这家鸡窝里摸去几个鸡蛋，明天到那家菜地里偷走几蔸白菜……你总跟我们讲，做事要摸摸自己的心，做人要站得直，要走正道；手脚不干不净的事，做多了，人就会烂掉，害己害人又害家。

小时候，记得总有自称是安徽或者河南的外乡人，来我们村里讨口饭吃，但凡遇到这样的人，你一般会用大碗装满米饭，然后用地道的、别人也许根本听不懂的土话说，菜是没得什么，但是饭保你吃饱。当然，那人临走时，你不会忘记从米缸里舀出些大米——如今我知道，这是你的慈悲心肠。

还有一种力量叫韧性。这几年，你的背越来越驼了，我知道，这是年轻时的过劳所致，但是，不加倍地劳作，哪有更多的工分？没有工分，哪有一家老小的口粮？尽管你从未向我们提及，但我还是从别人口中得知，当年搞集体时，你硬是凭自己的双手和肩膀，拿到了男人们才拿得到的工分。

我始终感佩着，当年父亲失去左手后那几年的艰难与你对他的不离不弃。至于20世纪70年代末，父亲因种种原因离开村干部岗位，重当农民所带来的强烈反差与精神压力，我至今无法想象出，你是如何陪着父亲挨过来的。是什么力量，让你的内心充满坚强？

你绝对普通，但这个世上你独一无二。

我知道你背上的黑痣多，小时候我是你最贴心的满仔，背痒时，你总要我帮你挠痒痒，我最喜欢的就是摸摸那些黑痣；如今儿子对我背上不少的黑痣也是兴趣浓厚，会止不住地要去捏捏，这几乎同样的场景，让我充满了幸福感，也自然勾起了自己的童年回忆。

你不善表达，每次电话里都是这几句，吃饭了吗、注意身体啊、家里都好莫操心……但是，如果过得两周没有听到我的声音，你就会担心起来，禁不住要父亲打电话过来——就像当年读大学和读研时，只要半个月没有收到我的来信，你每晚就要跟父亲念叨起我；我还知道，看电视时，你几乎只听天气预报，我所在城市的天气预报，这是怎样的一种牵挂？

我的路是你开启的，你陪我走过了三十多年，但是，自然规律决定了，总有一天，你会远离我，搁下我一个人独自前行。每念及此，无尽的伤感便涌上心头。

但我知道，你依然会在另一个世界，凝视着我的每一步，陪着我踏实地走稳每一步。

一路上有你，所以我从不寂寞；

一路上有你，所以我从不懈怠；

一路上有你，所以我从不悲观！

（2009年8月29日）

您的安好，我的晴天

今天母亲节，微信朋友圈里刷屏的，几乎都是关于母亲节的文字。可是，有人说，不要让你对母亲的关爱，仅仅停留在朋友圈——因为，我们日益老去的母亲，根本不在线。

从昨天起，就想打电话给母亲，也没什么特别的事，就是想跟她说说话。可是，父亲的耳朵已基本失聪，电话总是无人应答；今天午饭和晚饭后，又尝试着多次拨打父亲的手机，还是没有接通。

无奈至极！可对母亲的思念却无法释怀，于是，我想写下一些关于母亲，以及母亲与我之间的碎片化记忆，把这些文字上的重温当作送给母亲的陪伴，也算是自己心底遥寄给母亲的祝福吧。

印象中，从来没有母亲抱我在怀里的记忆。这丝毫不奇怪，因为，从小母亲就是家里的主劳力，父亲在村里忙公务，家里大小事，都是母亲打理。连五岁时那次二哥和我先后突发脑膜炎，都是母亲请人帮忙，背着送往城里医院的。

我记得，因为小时候我脾胃虚弱，一沾点油星就难免拉肚子，人自然总是面黄肌瘦的。母亲没有少带我去哲桥，去找中医见长的瑞胜哥开药方、熬中药。我的第一次坐火车，也是在那时候，就是从灶市街到哲桥，坐的是绿皮慢车，好像只有一两站路吧。

那些年，我还少不更事，父亲天天钉子般守在村里，母亲为了那些对七八口人糊口很关键的工分，拼命地劳作，甚至跟男人们比试莳田和挑秧，竟然不落下风。据说，母亲还当过妇女队长，是那种做事实打实、能当表率的角色。

离开村里之后，迫于生计当起养鸭人的父亲，开始安排母亲进城卖鸭蛋。

那些母亲上街的日子，我心里最盼望的是，母亲能带回一些稀罕的零食，譬如鲜艳的糖粒子，或者棒棒糖；很奇怪的是，那时的我心里总充满着焦虑，如果午饭时点之后，母亲还未回来，我就会怀疑，母亲是不是遇到了什么意外。

于是，我会一直守望着村口的那株枫树，那是进村的必经之路——终于，盼来了母亲的身影，我才如释重负。

那一次，母亲挑着满满一担鸭蛋进城，在老电影院边上的菜市场里卖，却被一个骗子给骗去一箩筐，母亲急得要命，边哭边找，她东访西问，竟然在水利局旁的一条巷子里，找到了正在叫卖鸭蛋的骗子，母亲走到跟前，跳起来就给了那人一个耳光。我觉得，也许是正气给了母亲勇气；又或许，是那个时代的道德底线还在，围观者的善意目光给了母亲极大的鼓励吧。

母亲的节俭，几乎到了苛刻的地步。那些年，每次去城里卖鸭蛋，即使到了午饭时间，她都舍不得在街边店子里吃碗米粉什么的，即使喝碗糟酒都不舍，硬是要顶着饥肠辘辘，熬到回家才吃饭。她总是说，能省几分几厘也好啊，积少便能成多。

那一年，我初三毕业，自我感觉中考没考好，成绩还没公布，可是，寄宿的寝室却要腾空了，母亲来学校帮我挑回铺盖行李，由于没有带扁担，不知母亲从哪里找到一根棍子，她甚是费力地挑着担子，一端高一端低地前行，我默默地走在前面，内心翻涌着悔恨，怪自己不够努力，因为，我害怕成绩出来后，分数达不到母亲希望我能上的中师——读师范毕竟可以早点工作，分担家里的负担。

读高中那几年，母亲为了我的饭食，没有少费心思，最多的是母亲自己做的干萝卜条、酸菜，还有街上买的海带，虽然自己家里压榨的茶油根本不够吃，但是，每周给我带到学校的两瓶菜，母亲放油还是舍得的。

还有一枚一枚积攒起来的鸡蛋，母亲自己从来舍不得吃，都给我带到了学校，另用麦乳精瓶子装好白糖，嘱我每天早上用开水冲服。

总忘不掉那一年，母亲带着二哥和我，在那片泥泞稻田里，拼力蹬踩打谷机的“咕哒咕达”声；还有三个人连拖带推，奋力把打谷机送到下一堆割倒并码放好的稻谷垛前的精疲力竭……终于，打完了所有稻谷垛，饥肠辘辘的我和二哥，还要每人挑一担稻谷爬个坡，送到晒谷坪上。母亲要挑的担子，则更多。

母亲个性善良，甚至在我看来过于软弱，不会反抗。也许，卑微的境况下，一味地忍让才是她的生存逻辑？这才是她心目中最无奈却安全的、对于命运的回答？我总是以我能理解和想象的母亲之苦痛作为自己努力的起点和动力，希望能以那些奖状和成绩上的些许进步，带给母亲多一点希望，以及发自内心的笑容与尊严。

那些年，父亲每天跟着鸭子，在一条条田坎上游走，艰辛异常；母亲每天清早就去稻田里忙活，中午时分，当我们累得趴倒在躺椅上休息时，母亲还要赶紧在灶台上做菜，然后是匆匆洗衣。

那些年，姐姐家境况拮据，地少，家里口粮不够吃，每次来鹿歧，母亲要想方设法给姐姐一些接济。

那些年，大哥天天在外面做工，二哥天天开车在外面拖煤，大嫂二嫂也在打零工，于是，三家的家务活，母亲都揽下了，她是大哥、二哥家里两边跑，还有自己家的一堆家务，我多次劝她说，您老腿脚不方便了，歇着点吧，她总是说，做得动就做一些，帮一点是一点，你哥哥他们回家，才有口热饭吃。

母亲的生日在农历六月十二，可是，这么多年了，我也只是工作后，才在她“逢十”的大生日时，回去一起庆贺。今年初，我说等她生日时要回去一趟，母亲说，不要来回花钱，打个电话就行了。

越是书写，我越发现，自己的文字是远远不够用的，苍白的。我只愿把更多的书写，留给未来。

最后，容我在心底默念——

母亲，您的腿脚一定要注意，能少走就少走，否则关节的劳损只会加重；您的心一定要放宽，儿孙自有儿孙福；您想吃什么，电话里告诉我吧。最遗憾的是，想带您和父亲到处走走看看，您的腿脚已经不答应了！

说一千道一万，您和父亲的安好，才是我的晴天！

（2017年5月14日，母亲节深夜）

鹿歧味道

有人说，乡愁就是儿时母亲留在你舌尖和味蕾上的记忆。对于这一点，我极为认同。

母亲在，鹿歧味道就始终可口又正宗，对于这一点，我从不怀疑。

如今，能吃到母亲做的饭菜的机会不多了，但是，我会想方设法回去，多尝尝母亲的手艺，多陪陪她。可是，每次看到腿脚不便的母亲，忙来忙去，我又会心生内疚，觉得自己不该回去，因为，母亲的脚走多了，又要疼好一阵子！

母亲，我总记得，为了让平淡的日子有更多味道，您可没有少费心思。

知道我最喜欢吃红薯粉丝，每次回鹿歧，即使没有原材料，您也会用替代品来搞出这道菜，然后看着我吱吱地吸吃粉丝、百般满足的样子。当然，出锅前，您不会忘记加点陈醋，因为您知道，我爱吃酸酸的味道。

俗语说，“二十五，磨豆腐”。是的，过年前这一天，您会准时动手做豆腐。然后，把正在村子里某个角落嬉耍的我们喊回家，舀出来一碗新鲜的豆浆，用瓷勺子添上白糖，递到我手上。

那时候没有冰箱，如果家里逢年过节买了鱼，吃不完的，您会用茶油炸干以便于保存，就挂在火塘上的竹篮里，这种稍带咸味的炸鱼块，总是勾起我的惦记，忍不住偷偷拈出一小块，打打牙祭。如今，我儿子也喜欢吃这种榨干的鱼块，我不禁有点迷惑，难道这种口味也遗传？

那时候，过年前会杀年猪，母亲会特意把猪腰子留着，加点佐料，然后清蒸，给体质虚弱的我来补肾气。当然，清蒸猪小肠，您知道我爱吃，一定不会让屠夫拿走的。

鹿岐味道

乡愁就是儿时
母亲留在你
舌尖上的记忆

小时候，不像如今超市里什么零食都有，都是您自己做。在我看来，您是真正的心灵手巧——除了秋天晒制的刮皮（长方形、薄薄的，添有芝麻），红薯干（还有一种可以用油炸制，类似小麻花），还有荡皮、小花片、糍粑等。秋收时，您还会炒些黄豆来吃，我记得小时候看电影，两个裤袋里都塞得满满的。

我记得，在您做粑粒时，我的责任是用剖成“十字”的筷子头，蘸着食用颜料，给上面打上喜庆的十字印……

印象最深刻、如今想起仍然后怕的是，有一年过年前，还是在旧屋那边时，您学着别人家里，用买的面粉来炸甜甜的小圆子，可是，由于水分过多，在煎炸过程中，锅里的小圆子突然爆炸，把您的右手严重烫伤！那个年，对全家来讲，更多的是痛楚，是悲伤啊。

母亲，我们家有一种味道叫巨辣。

那是您用自家的辣椒，洗净晾干之后，泡在盐水坛子里而成。早上喝稀饭，那是必备的菜品；晚上吃饭，一般是没有多少菜了，父亲和我们，都会用盐水辣椒或者萝卜条来下饭。这种辣椒，如今想起都过瘾，辣得人眼泪直流，舌头似火烧，赶紧往口里咕咚咕咚灌凉水。

母亲，您应该知道，我最喜欢甜食了。

也许是孩子的天性吧，我从小喜欢吃甜的，有时候没有菜了，要么是用酱油拌饭，要么是白砂糖拌饭，百吃不厌。吃得最久的一次，是那次我得了急性肾炎，出院后医生交代，一个月不能吃盐，所以，那一个月，我是天天白糖下饭。

母亲，您也许不知道，您弄的咸菜确实有点咸。如今每次从洪久坳带回来的，只有我一个人吃，所以，可以吃很久，翔妈和我儿子，基本上是沾都不沾一下。可是，我是百吃不厌，偶尔从冰箱里拿出来，开胃啊。当然，我知道咸的理由，一个是可保存得更久；另一个则是节约啊，一根萝卜一碗饭，绝对有保证。

母亲，高中那四年，为了我的寄宿饭食，真是让您伤透了脑筋。

一周两瓶咸菜，基本上是干（咸）豆角和干萝卜，您会多放些油（比家里炒菜时放的油都要多），里面煎几个捣碎的鸭蛋；有时候，到了没有豆角和萝卜时，就是靠从市场上买的海带来顶替。其实，吃到周三周四，那个“麦乳精”瓶子里的菜，基本上有馊味了，但是，吃到后来，甚至我有点爱上了那种馊味，酸酸的啊。

母亲，从小到大我都知道，其实，家里即使偶有美味，美的是我们四个孩子，您吃在最后，吃的其实都是剩下的那些汤汤水水了，这是我们四姊妹，一辈子欠您的！

从1990年考上大学那年算起，我离开鹿歧已经二十八年了。离开鹿歧越久，我就越想念鹿歧味道——因为，鹿歧味道，就是母亲的味道。

（2018年5月13日，母亲节）

我姐

生而为人，谁能离得开女人？

作为母亲（或者奶奶、外婆），她养你育你，疼你爱你，护你哄你；作为妻子，她懂你容你，恨你爱你，助你帮你……

本文我要说的女人，以上的角色都不是。她是另一种女人，一种生命中独一无二，却不可替代的人——姐姐。

（一）

我姐大我十五岁，家中排行老大。个子约莫一米六，身材稍显丰满，脸型与母亲酷似。一开口就笑，是那种爽朗并具有穿透力的笑。

户口本上名叫伟芳，可是村里人都喜欢喊她“广妹”。因为，父亲年轻时曾经代表村里到广东学习制秧，或许，名字就是这么来的吧。

如今虽然放开了二胎，但是，多数城市家庭还是独生子女。我一直认为，条件再好，独生子女的人格是天生有“缺陷”的——譬如，没有人陪着玩，从无姊妹间既爱又恨的体验，不会有对食物、玩具甚至父母宠爱的竞争。

我却不，家中四姊妹。身为老幺的我，自然有一些这样那样的“特权”或“福利”。上一年级时我还没满六岁，当时我姐在大队负责碾米（小学与大队队部在一起），于是，常常是她背我上学。遇上某天我自己上学走得早，来不及吃东西，她会从家里带些粥饭给我饱肚子。

我姐很能干，各种农活不用说，割禾插田一把好手，扯草砍柴从未停过，还有挑水、煮饭、剁猪草……至于考验手巧的女工，如打毛线衣、钩保暖鞋、做干菜炸点心，似乎都是无师自通。

我还记得她打过草鞋，用晒干的竹笋叶子，据说比稻草打得更经用。不过，现今农村多时没人穿草鞋了，我只是前几年在井冈山上见过纯粹表演性质的打草鞋。

与我姐比起来，我自己无疑是个废人。除了会写几个字，能讲几句话，向土地谋生的本领很丢人——谷种不会浸、稻田不会犁，菜种基本不辨、种菜不识时令，山中果子认不全、地里药材则只懂可怜的几种。至于乡风民俗、婚丧嫁娶的礼仪与规矩，更是一知半解甚至一窍不通。

我姐读书不多，却使尽全力供三个孩子读书，虽然成绩都不甚理想，最后走上打工之路，但是，这也许是天数，不能强求，也怨不得谁。建军算争气，在华南理工进修了专科文凭。我姐每次提及，都是喜形于色，洋溢着自豪。

两个女儿小燕、梅仔，在老人跟前挺孝顺，每次回家，必定来洪久坳看望外公外婆，除了大包小包，有时还给红包——我想，这与我姐和姐夫的言传身教分不开。

（二）

每个人都是历史的参与者、见证者，只是，有些人不善于表达，只好把书写历史的权利拱手让出。

我偏不，只想以记录来对抗遗忘，以事实来廓清来路。

记得小时候，我在楼上稍显凌乱的纸箱里，看到过我姐的作业本，上面稚嫩的笔迹，以及那些夸张、烦琐、冗长的形容词，如今想来，依然令人不寒而栗。当然，这些实物早已散佚，不知所终，或许早已化为灰烬，只留存在我的脑海。

据说，我姐曾经去过韶山，那是“大串联”时的“免费出游”。这次外出，在她的内心留下了什么，激动与狂热？凌杂与荒谬？……我都无从知晓。唯一可以确定的是，所有的这些，都已成过眼云烟，任由后人评说。

应该不用怀疑的是，我姐他们对包产到户是欢迎的，因为，政策一落地，干农活有了劲头和奔头，不劳不得、多劳多得！多好呀，家中五口人的口粮就渐渐有了保障。

社会终归朝前走，农业税取消了、种田有补贴了……我姐家的生活也在不断改善。添了洗衣机和冰箱，电视机是有线了，如今门外到处贴着装网线的广告；出门就是马路，车子来回穿梭，我姐从家里回洪久坳省亲，也是越来越方便了。

转眼我姐快“奔六”了，如今真正需要她操心的事，只有建军的婚事了。辛苦了几十年，她也应该放下担子，享受生活了。据说，她参加了村里组织的健身军乐队，还担任鼓手，我见过外甥通过微信发过来的我姐穿着制服的照片，呵呵，我姐可神气了。

（三）

我姐曾经心脏不好，去年眼睛有疾。每次都不告诉我，都是事后我从母亲嘴里或者外甥女那里得知。我知道，我姐是怕我担心与挂牵。

我姐易动感情，遇到伤心事，容易哽咽无语，只见泪水在眼眶里打转。

姐不说我也知道，最难的是“超生”那些年，村里不给孩子分田地，嘴多地少，口粮总是不够吃。每年新米出来前，就是扳着指头数的难熬日子。为此，姐姐没少流过泪，我都看在眼里，记在心里。

但是，别以为我姐很软弱，虽然心灵敏感甚至貌似脆弱，但是，人格与毅力格外坚强。记得她跟我讲过，人穷志不短，再困难，过年也要多办点年货，给孩子们置新衣，过个快乐年。

是啊，无论苦与艰，做人要乐观兼达观。如今，我姐家的三层楼房立在马路边，不惧风雨、冬暖夏凉，虽无大富大贵，却也闲适平安。遗憾的是，一般春节过后，就剩我姐与姐夫两人，守着独门独院，有点寂寞。幸好，房后就是菜地，没事地里转转，也能消磨不少时间，还能享受到自产自销的放心与惬意。

我姐读书不多，字却写得不错，对文字与知识存有敬畏。她当年对我考研的理解与支持，我一直没能忘记。

那是我在中学教书的日子，暑假时我回家“双抢”，跟姐一起在田里插秧，我提及想考研，不想在中学熬一辈子，姐说，考吧，要考就加把油，争取成功，姐姐相信你！

我想我是幸福的，这辈子，有姐疼有姐陪，有姐的理解与支持。

我姐最近有喜事，前阵子打电话来，说她家梅仔已经选定吉日，正月十二要出嫁，我下定决心，再忙，也要回去凑热闹，封个贺喜大红包。

（2016年2月10日，正月初三）

大哥

一个乡村（民间）社会的正常运转，离不开匠人。

虽然随着工业社会的演进，有些匠人已逐渐消隐，踪迹全无。譬如，我已经很多年没有在老家洪久坳见到秤匠、织布匠、补锅匠、雕匠、豆腐匠、蒸匠（蒸红薯粉皮），以及裁缝师傅、爆米花师傅等这些人了。

但毫无争议的是，有需求就有存在的理由。因此，砌匠、木匠、厨师、篾匠、铁匠、理发师、风水师甚至纸马匠等，依然顽强地与时代共存着，他们主要活跃在远离城市的乡间，利润也许微薄，但也能凭手艺谋生——这些匠人没有丢掉手艺，除了实际的经济因素，或许带着不想手艺在自己手上失传的执着，又或是舍不下对手艺的精神依恋，有时候仅仅是为了满足一种情怀吧。

我们家就有一位匠人，大哥是一位砌匠。

（一）

大哥长我整整十岁，所以很好记。小时候父亲叫他“广成”，学名伟成，但是，后来户口本上改成了“瑞建”，在我看来，这个名字也许呼应了父亲对大哥作为匠人应有的职业期许吧——“精于建设”。

大哥个子很高，一米八以上，是我们家“最高峰”。脸型像父亲，颧骨高挺，脸颊瘦削，头发疏于打理，有点像枯草，随意地罩在头上。主要是没有时间，一天到晚在工地上，也顾不了那么多了。

长年的体力活，练就了大哥一双结实粗壮的臂膀。小时候我总觉得，大哥那满是健硕肌肉的手臂，肯定比我的大腿还粗。我曾不止一次见大哥一个人背起重重的打谷机疾步如飞，挑担子的话，估计两百斤不在话下。

我也不知道父亲让大哥学艺，是在哪一年了。我只记得，我们家1983年起三间新屋（我们不是三兄弟么），大哥就是主力师傅之一了。在父亲带领下，建新房的一系列准备工作，包括拌砖、烧砖，挑地基、下屋脚，大哥可都是功不可没。

大哥的师傅好像是姨父吧，但是，到底是姨父教给他功夫与秘诀，还是基本上靠自己领悟，这个只有大哥自己能够回答。

大哥是个安土重迁的人，一直没有离开洪久坳，只是几年前，似乎去过广东那边找事做，都待不久，除了生活不习惯，还是觉得漂在外地，尤其是离开了自家的田土和山水，心里不踏实。我想，正是因为大哥有一门手艺，才能够坚守在故土吧。

因为大哥做事踏实，学不会偷工减料，所以似乎手脚有点慢，但是，慢工出细活啊，老板们终归还是满意的。

大哥对于砌砖建房，有着自己的价值观和底线，那就是，横平竖直，规矩方圆，一丝一毫，含糊不得！自己手上立起来的作品，要经得起时间的考验，更要对得起自己的良心。

大哥如今五十多岁了，依然一年到头在县城的大小工地上忙碌着，骑着摩托车，早出晚归，每次通电话，即使到了年关，他还是喊搞不赢。年前刚把自家的房子加层固顶，下雨不再漏水了，我说他是忙着挣钱，倒把自家的要事给耽搁了。

（二）

大哥基本上属于讷于言的人，我们兄弟之间交流也不多，尤其是，我一直在外面。尽管如此，每次我回洪久坳，只要他得知，必定赶过来陪我（他家在小学那边，直线距离估计有一里路）。走时，总给我带点菜啊，米啊什么的。

我最佩服的是，作为长兄，大哥对家里大小事的担当，尤其是我姐出嫁之后，更是如此。

父亲教会了他犁田使耙，记得那头牛是我负责看的力婆吧，那是在村后背的“长七担”田里，几个来回，就学会了。

插田割禾、打谷挑担，大哥都是一把好手，手脚很利索，也很能吃苦，“双抢”时都是天刚刚撑亮，就赶早直奔稻田，割完几分田，才回家呷早饭。晚上则要忙到天漆黑，因为要赶进度、争水库里那点尤为金贵的水——为此，几乎整晚不得休息，匆匆扒碗饭，又赶紧摸黑“看水”，实在困了，就在田坎上靠着锄头把打个盹。

八几年日子紧张时，为了搞活家庭经济，大哥想过很多办法，除了做手艺，还搞过橘子园、开荒种柰李，又承包过鱼塘，好像是水库下那口塘。

以前送粮谷到城里，押送车辆的，必须是大哥，因为力气大，遇到问题，随时能解决。听大哥讲，现在不交农业税，也不交粮食了，所以一般水稻只种一季，就够自家吃了。

大哥对我很照顾，考虑到我基本上只会读书，个子不高身子瘦弱，很多事不让我做，都是他揽过去了。

一直忘不了那一年，我们父子四人经由孝水冲水库、大岭背，去往庙背冲父亲的老表家拜年的一幕。现在我才明白，记忆原来是有选择性的啊。

父亲在屋后荒山开辟的果园，如今自己做不动了，便分给了大哥和二哥，可是，大哥他们太忙，有点无暇顾及，我担心，总有一天，这果园只怕会荒废掉。

（三）

即使再普通的人，都有权利拥有自己的梦想。大哥也一样，他想当兵，也自己当过工头；希望儿女有出息，希望黑子牯早点结婚，让他抱抱孙子享受天伦。

可是，由于小时候意外，被开水烫伤大腿，这脚上的疤痕，令大哥的当兵梦仅仅停留在一个梦想（体检没通过），虽然大哥的体质棒得没的说——我估计，这应该是大哥一生的遗憾。

大哥心气有点高，早年当过工头，但他心很软，宁愿亏自己，也不愿亏别人；又不愿意偷工减料，算账也不够精细，所以，以后就再没动这个心思。

与很多人一样，大哥的读书时光，基本上是浪费了，读小学时，正是“文革”期间。虽然读了高中，但基本上都是在劳作，没有足够时间学习文化知识。

天天忙于生计的大哥，也没有能顾及孩子的培养，于是，侄儿和侄女还是在乡村，女儿已经出嫁，生了两个孩子，可爱的小外甥，总算能给大哥的内心带来些温暖。侄儿黑子牯一直没有处好对象，这是大哥近年来最大的牵挂。

其实，黑子曾经让大哥对未来充满希望。可是，在陕西渭南当武警两年后，又回了洪久坳，对此，大哥不免有点失望——这些年来，我很少看到大哥脸上有酣畅淋漓的笑容，脾气也一直不小，估计这些不如意，也是原因之一吧。

大哥对未知之物有敬畏，甚至还带点迷信。但凡正月初一，他必定自己鸣放开门红的大鞭炮，期盼当年好光景。对于这一点，我给予充分的理解。还有，大哥肯定会去鹿峰寺上香，祈求好运。

每年清明节，大哥再忙，也会去我爷爷我奶奶的坟前祭扫，砍遍坟头的树枝杂草，再把坟头用土堆高。然后摆放供果点心，点香烧纸、鸣放鞭炮后，虔诚地行跪拜之礼。

作为普通的上班族，我基本上没能帮上大哥，内心非常愧疚，因为，我自身修为极为有限，更非呼风唤雨之人，也只是凭一技之长，在一个机构里面如小小的螺丝钉，循环往复地谋生而已。

我想，天下平凡如我者，应该不在少数，内心便也释然。但愿，大哥对此能够给予宽容与理解。

（2016年2月11日，正月初四）

二哥

二哥这辈子，我看与车轮是结定缘了。

如果小时候抓过周，我相信自己一定抓的是纸或者笔，而二哥一定是抓的圆圆的、可以滚动的东西。当然，这只是我的假设与想象。不过，抓周的假定，也许可以给某个人诸般不可思议的命运一种合理性，或者差强人意的解释吧。

记不清是我读初中还是高中时，二哥负责骑自行车送鸭蛋到灶市街那边的收购点；后来，应该是我读大学期间，二哥凑钱买了手扶拖拉机，不知疲倦地拖机制红砖送往城里；又过了几年，运输装备升级，买了农用翻斗小四轮；如今二哥开的是几十吨的大货车，专门运煤炭送往火电厂。

村里人都羡慕二哥经济上比较活泛，是啊，俗话说，车轮一响，就来粮饷。但是，也都是费力的活，一分一厘，都是汗水钱。

（一）

二哥在年份上比我长三岁（实际上不到），因为他是农历十二月出生，而我是在农历二月。

他在家里排行老四，所以，小时候父母喊二哥叫作“伟四”，后来户口本上的名字“瑞仁”则是依照字辈取的——也许父亲希望二哥在为人处世上能“待人仁爱”吧。

小时候，二哥经常喜欢生闷气，一失控时，就揍我以此来撒气。这竟然使得幼时的我生出了不可思议的“嫉恨”——“长大以后，我一定要找他报仇。”现在想来，这真是孩子脾气一团麻，细细思量算个啥！

没想到，长大后，二哥脾气柔和了，不像脾气暴躁的父亲、大哥和我，母亲与我姐还有二哥，他们三个属于性格上柔和的那一类。于是，我们家里好坏两种脾气的人，刚好对半分，既是“泾渭分明”，也算达成了某种平衡。不过，一家人倒也相安无事，和美团结地携手走过了几十年。

我们家三兄弟都跟母亲比较亲近，因为父亲年轻时脾气很大，几乎像火一样一点就着，我们都是敬而远之。其实，等如今我们也为人父母之后，我才理解，父亲当年的日子那么拮据和艰难，脾气要好，那才是怪事呢。

一旦母亲的手指甲或者脚指甲太长了，或者长倒须，二哥就会抽空为母亲用自制的剪刀剪指甲，剔除那些碍事又生疼的倒须。

我读书的缘起与二哥分不开。父母讲，当时家里和队上的事多，他们两位都没日没夜地在队上挣工分，爷爷 1978 年过世后，我就没人带了。曾经托毓凤爷的女儿、也是我的一个堂姑照看过一段时间，后来父母觉得也不是办法，干脆，“交一元钱给学校，让他跟着伟四去读书”。母亲后来跟我讲，这就是为何你五岁多就读书的原因。

每天我就是加把椅子，坐在二哥旁边，一起听老师讲课，没想到，竟然就一路读了下来，成绩也还不错。

（二）

家里四姊妹，二哥的书读得最少，不是他不想读，而是家里做事缺人手：当时我姐已出嫁，大哥自己立了家，父亲养鸭后，每天只能跟着一大群鸭子，在田野间穿行，剩下母亲一个人，如何对付得了几亩田土？何况，每天还得有人给父亲送饭……在如此万不得已的情况下，父亲只好让二哥辍了学——我知道，这也是父亲和二哥自己至今都耿耿于怀的一件事。

我记得，后来二哥参加了大队的扫盲补习班，又在语文、数学方面多学了点东西，时间应该没有一年吧。但是，如今二哥算账，倒是很精细的。所以说，凡事只要上心，只要现实的需要逼着你，很多东西自然而然就会了——这或许就是“实践出真知”吧。

当年买手扶拖拉机拖砖，到底是二哥自己的主意，还是父亲的意思，我一直不知道，但是，确实在收入上多了个门道，慢慢也就有了些积累。除了供孩子读书，前几年还新建起了气派的三层楼房。

一直到现在，我还很好奇(加上佩服！)，当年二哥骑着“28载重单车”送鸭蛋，是如何一路战战兢兢却又安全无损地到达目的地的。在我看来，这简直是不可能完成的任务——为何？因为只要推着单车一出洪久坳，就要面对一个险关：通往八队的必经之路，只有那条窄得不行的渠道，左边渠道脚行、右边渠道车行。而渠道的宽度只有一个红砖的长度，二十四厘米。只要稍有闪失，单车就会掉下渠道，那么，单车后座架两侧挂着的两大筐鸭蛋，大部分得报废！

二哥做事细心稳妥，开车很少出事。只是有一次，我是寒假回家后，才听母亲提及，说二哥开手扶拖拉机，在大岭背那边的大坝附近干活时，不小心失控，摔下了马路沿子！底下全是树枝和灌木丛。母亲心有余悸地说，幸亏老天保佑，车子摔坏了，但人没有大碍。

二哥也外出打过工，似乎是到冷水江的金竹山电厂吧，时间也不是太长，毕竟出门在外，百般为难，不如家里自在、踏实。

不要以为二哥只会开车，其实，跟大哥一样，干起农活来，也是一把好手，力气大、速度快。总记得那次我跟他两人，顶着火辣辣的太阳，赤着膀子在湾村前面的烂泥地里挖地，汗流如洗、口干舌燥，第二天起来，后背上的皮，一揭脱下了一大块。可是说实话，那丘七八分的田，估计四分之三是二哥挖的，我基本上是拖后腿的角色。

二哥还会养鱼，现在就承包着孝水冲水库，年前还曾给我捎来自己养的草鱼。

（三）

对于如何做父母，天下的文字也许成千上万，各有各的道理。但我认为，其实所谓家教，说得再多，不如带头做给孩子们看，这才是最有说服力的教育，正所谓行胜于言吧。你希望孩子是个什么人，你自己首先要是个好的表率。

二哥在这方面，算得上好表率。

他能吃苦，霸得蛮，也够耐劳。

譬如当年下炭。邻近的火电厂刚发电那段时间，煤炭是需要人工从车皮里一铲一铲掀下来，这是当年整个大队各家各户活钱的重要来源。记得我自己也去试过，累得几乎要虚脱，但是，二哥他们从未叫过苦，劲头十足。

他兴趣广泛，也比较好学。对于泥工活，也没有拜过师，就是平常看看大哥做手艺，他自己试着来，便会砌墙和粉墙；而家中铺设的电路，也是自己装的。

像父亲一样，二哥对外部世界充满好奇心，每天必看《新闻联播》，或者就是央视国际频道。对了，他还喜欢看体育竞赛。2008 年奥运会时，很多比赛他也是守着看。

他其实没有走过什么地方，只是我读大学时，曾经来湘潭看过我，好像是在 1991 年。我陪他一起去了韶山，我们兄弟俩的合影还在呢——二哥一身的黄军装，我也是黄色军上衣，如今看来，两人都是够青涩。

俗话说，出门靠朋友。二哥深以为然，他就喜欢交朋友，偶尔也打点友谊牌，来滋润感情，所以，信息还算比较灵通，哪里有活干，哪里缺人手，他都能获知。

至于抽点小烟，我知道，那只是在外面跑车交友应酬的工具而已。

与大哥家一样，二哥也是儿女双全，确实令人羡慕。不过，大哥是女大男小，二哥则是男大女小。侄儿老冬是农历十一月出生的，当时我不在洪久坳，因为我还在学校读书，没放寒假。

2002 年，二哥有了女儿文珏。名字还是我取的呢，那是正月初六，我刚好在家里，听说二嫂生了，是个女娃，家里人都说我算个读书人，由我给取个名，我把字典翻来翻去，遇着了“珏”字，字典上的意思是“合在一起的两块玉”：一则玉本来就表明珍贵，二则取其信用之意。据说古人以珏作为信物，让两人各拿一块，主人（送的人）和客人（收礼的人）各拿一部分，合在一起就算数。

文珏从小就爱读书，不断地往家里拿回奖状，现如今已经贴满了进门右侧的墙壁，这是文珏的荣耀，更是二哥和二嫂的希望——人嘛，能够活在希望里，总是一件令人振奋的事。

（2016 年 2 月 12 日，正月初五）

有一种思念叫不休不止

在这个世上，有一个人，我从未谋面，但是，时间越久，我对她的想念越是浓烈而执着，挥之不去。

因为，这个人，就是血脉，是亲情，是一辈子的挂念。

这个人，就是您啊，奶奶！

今天，一个极普通的、春寒料峭的下午，独坐办公室里，偶读一知名作家缅怀故人的感人篇章，我又一次想起了您。

我从未见过您的面，却从不觉得陌生。

从小到大，家里就没有您的影像，哪怕一张模糊的画像。所以，我一直只能在想象中勾画您的面容。我不知道在父亲心里，有没有关于您外貌的记忆。我那苦命的父亲，您离世时，他仅两岁！

我从不知道您的名字，直到我三十三岁那年。

因为，您的离世，是父亲心头一辈子的痛楚，我一直不敢轻易提起，怕刺痛父亲敏感的心。

那年春节回家，父亲跟我说，已经决定了，今年要给爷爷奶奶把碑立起来！我便记在了心上，4月1日那天刚好是周六，我请了假，从省会回老家。离清明节还有三天，父亲说，来了就好，家里人都齐了，那两块麻石碑太重了，前些天已请人帮忙立好了，明天去祭扫吧。

那是一个风和景明的日子，吃过早饭，十点多钟了，太阳煦暖地照着，山间小道两旁，簇拥着葱绿的山花野草，一草一木，蓬勃着无限生机。全家人默默地跟在父亲身后，母亲和姐姐提着装满祭祀供品的塑料篮子，二哥扛着砍刀和锄头，准备给您坟头清理乱枝杂草。

您的坟在面南的山坡上，视野极为开阔。我在想，只要您愿意，天天可以看到村子里的耕作、忙碌与细伢子们的嬉闹。来到坟前，我看到石碑正中，镌刻着“故梁母伍氏喜娘老孺人墓”字样。

一年一次的清理，哪够啊！所以坟前坟后，几乎是杂草丛生，还有三三两两的荆棘斜立着。不多时，我们清理完杂草，母亲和姐姐、嫂子等人陈设好供品，点燃纸钱和香火，父亲带头，一一给您磕头。我想，看着当年的独子，如今，含辛茹苦拉扯了一大家子人丁，您应该感到稍许欣慰了吧。

我从不知道您的身世与凄苦，直到去年 2 月 28 日收到父亲的家信。

告诉您吧，我和父亲之间的通信，在大学、读研两个时段之后，便几乎断了。这几年，父亲的耳朵越来越背，没办法，年岁来了，要知道，父亲也已经七十五岁，而您，明年就一百周年诞辰了。每次打电话过去，父亲一听到我的声音，就格外高兴，不过，随后便只能把手机递给母亲，因为我说的，父亲大多听不清了。

大约从 2010 年开始，我和父亲又恢复了书信的交流，在那些信里，我偶尔提到希望父亲讲点家史。

父亲在信中写道：“直到大革命时期的 1929 年，（我爸）才从富农家找了一个次女，成了我妈，我爸三十六岁，我妈十七岁，从此有了家庭……我妈生了四个儿女，只剩我这最小的一个，其他的全部夭折了……”

我的记忆里，一直铭刻着那一天，那悲痛欲绝的一幕。

那一天（我是通过父亲的书信知道的），是 1939 年 4 月的一天，爷爷不在身边，父亲尚在哺乳，疾病却悄然而决绝地带走了您的生命。后来，是邻居大婶从您渐渐冰冷的身上抱开哇哇大哭的孩子。

那是怎样的一个时代？普通民众的生命是如此脆弱，凄惨又无奈！

那是多么残酷的生离死别，而且，十年之间，这样的别离您已经历三次！我只能理解为，每一个孩子的夭亡，就把您的寿命生生割去一大块。

您走后，父亲与爷爷两个人相依为命，我相信您全知道，所以您一直默默庇佑着，因为脆弱的生命再也经不起任何闪失；我也相信，是您一直在默默支撑着生者的信念，希望父亲他们把苦难、磨砺当作良药，咽下去，一直朝前走。

曾经，我几乎天天经过您身边，却无法与您说说话。只在冥冥之中，在意念里怀想、交流。

那是小时候放牛，每天，赶着牛上山，您的坟头，是必经之路。看到坟头杂草，我一定会拔掉；如若土石滑落了，我会用石块垒好，再用脚踏严实；有时，我会坐在边上，想一些关于生死、关于挣扎、关于世道的问题。

转眼，离那次立碑与扫墓，又是五六年了。这几年之中，我依旧忙这忙那，却疏于打理这份情感，连清明，都没回去。那些肆虐的杂草，恐怕又疯长如初？应该不会，父亲和兄长们，不会任由它们张扬的。而您，会原谅我吗？

奶奶啊，我没有得到您的怜爱，对您的孝敬之情、怀想之思，却无时不在；多少次在梦中，我想象着如村里其他孩子一样，依偎在您怀里，享受天伦之乐。

这已是个物资不再匮乏的时代，医生与良药，也不再难求……可是，“子欲养而亲不待”！

时间啊，你可不可以格外开恩，哪怕只是一次短暂的倒流，让我能有机会，见上您一面。

我多么希望，那爱，可以重来！

（原载 2012 年 2 月 22 日《长沙晚报》）

你是我一生的内伤

人这一辈子，或多或少，总有一些无法言说的伤痛。即使，作为平衡，上苍偶尔会赐予他一些喜悦。但，在这些伤痛面前，那些喜悦往往变得毫无意义；这些伤痛，只会令人变得格外清醒，并珍惜当下所拥有的一切。

四十五年了！三哥，当年你出事时，才半岁的我也许毫无悲伤，但是，这种骨肉分离之痛，却随着年岁的增长，一直在发酵——现在我知道，这种无法挽回的错，注定是我一生的隐痛和持久的内伤，也是这个家所有人的伤悲。

这种伤是如此敏感，因此，家里很少提及你，我想，也许是每个人都不想重新撕开那个令人揪心的伤疤。

母亲说，你是一九六四年三月初十出生的，五姊妹里排行老三，“比大哥小两岁，比老四大六岁”。你人也挺聪明的，会读书，外貌有点跟老四相像，“如果不出意外，应该也能考取大学的。”

那一年的农历八月，不啻一个“黑色八月”。母亲说，我爷爷是八月初九过世的，十二才出门。可是，隔了不到半个月，你又出事，被电击而亡——此生难忘的这天，是一九七三年农历八月二十三。

爷爷去世后，九岁的你，边读书边负责照看不到半岁的我，你往往是背着我一起去上学。

在母亲的讲述里，那一天的情形慢慢还原——

全身心扑在村里会计工作上的父亲，被母亲从村部喊回来，一起参加队上送粮谷，以多挣点工分。那天早上，家里煮的是南瓜豆子粥。“我挑第一担谷出门时，他正在拿碗装粥呷，等到折回来挑第二担时，发现他又在装粥，就忍不住说了句，你为何不知饥饱，呷完又呷，呷这么多？”

喝完粥，你背着我，到坳背对面挑水井的李家湾那边坐；又背着我在肆秋家的大门口玩，还跟毓安奶奶讲，你老人家现在享福了，五个崽。母亲一直认为，不到十岁的你，当天说的这些话、这些行为，令人感觉有点“反常”，似乎是某种不祥的先兆。

你又背着我到门口塘西北侧、村里那棵最高的枫树下玩，还用家里的吹火筒做成简易的秋千，把绳索搭在树干上，荡秋千。枫树的北面，就是队上两层楼的保管室（如今还在），专门用来存放稻谷和农具什么的。那天早上，队长老文带领村民们种泽泻，他从坳背禾坪的电线杆上扯下剩余的电线，然后剪断一些，用来拉伸、规范栽种泽泻的行路。尤其不可理喻的是，老文把剪断后依然带电的电线，随手架在保管室二楼栏杆上，而不是架在孩子们拿不到的高处。

荡完秋千，你背着我来到保管室这边玩。你看到了电线，你又看到了旁边有个废弃的水池，里面好多青蛙。鬼使神差般，你把我从背上解开，又把背篼垫在地上，让我坐在背篼上，然后竟然拿着电线去电青蛙玩！

电线一接触水面，巨大的电压，瞬间把你电击跌倒在水池里……这一年，父亲正值壮年，他三十六岁。可是，一个月之内痛失两位亲人的双重打击，让父亲的“天塌了”！

我可怜的广生哥，时间过得好快，如果你健在，如今也该是儿孙满堂、安享天伦了。没有你，这个村似乎并没有少什么；没有你，村民们的日子，依然不紧不慢地往下过，该劳作时劳作，该收获时收获……唯独我们，总有一些日子，忍不住要想起你。

没有你，这个家总是有缺失。本来是老五的我，现在却成了四姊妹中的“老四”。可是，“老五”这个称呼，我愿意保留一生！

我一直认为，是你，冥冥中给我力量。高中那些年，我差点成了一个自暴自弃的人。可是，突然间，我觉得，自己要有点目标，要从众人中奋力拼出来。于是，高二下半年，我开始发力，我在想：既然我还幸运地活着，还有机会读书，就要珍惜这难得的机会。最终，我在复读一年后，迈进大学之门。

如果没有出事，今年你五十四岁了。我却连你的容颜、你的声音，都没有一丁点儿印象。家里如今也没有你的影像，来让我挂念与追思。这种遗憾，要折磨我一生。

——哥，我只希望你在那边，少有遗憾，心无挂碍，自在超然！

（原载 2018 年 4 月 4 日《长沙晚报》）

眨眼六十一甲子

这阵子，长沙和平解放六十周年是省会的流行话题。六十年，该发生的，已经发生的，太多太多……于我，则想到了时间、更迭、物是人非，还有水，因为流水漫过之后，一切必将归于平静——而这，才是历史的常态。

时间是一个单向的线性旅程，无法留存，更无法挽回，但分分秒秒，滴答滴答……就在身边，残酷地流逝，让人听着心痛，又只能徒唤奈何。

六十年，足够长，又足够短——六十年，不过二万一千九百天，这应该是人生的大半了，足够一个人在孤独的夜里咀嚼、反刍，或喜或悲，或痛或快；一甲子，不过一个轮回，就像花期，犹记昨日花谢，眨眼花苞又欲怒放！

六十年前，爷爷五十六岁。从那年再倒推五年（1944 年），“走日本”时日本鬼子路过老家鹿岐村，把村中壮丁四五人掳去做挑夫，其中就有我爷爷。经过艰难困苦（个中细节我无从得知，父亲也从未详说），爷爷伺机逃了出来，从数百里之外一路乞讨回来，等到父子相拥时，其中的痛楚与揪心，如今想来，仍算得上人间最为残忍之事；不过，父子重逢之际，又岂非最为幸福之事？！

时间无形，最能磨平脑海中的坎坷——我很想知道，五年后，留在爷爷头脑海中的那些悲痛记忆，还留存有多少，而中华人民共和国成立的消息，在当时那种传播环境下，最终到达偏远山村鹿岐村时，不知道在普通民众如我爷爷那些人心中，激起了何种波澜。

六十年前，奶奶已故去十年。她老人家是病故的，我难以想象，天下母亲与生俱来的最伟大的母性，是如何忍受得住抛下两岁小儿，无奈“远走”的残酷。我那可怜的奶奶，如果生在今天，她老人家也不会被病魔折磨得在不到而立之年就离去。

六十年前，父亲十二岁。我只能想象，孤苦的父亲和爷爷两人相依为命，靠给别人打长工，维持最为平常、简朴甚至凄苦的乡村生活；我无法想象的是，因为爷爷病倒在床上无人照顾而不得不毅然辍学的父亲，当时是如何挨过那段日子的，他的内心是如何在坚强与脆弱之间的较量中，逐渐走向刚强，并毫不犹豫地影响我们三兄弟的。

六十年前，母亲八岁。母亲曾经告诉我，外婆一共生了十一个小孩，却最终仅留下母亲三姊妹。那是怎样的一个时代？想想这两个数字，任何人都不会无动于衷的！八岁的母亲，也许正是提篮扯草喂猪的年纪吧，上学受教育这样的字眼，也许从未与母亲结缘。这不是外公外婆的错，错在那个无情的时代吧——这一点，谁能否认？

历史其实就是千千万万个普通人——如我爷爷奶奶、父母亲人，加上我们自己——平淡无奇的生活，有悲有喜，有成有败，有得有失。这种微观的、停留在家庭小单元和个人层面的涟漪，恰恰折射出其时其境的国家和天下大势。

这种普通人的生活，没有高下之分，只要是凭着自己的劳动和双手，在法律许可的框架内，创造、获得、享用……就是值得尊敬和推崇的。

愿我们每个人都能尽情地享受如今的盛世和太平。

（原载2009年8月13日《长沙晚报》，有删节）

没有父亲的父亲节

去年父亲节当天，我发了一条朋友圈——从不拼爹，但要“炫父”。

今天，又是父亲节。可是，您已经离开我们四十四天，我再也没有机会用家乡话亲切地喊您一声“yǎ”了！

去年6月16日清早发的那条圈文，其机缘是“掌上长沙”开发了一个互动页面，请参与者以做选择题的方式描述各自心里父亲的样子，我当时“炫父”的选项是：家中的顶梁柱、勤劳朴实、人生导师、最靠谱的男人、无所不能、老当益壮……

父亲啊，虽然自然规律决定了，总有一天您会离开我们，但您在庚子年便匆匆离去，是我无论如何没有想到的；而老天以这种惨烈的病痛方式把您带走，更是我们谁都没有想到的。

父亲，有句感谢的话埋在心底三十年了，总以为有机会当面说出，可是，竟然再也没有机会！

记得央视主持人康辉曾经说：“如果没有父亲的奔走，我的人生注定要被改写。”那是他父亲为了他的高考录取而在北京和天津两地来回奔波、极力争取的事。其实，为了我的升学，您也是费尽周折！可以说，没有您，同样没有我的今天。

1990年9月14日，这是那年湘潭师院新生开学的日子。虽然暑假我已从一中张贴的公告栏里获悉自己被录取，但奇怪的是，始终没有接到通知书。心急如焚的我最终病倒了，住进了人民医院。多亏您数次三番去县邮政局打听、咨询，后来托关系才进入仓库，神奇又幸运地翻出了我的录取通知书。随后，您独自先去学校帮我完成报到等手续；22日，您又陪着刚出院的我，一起坐长途汽车来到学校。

父亲，想给您再写一封信，您却无法读到了。

在年初我写的《家书》一文里，我曾梳理了从上大学尤其是读研起，我与您之间来往的家书，从1996年秋一直到毕业，我共收到您的来信二十二封；而我来长后，您写给我的信已经三十封（我给您的回信共二十二封）。

3月3日收到的这一封，是今年第二封。没想到，却成为我收到的您给我的最后一封！信里您依然提到对母亲的照顾，“现在全靠我的照顾……在有生之年必须很好地照顾你妈，尽我最大的努力，（帮她）度过八十大寿或更长一段时间。”

我一直觉得幸运，能够有您与我书信往来。您以文字理解我、支持我，给我动力，予我宽慰，慰我乡愁。日后如果有可能，我想以《平民家书三十年》为题，把我们的家书结集，这是一部留给后人的鲜活教材，更是一本珍贵的私人社会史。

父亲，想再给您做餐饭，可遗憾的是，您已经无法品尝了。

去年12月21日那天恰逢周五，我帮儿子做好饭菜、安排他吃过之后，临时起意驱车返回鹿歧，不为别的，就是想回去看看您和母亲。

第二天，我进城买了草鱼、豆腐等时令菜蔬，给你们做了一餐饭，至今我还记得那三菜一汤：您最喜欢吃的水豆腐煮活水鱼、芹菜香干炒肉、清炒红菜薹，加上玉米筒子骨汤。

还记得去年国庆节时，我是10月4日才返乡的。那天是直接从水东江买好菜带到洪久坳的，回家就做饭，也是四个菜：活水草鱼、清炒西蓝花、莴笋炒肉和韭菜炒鸡蛋，您和母亲边吃边夸赞我的手艺，其实，是我为您做饭的机会太少了！

父亲，您走后我似乎找不到人生的意义，更无心书写关于“洪久坳叙事”的文字了。

因为，所有之前我与故乡亲人有关的文字，都会打印一份给您看，您也算得上这些纸质版的第一读者，更是最懂我意图的人。

在您八十大寿那年，我编辑成册的家庭图文集《岁月忠贞》，当时您极为满意，在寿宴之前喜滋滋地分送各位亲友，如今，都只是我们怀想您音容笑貌的载体与寄托了。

父亲，您已经往生去了另一个世界，可是，我心里有很多话想跟您说——

生前您最挂心的是母亲的安康。在您离世后第 13 天，为了换个环境以减轻母亲内心的痛苦，姐姐接她去了白沙，寸步不离、好饭好菜，悉心照料 24 天；本月 15 日，大哥接母亲去了他家，以后是大哥、二哥家每月一轮，我来负责生活费，我相信两位兄长会悉心照顾母亲的，您放心吧。

8 月 1 日是农历六月十二，我拟回老家，在县城里订下几桌，庆祝母亲的八十大寿。

您生前写下的、想身后陪在我爷爷旁边的遗愿，我们帮您实现了；5 月 17 日的追悼会上，村支部刘书记来了，亲自致了悼词；丧事也基本上遵照了您的意思，从简办理，没有铺张。

虽然带您和母亲去过北京，其实，也一直想陪您和母亲去张家界走走，可是，这个简单的愿景已无法兑现了！是啊，有了想法，一定要去做，否则，子欲养而亲不待，这个教训太深刻了。

父亲，劳碌一生的您躺下了。可是，太阳照常升起，时间从未停留。

您的孙子悦翔已经开始变声，也长到与他妈妈一样高了；他的学习始终没有放松，可是，效率仍然有待提高，但是，我们一直对他有信心。

今天是 21 日，离梁珏的高考只有 15 天了，距婉婷的中考也只有 26 天。我替您祝福她们正常发挥，考出好成绩，考上理想的学校。

预期 7 月份，经过我们家门口、您一直很关注的长沙地铁 3 号线即将与 5 号线同时通车了，可惜，您再也无法体验到。长沙已经确定，要在望城区那边开发“高铁西城”，这片热土上正在发生着日新月异的变化，以后我慢慢告诉您吧。

我一辈子敬重的父亲啊——三十六岁时您有了我，我四十七岁时失去您。有缘父子一场，别离无尽悲伤！

此前半生念亲恩，此后半生永怀念。

您一路走好，愿天国再无病痛折磨！

安息吧，父亲！

（2020 年 6 月 21 日，父亲节）

纸短情长

父亲走了之后，我再也收不到来自洪久坳的、手写的纸质家书了。

农历“七月半”。一个孤独的夜晚。我坐在书房，一封封清理这些年来父亲和我之间来往的家书。

父亲给我的最后一封家书，时间落款定格在2020年2月22日，我收到时在信封背面标记的时间是3月3日。这封信，父亲用我非常熟悉、一贯遒劲的笔迹，写了满满四页，临寄信之前，又添了一张附页。

在书信一开始，父亲就提到春节回家时我们都喜欢吃的米粑粒，说是一直记在心里，本来想找以往总会开车来到家门口的摊贩买，可由于疫情关系摊贩一直没来。父亲说，“去县城问过，做这事的摊贩还不准上市，所以没有购买邮去，以后我会有些准备……”

家书，力透纸背，直击心扉；家书，纸短情长，绵绵不绝。

极为遗憾的是，大学期间父亲给我的来信，都散佚不见了。倒是我1993年底写给父母的两封信，有一年父亲把原件给了我：一封是我告诉他当时在师院附近和平乡中学实习的事，一封讲了我报名考研的事。

1996年秋，我赴汉读研，一直到毕业，我共收到父亲的来信二十二封。在第一封信里，父亲如此写道：“我们（对你）最大的愿望是三方面——1. 身体健康；2. 学业好成绩；3. 终身大事也不要急于办……”其间，我时不时地给父亲去信，汇报学习的动态与进展，文字上的尝试与收获，以及追求组织上的进步等。

来长工作后，最初的几年忙忙碌碌，根本无暇也没有心情写信；加之先是有寻呼机、后来有了手机，沟通也挺方便。

后来，由于父亲的耳朵越来越背，打电话已基本无法交流。于是，我又拾起原始的方式——给父亲写信。为保险起见，都是寄挂号信。我所保存的这个阶段的第一封家书，是父亲2010年7月7日写的。信里他解释了为何我们喜迁新居时他没来贺喜的原因。其后，每年我们互相笔谈，总有那么几封。粗略统计，我来长后父亲写给我的信一共三十封。

这些家书是私密的，也是纯粹的；是坦诚的，也是柔软的。

在家书里，父亲讲得最多的是他和母亲的生活与健康状况，会聊到两位兄长以及孙辈的情况，偶尔也涉及家史并回顾自己年轻时的一些人和事。

在2016年3月7日收到的信里，父亲谈到我们拟给他办八十寿宴的看法，“（寿宴）不想办，太麻烦了……办喜事还不是花儿女一大笔钱，只是热闹一番、造成一番舆论而已，其实是浪费。”

与父亲写给我的信一样，我写给父亲的家书也一直是手写。手写的文字里，带着每个人特有的情绪与体温，其字体则可以折射一个人或严谨或奔放或随意的性格，甚至一个人的见识、修养和格局，也在家书里一览无遗。

记不清是何时，我不再用手写，而是在电脑上敲字，然后用大号字体打印出来，我只是想方便父亲读信。

虽然时空阻隔，却无法隔断父亲与我之间的牵挂，除了平淡日常，还有社会现况等，尽在笔下相酬。

父亲给我的家书，其实也是一种远距教育。

2018年收到的当年首封家书是在3月9日。父亲除了聊一些日常琐事，还提到对知识的看法，“这次你的信件，我整整看了一天，反复到两三遍，深识文字的重要。人得有文化，如没文化，就会变成动物，仅仅有躯体，什么用都没有。”

这封信里还夹有一封父亲特意给我儿子的信，“希望你学习好，长大后就大有作为，并成为国家的有用之才，为国家尽责，孝敬父母，也可以回报父母……这是我们对你的期盼。”

有人说，家书是人世间最温暖又美丽的等待，也是最珍贵的文字。在我看来，家书往往是关于时代演进的民间叙事，不同的家书汇聚在一起，就是一部部生动的口述历史；家书，也是传承家风的鲜活文本，一个家庭（族）的盛与衰，往往可以从家书的字里行间寻得一些密码。

岁月不经意间消失，日子却始终按照自己的节奏行进。父亲离开我们一年又三个多月了。想念他老人家的时候，我就会翻看他留给我的这些家书。在我心里，其实他一直都在，他活在这些文字、笔迹中，以此恒久地传递着他对我们的情感与爱。

（原载 2021 年 8 月 27 日《长沙晚报》）

第三辑

一人一世界

剃头匠李师傅

我至今不知道他的全名，只知道他叫李师傅。

他是泗门洲镇白沙那边的人，家在那座通往白山坪的铁路桥南侧。那个村子里有我的高中同学，可是，我现在已记不起同学的名字，却始终记得李师傅。

或许，是因为他给我理过发；或许，是他对自家手艺那种怡然自得的从容和对理发本身的专注与自信，不止一次地打动了我吧。

李师傅国字脸，眼珠圆圆的，稍微有点外凸。喉结明显，说话时上下跳动，往往把我的目光吸引。他中等个子，衣服收拾得干净整洁，如果是夏天，衬衫一定是抄在裤头里面的。

我估计，他应该比父亲小十多岁，印象中，一直是他给父亲和村里人理发（老家那边叫“剃头”）。每隔半个月左右，就能看到李师傅推着那辆永久牌单车，背着一个帆布斜挎包，来到洪久坳。

他的守时，其实折射出乡村人之间朴实却可靠的信用。他来村子后，也不需要吆喝，在田间忙活的村民们，往往会自动现身，一个接一个，似乎有人排好了秩序，这样，每个人等待的时间，都不会太长。

一般，李师傅会把单车停在我家走廊上，然后，找个墙上的小木钩，随手把挎包挂在上面，里面是他已磨得锃亮的理发工具——手动推剪、剃刀、剪刀、梳子、刷子，这些大致是缺一不可的主件；还少不了耳勺、指甲钳、磨剃刀的“帮皮”、小瓶的润滑油（润滑推剪用的）等，我把它们视为附件。

夏天里，洪久坳几乎家家户户必备自酿酒糟。李师傅来了，母亲会先用刚担回来的冰凉井水，冲一大碗酒糟，端给他，他也不客套，就像自家人一样，

剃头匠

李师傅剃头
从来都是
淡定地
依照自己的节奏
对过程不敷衍
对细节求精致

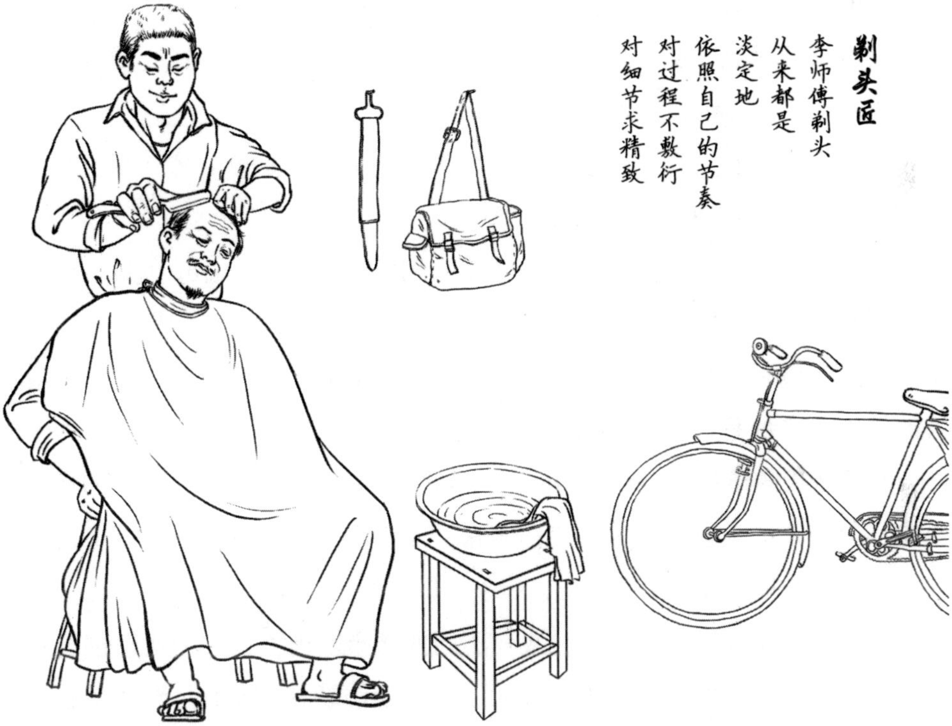

接过去，咕噜咕噜一口气豪饮而尽。

一碗乡间冰饮下肚，暑气消散不少，可以开始工作了。

父亲随手搬张齐膝高的木凳坐下，母亲用自家的洗脸盆，备好温水，李师傅开始给父亲洗头。

对于洗头的感受，我不知道父亲是否满意。但李师傅一双大手，温热地揉搓着我的头，尤其是他的中长指甲一波波地掠过头皮，那种轻重适宜、似痒非痒的体验，很是令人想念。

父亲一般是剃平头，但更多时候是剃光头，而且，是用锋利的剃刀，挨着头皮刮，令人有点不寒而栗。

一般来说，剃完发，还只是开了个头；接下来，是修鬓角、剃胡须（还有耳郭上的汗毛）、采耳、剪鼻毛，等等。

采耳时，父亲的脸上会演绎出从紧张到舒坦、最终如释重负的表情，作为小屁孩，我很少能体验到这种经历，也有点惧怕，那么长一根挖耳勺在耳朵里鼓捣，可不可靠啊？不过，大人们对采耳的偏爱，其实证明了李师傅功夫的熟稔和控制手上细微工具的能力。

剃头费用的结算，一般是年初约定，年底结账——在最后一次理发时结清，没有谁会赖账的，有些人为了表达谢意，还会多给个几角几分的。记得父亲提起过，有一年是五六元的样子，后来慢慢增加，12元，16元，20元……

高中毕业离开洪久坳之后，我在不同的城市、被不同的师傅理过很多次头发，却感觉师傅们似乎都被一种无形的力量催赶着，没有足够的耐心，只想尽快理完，把人打发了事——很多时候脸是不刮的、鬓角是不修的。

每当这时，我便止不住怀想起李师傅。因为，李师傅剃头，从来都是淡定地依照自己的节奏，该走完的工序一道不少，对过程不敷衍，对细节求精致，一把剪刀在头的四周嘎吱嘎吱，似乎总是不满意地忙活着。

在我看来，这也是一种坚守自家手艺、维护行业尊严的底线，或者说，“理亦有道”吧。哪像现在的年轻理发师，全靠电吹风加点摩丝，才能保证客人走出美发厅的那一刻是神采奕奕，可是，过了一夜，或者一旦洗过之后，头发之凌乱不堪、发尾之参差不齐，简直令人难以直视。

对读书人的羡慕与赞许，也是李师傅给我印象较深的一点，我可以感知他的语气与表情，均是发自内心的。他还喜欢把我们比喻成“秀才”，我虽然不认同，但心里还是挺温暖受用的。

曾经读过一本专门描写城市手艺人的《万物皆有欢喜处》，作者用细腻却到位的文字，白描般记录了老鞋匠、造砚师、铁匠、木匠等匠人。她认为，这些手艺人，“在人生中找到了意义，不迷失方向……（即使是）很小的事情，用生命去投入，就会有永恒的价值”。

也许，如今这时代，谈意义和价值似乎有点奢侈，有人还会认为不合时宜。可是，一技在身，流自己的汗，吃自己的饭，总归是值得推崇与尊重的。

是啊，推算起来，李师傅应该已届花甲之年，他还做手艺吗？他带了徒弟吗？我最关心的是，这手艺会在他手上失传吗？

（原载 2018 年 5 月 7 日《长沙晚报》）

木匠老舅

我当年差点成了木匠，如果考大学没有成功的话。

高中时，我的成绩一直在中等徘徊，时好时差——这或许给了父亲一个信号，他的老满靠知识谋生的希望不大了，于是，他私下里帮我物色了一位木匠师傅，九队的，也姓梁。读完书，就拜师。

可是，我竟然在“高四”那一年爆发，最终拿到了本科院校入学通知书。

老舅的木工手艺与我生活的交集，发生在我来长沙后的第二年。

那一年，搭上房改的末班车，我有了两居室。想装修，可手头那个紧啊，便思量着，不能浪费既有的木门木窗等木料，于是，从东湖请来了老舅，给我们打制衣柜、电视柜和书桌等家具。

老舅姓贺，今年六十有三。一张圆脸，天庭饱满，脸色红润；身板厚实，一双手看起来遒劲有力。说话时语气和善，不紧不慢，由于见多识广，老舅与我不缺共同语言。

俗话说“徒弟徒弟，三年受罪”，老舅也不例外，他是跟着本村一位师傅，扎扎实实地学艺三年才出师。

老舅坐火车如约来长沙了，他用一根木棍挑着自己的工具，袋子里收纳着斧头、凿子、各类刨子，还有木锯（及板锯）、墨斗、尺子、手摇钻等。我家要打制的几件家具一点都不“高大上”，无须雕花，只是在电视柜、梳妆台等处，用上了木葫芦（剖开后作为装饰条或直接用作立柱），那个车木葫芦的工具，我叫不出名称。

把装修前的那些门窗卸下来之后，我又到新河那边的木材市场买了些大芯板和杉木，老舅正式开工。

木匠老舅

木料与老舅
从来都是互相成全
也是一种相互较量

每天下班后，我就来到新房油铺街这边看看。可我帮不上忙，仅仅是一个旁观者，有时还碍手碍脚。几天之后，原先堆满客厅、颇为凌乱的木料，在老舅用斧头、锯子等一番整理之后，有了不同的形态与归类。接下来，便是墨斗拉线、抛光、锯榫头、凿孔……

开工前，我已经同老舅大致商定了几件家具的尺寸和风格，这便有了方向。我坚信，在商定这些细节的那一刻，那些家具就已经在老舅心中扎根，有了最初的形与意。而且，我认为，这种“意在笔先”，必须足够精确，因为，一旦稍有闪失，便毁了木材与大把付出的心力。

日历一天天翻过，各类家具逐渐有了清晰的轮廓，除了台面或面板是用的大芯板，其余的都是卯榫横纵接合、互为交织，虽然看起来稍显粗糙，但是格外稳当、皮实。

如今我想，其实，木料与老舅，从来都是互相成全。老舅给了木头第二次生命，让离开土地、断了根须的它们重获生机；而木头在百般组合中，则在一定程度上满足了老舅的想象力与成就感。

老舅与木料之间，也是一种相互较量。老舅首先要了解、摸懂木料的习性，是否被虫蛀，是否会朽烂，适合家具的哪个部位，是否筋骨舒展；木料则要听从老舅的使唤，排兵布阵、各安其位，最终各美其美。

作为东湖黄草那一片比较知名的木匠，老舅的木制品——碗橱、衣柜、木床、方桌、椅子、凳子、米桶、水桶……应该是广结善缘，四处流传（据说他还去过邻近的永兴、安仁做手艺），充实了人家房内的摆设与审美，支撑起各户的饮食起居与劳作。

我还以为，做木匠，是对人耐力与韧性的最好锤炼，你想想看，从原始木料起，基于精细计算的裁弯取直、斧劈抛光、打榫凿孔、逐渐拼装……不管谁的手艺如何高强，都得一步一步来操作，丝毫不能有误差，更不能程序颠倒。这也许解释了老舅的性格为何不紧不慢、待人温和、包容随缘吧。

短短二三十年间，老舅应该是亲眼见证了传统木工这门手艺的不幸与幸运。

不幸的是，如今主顾们对速度尤其是制作效率的追求，一直在渐渐毁掉这手艺。因为，传统的木匠耗时费力，显得不够快，如今流行的是“钉子木匠”。

一台倒装在大木板制作台子上的电锯、一个电钻、一杆气枪，似乎就是他们全部的家当。几个“钉子木匠”进场，数天工夫，一阵电钻、气枪的刺耳轰鸣后，再弄上个貌似光鲜的贴纸，家具就算是完工——留下浓浓的甲醛味弥漫在房间，令人眼睛辣疼、喉咙干涩。

可是，这些速成品终究不耐用，过个一两年，问题便慢慢来了，门板变形、合页松动、骨架歪斜……不停地给人心里添堵，甚至只得重新打制。

幸运的是，老舅陆续带过七个徒弟，其中一个是自己的亲弟弟，他们中有的农闲时依然在乡村做点手艺，这多少让人感到希望犹存——人在，魂就在，加上器物在，这门手艺的传承就有了可能吧。

我相信，只要有木制品留存，这个行当，便不会太孤寂，或许能顽强挣扎出一丝生机与亮色。

（原载 2019 年 1 月 21 日《长沙晚报》）

篾匠姐夫

姐夫是个篾匠，可是，他不做手艺已经多年了。

无所谓遗憾不遗憾，毕竟，没有谁敌得过时代，我想，这就是原因之一吧。

姐夫姓邓，家在白沙，离耒河不远，从小就听人喊作“江边邓家”。当年姐姐嫁过去时，姐夫的身份是篾匠，也许，当初姐姐就是因为姐夫有这手艺，才嫁过去的吧。

一直认为，手艺可以改变一个人，甚至人性。譬如，姐夫曾经天天打交道的竹子刚柔并济，有骨气，不苟且。似乎受其潜移默化的影响，个子不高的姐夫外貌憨厚，寡言本分；能吃苦，有韧性。

其实，做篾匠，在乡村大都只是兼职。姐夫也一样，主业是务农，农闲时则通过做手艺贴补家用。

如今在乡村，尽管工业时代批量生产的塑料制品已极为泛滥，但，谁家没有几件竹制品？每次回老家，看到父母依然在用的那些竹器，总令人浮想联翩。因为，每件竹器上都携带着信息或密码，能牵出一串串往事与回忆——篼箕让我想起童年和母亲的终日辛劳；烘斗令我想到甜甜的红薯条和干萝卜条；扁担自动关联到双肩上的重压；至于斗笠，则把我的思绪拉回到那些雨中放牛的日子……

姐夫家旁边并无竹林，那么，他做手艺的材料从哪儿来呢？

记得姐夫陪父亲聊天时提起过，那些毛竹，都是从黄市和上堡那边，用放竹排的方式采运回家的。据说，砍竹要挑选两年青或是三年青，做出的活计才沉稳、不易变形。

小时候觉得黄市很遥远，后来才得知，从江边邓家溯耒水而上，几十里

篾匠姐夫

一直以为
手艺可以改变一个人
甚至人性

之外即有好竹，现在那一片早已冠名为“蔡伦竹海”，成了旅游风景区。这也许是当初谁都没有想到的吧。

毛竹进屋了，姐夫把它们安放在正堂屋自家这一侧，风干之后，可以动手了。

姐夫的劳作工具大致可分为刀、尺、锯、刨、钳、针和挑。刀者：篾刀、刮刀、匀刀、丝刀；尺者：竹尺；锯者：宽边小齿锯；刨者：刮刨；钳者：夹篾钳；针者：补针、箩筐针；挑者：穿篾挑。这些工具，无疑都自成体系。而且，每个篾匠师傅会根据自己的习性来改进，适应自己的手形，找到最好的手感。

关于竹的成语有很多，有“势如破竹”，又有“成竹在胸”。我以为，这两个成语恰恰可用来描摹姐夫的劳作状态——前者对应力气活，后者对应艺术活。

力气活主要是指破竹，当然，剖篾也要费不少力气。

只见姐夫左手擎起一根去枝去叶、尾尖撇在屋角的毛竹，右手握紧明亮厚实的篾刀，对准竹口顺势一劈，刀口吃进，随后姐夫刀把一扭，竹口“啪”的一声张开，清脆明亮。然后，姐夫把竹竿平放地上，一脚踏入。踩住口的一壁，两手抓住另一壁，腰一伸，臂往上猛力一拉，密密的竹节就“噼啪噼啪”一个接一个爆响，像燃放的鞭炮。竹口一裂，篾刀已在地上弹出老远。

破竹仅是第一步，随后的工序是剖篾，一般细分为劈条、均篾、分丝。姐夫说，竹篾中最好的是表层的青篾，最适合编织各类细密精致的竹器。因其柔韧度强弹性好，根据需要还可以剖成细细的青篾丝，用来编织米筛、斗笠等竹器。

剖篾时的姐夫把他的刀工演绎得淋漓尽致。一篾在手，右手持刀紧靠竹口，虎口往刀背上一压，随后刀口纵向往上一撬，再一揭，一片篾就顺理成章地下来了。对于剖篾，初学者叫剥；熟练者叫撕；艺到深处，就是一种揭篾了。

忙完力气活，可以开始“艺术活”了，就是根据自家或主顾的需要进行创造性的编织。

干活时，姐夫很少说话，沉默而专注。我猜想，姐夫是把内心的话语，通过那双粗糙而又灵巧的手，糅进了细细的篾条；而那些翻飞的篾条，则幻化成一个个音符，吟唱着对美好生活的祈盼。

编织竹器，主要是做加法，但为了完美，也离不开做减法——适时修剪甚或局部拆解后重来。这颇似我们每个人的人生，难免有加减得失，才能达成某种平衡。

姐夫织成的竹器，讲究实用耐用，更讲究造型——或方或圆、且放且收，形态各异、造型灵巧。对于这些设计上的美学诉求，我是这么理解的：生活虽是如此的平淡，但，没有人会甘心如此——借由姿态各异、曼妙多姿的竹器所传递的细节与美感，多少能给庸常的日子增添点亮色与趣味吧。

记得小时候，我喜欢在姐夫旁边，用那些废弃的黄篾，拼出一些小竹晒垫，由于不得要领，往往功亏一篑，终究不成器。

我总认为，竹子从山间被砍伐下来，经过姐夫的编织，变成日常中不可或缺的器物，这也许可以看作一种“向死而生”。其实，我更愿意把这过程，理解为一种轮回或者涅槃——从竹子到器物，并无所谓生死，只不过是以另一种形态，继续活着。即使用到极致，流传了一两代人，最终因抵抗不了时间的侵蚀而朽烂，仍能入灶喂火，化成灰烬，重归大地。

或许，竹器生来具有的自然的味道，加之能循环利用的生态性，是我们对竹器念念不忘的理由吧。

（原载 2018 年 9 月 17 日《长沙晚报》）

砌匠大哥

不到二十岁开始学艺，如今已五十岁出头，大哥始终没放下手中那把砌刀。

以前他是骑单车来回奔忙，后背的腰间，总斜插着一把砌刀；如今已改为骑摩托车，砌刀也几乎是须臾不离身。我以为，这砌刀其实已成为大哥身体的一部分。

是的，大哥一直是个砌匠，因其忙碌，以此谋生。大哥名字的最后一个字是“建”，似乎他天赋的使命就是建设、造房。

我们三兄弟里，大哥个子最高，一米八左右。双脸瘦削，头发疏于打理，有点像枯草，随意地罩在头上。长年的体力活，练就了大哥一双结实粗壮的臂膀。

大哥的师傅，似乎是姨父吧。可俗话说“师傅领进门，修行在个人”——学艺者最终的造化有多高，终归得靠自己。

譬如，如何砍砖，如何抹灰，如何砌墙；如何立桩拉线，如何看水平仪，如何掌吊锤……师傅只能给你演示一遍，其余的，全靠自己揣摩。

的确，任何行当，都有其自成体系的规矩和法度。以我的理解，作为砌匠，最重要的一条就是追求横平竖直，毫不含糊——地基结实牢靠，墙垛坚固稳当，门窗布局合理，等等。因为只有这样，才能抵抗重力的影响，经风历雨却稳稳当当，傲然挺立于大地。

大哥一直很忙，按他的话来说，难得清闲，“做不完的事”。我想，他说得不夸张，毕竟，很多村民一辈子最大的奋斗目标，就是起一幢房子——在乡亲们心中，房子不仅仅是一份财产，更代表着基于大地的稳定感，一种对根与源以及一方山水的认同吧。

砌匠大哥

我以为
这砌刀
其实已成为
大哥身体的一部分

1983年搬进去、如今父母还在住着的这三间瓦房，是大哥参与建造的第一件作品。

大概是我八九岁那年，父亲终于凑足了钱，准备砌新房。由于买砖要花一大笔钱，为了省钱，父亲决定自己拌砖。地点选在泉塘下那一长丘稻田，那里的黄泥黏性好，最适合拌砖了；风干之后，父亲带着大哥他们在李家湾那边垒窑、烧窑。

砖块烧制好之后，房梁、门窗、檩条、椽皮等也备齐了；清理地基、浇筑地梁这些事，早已准备妥当……择一个良辰吉日，父亲决定正式开工。那时候，任何一户人家砌房子，都是村庄的大事，邻里会主动来帮忙，即当时流行的换工——当然，能换的只是“小工”，负责拌水泥、搬砖头、提灰桶等事宜，砌匠师傅（也称“大工”）则是需要请的，要付工钱。

随着脚手架逐渐升高，墙体也在向上生长，很快，过了窗户上沿，要架设作为楼板的预制块了，这是一个阶段性的成就，兴奋与喜悦渐渐写在父亲的脸上。

终于，到了上梁的时刻。

对于大哥等师傅来说，最为风光，也最有成就感的无疑是上梁，这是一种带着某种神圣感的仪式,也是一种即将大功告成的圆满。上梁仪式十分隆重，一般分为祭梁、上梁、接包、抛梁等几个程序。

上梁前祭梁是必不可少的一道程序。众人合力将贴上红纸或红绸的正梁抬进新屋堂前，在供桌上摆上猪、鱼、鸡、蛋、香烛等祭品，由砌匠、木匠等边说好话边敬酒。

父亲曾告诉过我，房顶上三根大梁有两根是从刘家冲买的，还有一根是从五队勋叔家换来的。

祭梁结束后，便由砌匠、木匠师傅等合力用绳子将正梁拉上去。拉梁的时候，鞭炮齐鸣，上梁师傅要唱《上梁歌》——

日吉时良，天地开张；紫微高照，正好上梁。宝梁一上，大吉大昌；南极献瑞，北斗呈祥……

最热闹的程序是“抛梁”。当父母“接包”后,砌匠、木匠师傅便将糖果、花生、馒头、“金元宝”等从梁上抛向四周,让前来看热闹的男女老幼争抢,此举称为“抛梁”,意为“财源滚滚来”。

建造完自家的房子，大哥基本上算是出师了。但大哥为人实在，细节上从不敷衍，更不会偷工减料，所以做事有点慢，不太讨人喜欢。尽管如此，他依然固守自己内心的原则，他总是说，慢工出细活，品质是比速度更重要的——是啊，做任何手艺，既要经得起时间的考验，更要对得起自己的良心。

正因为这样，慢慢地，大哥在圈子里也有了点名气，尤其是良好的信誉，请他做事的人从来不缺。如今，大哥一年到头难有几天在家休息，一直忙着在县城里的各个工地上砌墙、装修等。

大哥是个如砖块一样坚毅的人，一旦认定目标，就会努力把它实现。刚学艺时他抽烟很厉害，每天晨起后必定咳嗽一阵，整个村庄都听得到来自他肺部的大声抗议。终于有一天，在父亲的建议下，他下定决心要戒烟，几个月之后，他做到了。

我一直以为，像大哥这样的乡村工匠，是很伟大的一群人。因为，他们用冰冷、坚硬的砖块，一丝不苟地构筑起牢固空间，为乡亲邻里提供了庇护与温暖。

比较幸运的是,砌匠是少数几种未被时代车轮碾轧的手艺。所谓衣食住行，“住”始终是刚需，尽管房地产行业起起落落，但像大哥一样的砌匠，基本上通过因时而变、与时俱进，仍能找到各自的用武之地。

（原载 2019 年 4 月 8 日《长沙晚报》）

铁匠老李

老李只给我们家打过一次铁，我却始终记得他，以及当时的场景，一幕一幕，如在眼前。

那是分田到户之后吧，村民们下地忙农活的干劲一下子上来了，而从队上分到的犁耙刀斧、锄头铁锹等，不但费力不好使，还影响做农活的效率，自然就要翻新了。

至于每天过日子离不开的铲勺钩钉，还有菜刀、剪刀等，哪样能缺呢，刚好一并给打制翻新。

于是，那个冬季，父亲通过亲戚的介绍，找到了南阳镇星子村那边的铁匠李师傅。那时他还年轻得很，似乎刚从部队复员回家。当过兵的他，身高和年龄都与大哥差不多，自然，他们两个人也很投缘。在我的印象中，老李性情开朗，笑声豪放，眼神里有真诚，更多的是精明。

一般来说，村民们对于手艺人，都有着发自内心的敬重，不论年纪大小，均尊称为师傅，或者依照他的姓，前面加个“老”字。于是，我也就跟着喊他“老李”。

老李他们干活的器具不多，主要是铁匠炉、铁墩（也称铁砧）、风箱、手锤、大锤，还有不同形制的铁钳和磨石、围裙等。至于打铁的流程，大致包括选料、烧料、锻打、定型、抛钢、淬火、回火、磨砺等。

似乎眨眼间，我们家与对门老张家共用的厅屋中间，就立起了大铁墩。铁匠炉和风箱也早已安排妥当。除了木炭，还有新买的、火劲够足的精煤，早由大哥、二哥他们筛选出来，随时铲到炉子里，保证里面的炉火烧得旺旺的。

不同的铁块被扔进炉子里，近旁的风箱呼呼作响，炉内的温度则逐渐升高，据说高达八百甚至一千度……眼见着，坚硬的铁块，慢慢地成了泥土一般服

铁匠老李

一锤接一锤
老李师徒
把对质量的期许与信念
当成誓言
砸向铁墩

帖却通红的软物。

这个颇为神奇的过程，令人印象深刻，如今我得到的领悟是：所谓的硬和软，从来都是相对的。打铁的过程，其实演绎着热与冷、固态与液态的辩证法，是名副其实的“浴火重生”——冷热都到极致，才能超凡脱俗，并在极热中随意改变形态。

叮当叮，叮当叮，叮当叮当叮当叮……老李他们师徒二人大小锤之极富韵律感的节奏响起，火星四溅。后来学化学才得知，这火星四射的物质是四氧化三铁，落地后呈灰黑色。毫无疑问，在整个打铁过程中，最具视听震撼效果的便是这个锻打过程。

“小锤带路，大锤定性”。掌小锤的师傅在锻打过程中，右手握小锤，左手握铁钳，凭目测不断翻动铁料……师傅轻敲时，徒弟轻敲；师傅重敲时，徒弟抡圆了胳臂重敲；师傅敲到哪里，徒弟必须跟在哪里；师傅紧敲，徒弟紧跟，一切都是有张有弛，节奏分明。行内有句话，“铁匠没样，越打越像。”是的，需要打制器物之过程与形制都在师傅的心里装着，跑不了的。

一锤接一锤，老李师徒把对质量的期许与信念当成誓言，砸向铁墩——专注而极富耐心，哪怕这过程十分单调又重复。他们说，打铁最忌讳的是心急，锻打、定型、抛钢、淬火、回火等，每一道工序，都要耐得住寂寞。

“世上三行苦，撑船打铁磨豆腐。”此话道出了打铁的艰辛。我只记得，那个寒冷的冬天，老李他们总是挥汗如雨；可以想见，在炎炎夏日，火炉边的他们，肯定更是苦不堪言啊。

老李讲，锻打带刃的器具都要加钢立刃，用钢的多少、好坏和淬火的程度都决定着器具的优劣和锋利程度。淬火则讲究恰到好处：淬火过度，耗损钢刃；淬火欠缺，则锋刃钝挫。村民们品评刀斧等器物是否锋利，其指标往往是“钢水”好坏——钢水好的锋利，耐磨好用；“钢水”差的使用起来就迟钝，经不起磨砺，器具容易卷刃或崩刃，不耐用。

那一次，老李除了帮我们家打制各类农具，还打过斧头、镰刀和菜刀等。听老李讲，打制一把菜刀大约需要七道工序：下料、灌钢、粘火、锻造、淬火、抢磨和开刃，缺一不可。灌了钢的菜刀用个一二十年，寻常的事。现如今，母亲还念叨着说，还是以前老李打的菜刀好用啊——那是当然的，自家请师傅打制的菜刀，往往背宽而面窄，形拙却耐用，关键是刀刃上灌的都是好钢呢。

老李他们对于自己锻造出的种种作品从不夸耀，他们信奉的是：不要自己夸自己，要把事情做好，让别人夸你。是啊，我觉得只要铁器坚硬耐磨，用起来顺手，村民们与铁匠的关系，就不会是“一锤子买卖”，过几年还会找他。

没有想到的是，老李后来成为我高中同学清平的大姐夫，这种巧合，也是令人感慨万千——世界真是奇妙啊，人与人之间，绕来绕去，只需三五个回合，便有了某种关联。

（原载 2018 年 8 月 13 日《长沙晚报》）

补锅匠

一个时代有一个时代的生活哲学，比如曾经的匮乏与短缺所引致的勤俭节约和缝缝补补——家里人衣服鞋袜的缝补，是母亲的事；而铁锅铝壶等的修补，则要拜托专业的补锅匠了。

小时候，家家户户做饭炒菜，用的都是生铁铸造的铁锅——据说生铁不耐用，加上锅铲的摩擦，锅底很容易穿孔、漏水，有时候难免意外磕碰出一道裂缝。

那时候，买一口新锅要花不少钱，所以，没有谁家舍得把有砂眼甚至裂缝的铁锅直接扔了，总是将就着补补用用、用用补补——并非只补一次，往往是三五次，敲去旧疤，再添上新疤，日子就这么凑合着过。

对于当年偶尔来到洪久坳的补锅匠，如今我早已记不清他的面孔，但是，我忘不了他专注于技艺的细节与场景。

似乎他们一般都是外地人，进村的时候，最吸引人的是师傅手中晃动的那串铁板，当“叮叮当当”清脆的声音回响在村里时，村民们就知道他来了。随后传来的是一口听不太懂的乡音，大声吆喝着：“补锅唻，铁锅锑锅、铁壶铝壶……拿来修唻！”

估计父母他们也不一定知道补锅师傅的名字，毕竟，只要锅补好了，价格也还公道，他的名字大家其实不在意的——为表示尊重，我且用“W 师傅”来称呼他。

W 师傅的行头一般是戴着一块围腰布，挑着一副担子、两个箩筐。一个箩筐里面有风箱、火炉、煤，另一个里面装着坩埚、生铁、锉子、铁砧、小锤子等，后来则有了锑片、铝片等备料。

补锅匠

补锅当然是门技术活
但更是一门辛苦活

他一般把地点选在洪久坳正厅屋的前坪，首先安放好风箱、炉子等，再把随身的小凳子支起坐下，将围腰布张开盖在膝盖上。此时，洪久坳的家庭主妇们，纷纷提着需要修补的锅啊盆的前来，并按照先来后到自动排好队。

补锅的流程不外乎是：检锅、熔铁、补漏、复查。

检锅就是找铁锅上的砂眼或裂缝。根据铁锅上砂眼（或裂缝）的大小，补锅匠会用不同的方法来对付。如果只是小砂眼，则相对简单。W 师傅将要补的锅前后左右先端详一番，对着光找到砂眼，并刮干净结在铁锅上的烟垢后，放在铁砧（或双膝）上。

不经意间，炉子里已经添入几块焦煤，上面架着的小坩埚内则放进几块碎生铁片，只见师傅左手拉动着小风箱……慢慢地，生铁片已化作液态，这就是所谓的“熔铁”。这时，W 师傅在左手掌心铺一块像是结满了油腻的软泥，从坩埚中舀出一点铁水倒在上面，轻盈流动的铁水，宛若一粒橘红色的水银珠子。

眼疾手快的 W 师傅，将铁水对准锅底破洞一贴，另一手则用一个沾满泥灰的圆布筒从锅内对着一按，只听“嗞”的一声轻响，破洞处泛起一缕青烟，铁锅已被补好。再待温度稍凉，用砂纸将锅内所补处打磨平整，工序就完成了。

如果锅上破损的面积较大，W 师傅会先用小榔头轻轻敲打，一是去除铁锈和烟垢，二是将小洞敲大，再用钳子和铁锤敲出一块几乎同等大小的铁片备用。接下来的技术动作则大致相同。

补锅时的 W 师傅神情专注，眼睛死死地盯着破损处，那样子不像是补锅，倒像是在完成一幅杰作。

在我看来，W 师傅无疑是天生的完美主义者，容不得丝毫瑕疵。对于那些锅底的纰漏，他有一种必胜的信念。

补锅当然是门技术活，但更是一门辛苦活——既脏又累，天天坐在火炉边，和铁锅、铁水打交道，汗渍和污渍往往把脸弄成一张大花脸。

据说，锅要补得好，首先是铁水要有柔性，其次是手法要迅捷到位。

在我的印象中，W 师傅的脾气蛮好，说起话来不急不缓，极富耐心。如今我想，作为走南闯北、以一技之长讨生活的人，面对着自己的主顾，哪有资格发脾气或任性？也许，这就是手艺对人的约束与改变吧，或者一种极度克制的内心修炼。

随着生活水平的提高，如今连普通人家都早就改用不锈钢锅，甚至高压锅、电饭锅，一般还很少坏；即便锅坏了，一般人大多是扔掉了事。于是，补锅匠生意越来越淡，不得不转行；有些人游走到城市，成为都市里的边缘人，在棚户区、桥洞或小巷里，苦守着一爿小门店，勉强谋生。

补锅匠确实离我们越来越远了，可是，我真的不希望勤俭的习惯和意识，也跟着成为历史。毕竟，修补除了是一种消费观念，更是一种对资源有限性的敬畏与学会珍惜的生动教育——很多时候，有些物品在被当作垃圾扔掉时，其实是我们的面子和虚荣心在作怪，这简单地一扔，终究是对资源的浪费。

时代已然巨变，有时候我却忍不住去想，补锅匠以及他们的下一辈，又在靠什么谋生呢？不过，这些问题其实都是伪命题，一个人只要不懒，能专注于一个行当或技艺，在这个世上，总能找到一条生路的。

（原载 2018 年 11 月 12 日《长沙晚报》）

接生娘凤奶奶

早已年过八十的凤奶奶听力依然不错，我以为，这是老天对她的格外眷顾——毕竟，一辈子接生了成百上千个娃娃的她，已累积足够的功德，也完全有资格来接受乡邻们的感谢与祝福。如果她因年老而渐渐失聪，岂不是一种遗憾?

凤奶奶是洪久坳甚至半个鹿歧村的接生娘，曾是我们家邻居，两家房屋共有一个墙垛。由于她丈夫是“毓”字辈（高我父亲一辈），所以我平常就依照辈分，尊称她为“凤奶奶”。

我不知道接生这门技艺的传承，有些什么秘诀或者心法；也不知道凤奶奶的师傅是谁，应该都是口口相传的经验吧。至于她是否参加过正式的专业培训，或者获卫生部门颁过的相关证书，这个对我来说更是未知数。

只记得凤奶奶有一个木质“接生箱”，上面印着一个红十字，里面通常装着两把止血钳、一把手术剪刀、一个木制听筒、一条绷带，还有产包和脐带线，等等。

时间就是生命，这句话凤奶奶无疑是深有感触。如果哪家产妇要生了，即使是深更半夜，即便是寒冬腊月，只要人家来敲门相请，她便要即刻收拾好器具动身，耽搁不得。

生死常在一瞬间。在洪久坳，没有谁比凤奶奶更懂得这个道理——如果是顺产，则皆大欢喜；万一遭遇难产，则非常危险。有时候，她不得不在保母亲或保孩子的“二选一”中，做出残酷却无奈的选择。

不过，凤奶奶说，当年难产的并不多，因为一般来说，农村的产妇分娩前依然在干活，有的人甚至当天还在地里做事，所以身体条件相对更具耐受性，体格比城里人更健壮，肚里的孩子也得到了较充分的运动，就和现在的产前运动差不多。

记得母亲跟我讲过，大嫂生第一胎（也就是侄女红梅）时，就遭遇了难产，当时凤奶奶急得满头大汗，茫然无措。幸亏在部队当过军医的海峰哥一番简单地诊断后，果断建议即刻送往县人民医院，才最终化险为夷。

在我印象中，对于添丁增口的家庭来说，最为隆重和喜庆的仪式是“洗三”。即婴儿出生后第三天，由接生娘上门“巡脐”，并用槐条、艾叶和老姜等炆水给婴儿沐浴，称之为“洗三”（也有些是由孩子的外婆来洗），同时大宴宾客，以示庆贺。据说，“洗三”的用意一是洗涤污秽，消灾免难；二是祈祥求福，图个吉利。

凤奶奶无疑是村庄里迎接生命的使者，因此，她在村里备受尊敬。母亲曾经告诉过我，“你就是凤奶奶接生的”。

在我看来，凤奶奶可以说是村庄的另一只眼——独特的身份与使命，让她目睹了太多不为外人道的痛楚与隐私。而即使是小孩，也对接生这件事感到神秘。记得与我同辈的爱衡出生那天，当时五六岁的我和村里其他小孩出于好奇，扒在他们家窗户边，使劲地往里张望，结果被凤奶奶连哄带骂给轰走了。

做接生娘这一行，经验往往比技术更重要。过去没有什么检查仪器，对产妇腹内的情况只能凭经验估摸。当然，接生的人不光需要胆大心细又临危不乱，还应该是心理大师，擅长给产妇信心和勇气，特别是技巧上的指引。

据说，接生娘的技术，一般不传给外人，通常只传给自己的女儿或媳妇——我记得凤奶奶曾经带过她的大儿媳伍永梅为徒。不过，随着优生优育观念日渐深入人心，家属们对母婴安全的重视以及交通的便利，即使是乡村里的产妇，也大都选择住院分娩，于是，接生娘这个行当，也就逐渐退出了历史舞台。

记得凤奶奶说过，当接生娘最幸福的就是，当自己亲手将婴孩温柔地包裹起来的时候，总是想着怀中的孩子能够好好成长。

如今，凤奶奶跟着儿子元成住在村小学那边，每年春节回老家，我必定登门给老人家拜年。每次看到我，她总是满脸的笑容，一双温热的小手握着我的手，亲切得很。

我想，看着自己亲手迎接到人世的孩子们，如竹子拔节般成长、成材直至成家立业，凤奶奶的内心应该会涌出无尽的慈悲、温柔与满足感，如同上古神话里那个女娲，总会满心欢喜地注视着那些自己亲手捏出的小泥人吧。

（2018年8月16日）

裁缝兄弟

我总觉得，拥军和爱民两兄弟，最终没有把裁缝这门手艺坚持下来，实在是一个遗憾。当然，人生无法假设，也不能重来，我相信，他们的放弃自有其现实又无奈的理由。

如今，拥军继承的是他父亲的职业，成了一名电工；爱民则在城里搞水电安装，两兄弟的日子据说都还不错。

拥军的年纪与我相仿，身材中等，是大嫂的亲侄儿，东乡上架人。从小，他的气质偏向沉稳，爱深思，略微带点忧郁；他弟弟爱民则几乎相反，乐观开朗，更富活力，比他哥更高更瘦。

他们两个同时学艺的那段时间，我在读高中。拥军学手艺时与我的唯一交集，是帮我做了两件西裤。当时他们的师傅在火电厂大门左侧市场里开店，我恰巧暑假在电厂打工抬钢管，后来，便请他试做西裤，很便宜的，记得是一件 12 元，两件 24 元，刚好是打工两天的收入。

说实话，拥军的手艺真不错，我对西裤很满意，外形笔挺，熨烫后的裤线分明，裤裆也宽松舒适。

对于他们从艺必备的工具及物料，我有印象的大概有这些：首先也是最重要的，自然是缝纫机，那时候很流行的是蝴蝶牌，不是电动的，是脚踏式。

其次是锁边机、剪刀两把（大的用来裁剪布料，小的用来剪线头）、尺子三把（钢尺用来量布料，木尺用来裁布料，软尺则用来测量身体尺寸）、画粉，还有熨斗、各种颜色的线团，以及缝纫针。

至于裁剪布料时离不开的案板，一般是就地取材，用卸下来的门板，拼接而成，上面铺上一张草席或者床单。

裁缝兄弟

裁缝这门手艺
其实关乎村庄的
体面与气质

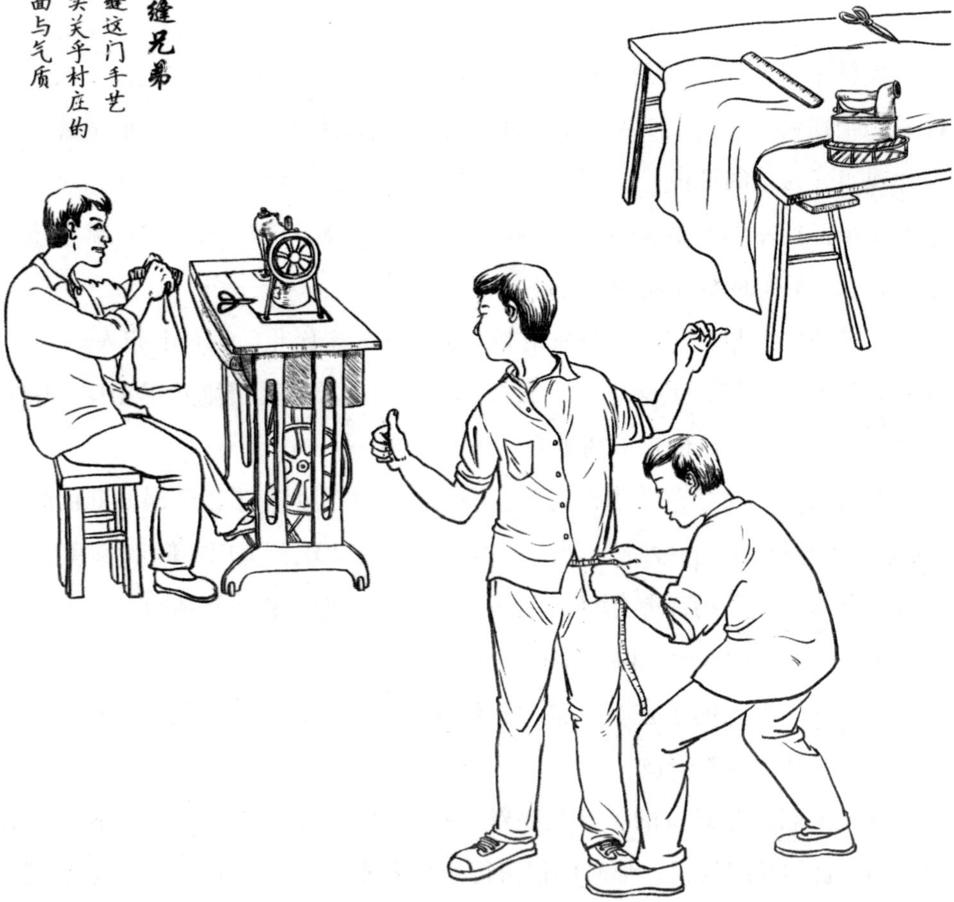

拥军他们做衣服，基本的工序依次为量体、裁剪、缝纫、熨烫等。

不用说，他们天天打交道最多的是布料。那时候，按照性别的区分，通常男性衣服的布料为黑色、蓝色、灰色等，显得较为稳重；女性衣服的布料大都以花色或者杂色为主，相对华丽多姿。

其实，每个时代流行的服装都不一样，20世纪70年代时兴男性穿中山装，女性穿小翻领衬衫；80年代流行过喇叭裤、迷你裙、毛料呢大衣，那时候做一件毛料呢大衣过年，会引来超高的回头率和旁人羡慕的眼光；到了90年代，西装大肆流行，人们的穿着更加多元化甚至时尚化。

由于不同的年份有不同的衣着潮流与时尚，所以一般来讲，裁缝要敏感捕捉潮流信息，与时俱进，才能保证自己的生意红火。

在我的理解中，学裁缝不仅是技术活，更是艺术活。

所谓技术活，是指他们必须是“数据控”，对于主顾的肩、臂、胸围、腿、肘、脖子等“测量数据”，都要一清二楚，成竹在胸。而且，追求的是精准，否则衣料就会浪费。

所谓艺术活，是他必须能够扬长避短，“随型就势”，通过自己做成的衣服来掩饰或弥补穿衣者体型、肤色等不足……衣服上身后，前后左右对称得体，一切都恰到好处，天衣无缝。

俗话说，佛靠金装，人要衣装。因此，裁缝这门手艺，其实关乎村庄的体面与气质，也能折射出村民收入的景气指数。一般来说，裁缝师傅年底的生意如果好，就说明村民们这一年的收成还算不错，手头比较活络。

小时候我们家请裁缝，一般是春节前，那时候，再怎么拮据，父母都会想方设法给孩子们做套新衣服，图个喜气么；大人呢，则是缝缝补补又三年。

记得进县城上初中那年吧，家里请师傅上门帮我做了套中山装。在中山装的左前胸靠近心脏部位，师傅做了个明袋，特意在左上角不起眼之处，留有一个挂钢笔的小插口，穿上衣服后，我别上一支钢笔，瞬间感觉气质提升，神气得很；热天里，也曾请师傅做过衬衣，布料是纯白的确良，刚穿那段时间，衣领是笔挺的，自我感觉往往极好。

像拥军这样的纯手工乡村裁缝，虽然毫无招架之力地被机器大生产的成衣时代挤出了市场，但是，他们做出的衣服其合身、妥帖甚至带有师傅的体温，则是批量生产的成衣无法媲美的。

风水轮流转。如今，做衣服流行的是私人定制，毕竟，这样才能真正做到“量体裁衣”，穿得笔挺和顺意。这样一种潮流的回归，对于手工的裁缝师傅，是不是一个新的机会？

爱好文字、不乏才思的拥军，有一年与我互加为微信好友，他的朋友圈我虽然只是偶尔点赞，但一直默默关注。2017年，我发现他新开了一家布艺店，主营窗帘、卷帘、百叶帘等。我知道，对于拥军来说，裁缝这门手艺是他内心的一个情结，实在割舍不下。或许，这也是他致敬这门传统手艺的一种方式吧。

我祝福他生意红火，更祝福他从手艺中得到更多的内心沉静，以及面对人生时得到更多的从容与尊严。

（2018年6月29日）

媒婆文菊

倒回去三四十年，在乡村里，有一种人不用出手，仅凭一张嘴便能撑起一门生意，这就是媒人。

说做媒是一门生意，是因为它不是志愿服务，而是付出劳动就有回报，既包括精神（言语）层面的酬谢，也有物质层面的实际回报——或是一个红包，或是一条猪腿，又或是一双皮鞋。

做媒的人有男有女，一般是女的较为多见。洪久坳就有一位，那就是文菊，按辈分，我要称她为堂婶。

那时候，时兴男女先定亲后结婚，不仅要遵听父母之言，还得明媒正娶。俗话说“千里姻缘一线牵”，媒人就是牵线的人。

做媒婆，不但要能言善道，而且要腿勤眼快。可以说，她的口才与自信，就是她最有效的武器，最有力的征服。

闲时有空，就到处转转，走东家串西家，看似漫不经心却已收集到谈婚论嫁年龄男女的信息，以及家庭收入、人口结构、房产、土地等更多的底细，以备后用。即使是顺路经过村庄、集镇，哪怕只是人家的大门口，热心肠的文菊随时收起腿脚，爽快地拉起家常，“顺手牵羊”间获取情报。

媒婆在男女之间、两个家庭之间周旋撮合，最基本的一条就是求同存异，寻找共同点，当然，最好是门当户对，不乱点鸳鸯谱。

我认为，文菊婶算得上那个时代一方水土上的“大数据分析师”。

我不知道她有否专门用来记录信息的本子，但是，至少她的大脑是个储量丰富的处理器，如同现今婚姻介绍所的海量信息库。洪久坳周边十里八村的大姑娘小伙子，她应该都心里有数——哪家的姑娘是豆蔻年华，哪家的姑娘如出水芙蓉；哪家的后生已到弱冠，哪家的儿子已过而立之年；谁和谁家是结为亲家，谁和谁家能花好月圆……

那时尚年幼的我，当然不知道文菊到底牵成了多少对姻缘，业务覆盖到几个村甚至几个乡镇。我只知道，她把亲妹妹满凤介绍给了自己老公最小的弟弟中云。而日后，这个当过兵的中云却在壮年因尿毒症而离世。

此事给我最大的感触是，再牛的媒人也只能保障一时一刻的婚姻关系之达成，而新家庭日后的幸福与未来，谁也无法预料和掌控。

不能否认，文菊婶常常利用的资源，就是信息不对称。但我也相信，任何行当都有它一定的规矩和底线。作为媒婆，其底线也许就是不搞“拉郎配”，甚至故设圈套——乡村人认为，那是造孽，是把女人往火坑苦海里推，给多少钱也不能办的丧良心的事。

作为牵线人，在两个家庭的沟通与信息传递上，难免要几个来回，这都要媒婆来奔走、磋商并议定。

中国是个礼仪之邦，凡事讲究个礼数。对于缔结婚姻关系，传统上有一套约定俗成的礼仪，即“六礼”，包括纳采、问名、纳吉、纳征、请期、亲迎六个步骤。

虽然老家那边对这“六礼”的说法不一定是这样，但大体流程上是相似的。

纳采即男方家请媒人去女方家提亲，女方家答应议婚后，男方家备礼前去求婚；问名，即男方家请媒人问女方的名字和出生年月日，重要的是所谓“对八字”。

纳吉，即男方将女子的名字、八字取回后，在祖庙（或请风水师）进行占卜。卜得吉兆后，备礼通知女方家，决定缔结婚姻；纳征，亦称纳币，即男方家以聘礼送给女方家。“纳吉”和“纳征”，这两项往往并在一起进行，这是订婚的主要手续。

请期，是指男家择定婚期（看好了良辰吉日），备礼告知女方家，求其同意；最后一步是亲迎，也就是最高潮的婚礼。

我记得那时候比较讲究的婚礼，要求备齐所谓“三转一响”，外带“二十四条腿”。“三转一响”是指电风扇、蝴蝶牌缝纫机和自行车，一响指收音机；

“二十四条腿”是指带腿的主要家具，譬如落地大衣柜、高档大床（甚至是席梦思）、带镜梳妆台、沙发、茶几及若干凳子。

作为媒婆，文菊婶的高光时刻之一，是婚礼前一天到洞房里为新人铺床。在新床上将被褥、床单铺好，再铺上龙凤被，被褥上还要撒各式喜果，如花生、红枣、桂圆、莲子等，寓意新人早生贵子。有时边忙碌边哼唱着一些表示祝福的吉祥话，譬如：

铺床铺床，儿孙满堂；先生贵子，再生女郎；富贵双全，永远吉祥；男婚女嫁，花烛洞房！

铺床铺床，喜气洋洋；夫妻恩爱，共枕同床；百年好合，鱼水情长；家庭和睦，幸福吉祥！

有人说，乡村的每一桩姻缘都离不开家族关系。这种关系离不开土地，离不开乡村家族的经济意识和道德观念。所以，乡村媒婆必须融入这种关系，掌握乡村的每一种道德原则，以及有关乡村人际关系的知识，才有可能促成一桩好的、幸福的姻缘。我以为，这种观点是有道理的。

进入新世纪，关于相亲的一些传统规矩完全被打破，年轻人早就不在乎什么媒妁之言、父母之命，基本上是自由恋爱了，一见钟情也好，陌路相逢也罢，恋得自由，爱得自在，散得也随性随意。婚前同居甚至生娃后再结婚，也慢慢地被他们的父母和老一辈接受，他们认为，大家都是这样，且既成事实也这样了，那又有什么办法呢？对此社会现象及伦理变迁，我记得阎云翔先生在其《私人生活的变革》里，曾专辟数章进行阐述。

如今，除了自由恋爱，又有婚介所、电视相亲及电台速配，媒婆也就慢慢失去了市场。对于媒婆文菊来说，现在能够聊以自慰的或许是，即使她已离开江湖多年，但江湖上依然流传着她撮合的姻缘以及姻缘背后或喜或悲的故事吧。

（2020 年 3 月 4 日）

厨师老冬

明知“众口难调”，可是，老冬依然选择用手艺去满足众人对美味的追求。我想，这对于当初的他来说，是需要一定勇气的。

老冬是二哥的儿子，冬天出生的。年纪轻轻便有一技在身，所以我按照老家那边对手艺人的惯常尊称，在“冬”字前面加个“老”字，平常总这么叫他。

他的手艺是在长沙新东方烹饪学校学的。从那里毕业后，他在长沙待过，也去过苏州、广州等国内一些城市，到目前仍在城里打拼，是在老家县城一家土菜馆。

把“90后”的他作为乡村手艺人来写，也许有点牵强。但我相信，洪久坳是他的根，终有一天他会回到乡村，打理乡邻们的红白喜事，譬如新人结婚、乔迁之喜，老人做寿、娃娃满月，又或者老人过世……毕竟，这是洪久坳离不开的，也是他心理上的认同与归宿。

在洪久坳，但凡哪个家庭遇到这些喜事，都会在家里摆酒席，方便实惠，也便于邻里就近庆贺，热热闹闹，还给自家添喜、长脸。

虽然我基本上不在洪久坳，但我亲身经历过母亲七十大寿、父亲八十大寿，还有燕子、小梅、红梅、老冬等下一辈的婚宴，对于乡村办酒宴并不陌生。

我记得，几次都是请五队的刘师傅当大厨。他为人低调仁厚，手艺不错，在老家那边口碑挺好。我想，从目前的刘师傅身上，可以看到以后老冬在乡村办酒宴的影子。

按老家那边的风俗，厨师是提前一天上午进场，首先是“开数”。这是个庄严并隆重的程序，一般是要给师傅包封的。

开数就是师傅与主家一起商定菜谱。在我看来，厨师们尤其是主厨都是精细化管理的高手，那些适合当地民众口味、能够匹配不同家庭经济条件的常用菜谱，都在头脑里储存着，随时可以调取，并形成菜单，然后告诉主家，猪肉、牛肉、鸡、鱼、干货、海鲜等主料、配料的详细购买数量（大致会根据桌数多抛点数，以备临时加席）。

老冬告诉我，目前鹿岐这一片通行的菜谱一般是十个菜：第一个菜为“全家福”，第二道至第十道依次为耒阳头菜碗、清乐汤、清蒸土鸡、大碗扣肉、干椒牛肉、粉蒸排骨、鱿鱼猪肚、清蒸整鱼和青菜。

若是办婚宴，头一天“打夜伙”（老家土话，意为“吃晚饭”）要 8 个碗，喜事当天中午 10 个，送亲的大亲们桌上，要加 4 个荤菜，凑成 12 个碗。我还听说，有时候讲客气的话，大亲客要吃“一反一复”20 个碗，那就足够丰盛了。

其次，是师傅打灶。用那种农村才有的大土砖和着泥巴垒成，粗犷、霸气，比一般家庭用的灶要高。关键是要用好炭，把这灶火烧旺！此时，主家给师傅包封，主要是图个吉利，也是给师傅一个欢喜，希望他超常发挥，令主客都满意。

打完灶师傅就等于进场了，当天“打夜伙”的菜，也交由师傅来主理。相对于喜事当天，这个提前的“打夜伙”也是比较重要的，主要是至亲和湾村的邻里先聚一聚，把气氛搞起，类似于为次日正式的喜事暖场吧。

师傅进场的时候，自然会带着他的全套工具。无非大砍刀、切菜刀等用得溜熟又顺手的几把刀，还有锅铲、汤勺、围裙等。

开完数，主家的人就根据师傅开的清单进城买菜，这边临时灶台边，师傅也不闲着，开始了必要的准备工作。第二天一早，节奏瞬间提速，借桌凳、挑水，择菜、洗菜，杀鸡、宰鸭，贴对子、准备点心等各项事宜，自然有人按照既定节奏有条不紊地进行。

当吉时到来，鞭炮声响起，要上菜了。满头大汗的师傅们工作达到最高潮！

出菜的顺序和菜名，看似随意，其实是有讲究和寓意的：头碗全家福是第一个菜，寓意“阖家团圆”，上鱼是在倒数第二，寓意“年年有余”；青菜则放在最后，寓意“四季常青”。

扣肉是第五个菜，出菜前必定要鸣炮，在我看来，这是温馨提示，更是仪式强调。随后，喜宴的主角们要挨桌敬酒了，这是必要的礼节，感谢各位宾客的光临与祝贺。

办酒宴时，我也不会闲着。除了打点下手，偶尔会在临时厨房里观摩师傅们的忙碌，因为，我很羡慕师傅们高超的技艺，那么多菜品、用料，都能条分缕析地完成精准搭配与调和，并借助烹饪或蒸笼给倒腾出来，色香味俱全，太不容易了！

厨师们的基本功首先是刀功，要快，更要好。不用说，他们能熟练掌握切、砍、劈、剁、斩、削、片、批等刀法，而每一种刀法中又细分为多种，如“切”就可分为直切、推切、拉切、锯切、滚料切等。至于哪种原料适宜用什么刀法进行处理，他们自然也是熟稔于胸。

其次是勺功，就是在烹调菜品时所运用的翻勺动作，大致有推、拉、转、颠、翻等。一道菜能否得到食客的认可，勺功是关键之一。至于对火候的掌握，也是一门需要经验积累的技术。

对于乡村各类宴席，最有发言权的当然是宾客与乡邻。亲戚朋友呷得满意，主家才有面子，否则背后会被人指指点点，尽是闲话。

有人说，菜品即人品，好菜品出自好人品。这句话，我信。

也有人说，学厨先学德，做菜先做人。老冬自己是这么说的，“当厨师重在用心去做，其次是熟能生巧，另外就是，活到老学到老！”我相信，在老冬心目中，没有做不好的菜，只有没有做好的菜。

厨师们算得上是村庄平凡日子的调味者，而乡亲们日子过得如何，他们心里大致比较清楚。不管哪一家办喜事，你家开数时点的菜谱，就是证据之一。家里经济条件好的，或者好面子者，会上脚鱼、海鲜等。

这些年，乡村酒宴上的菜谱也在不断刷新，与时俱进……这菜谱不仅有冷菜、热菜、蒸菜等，还会将各种菜品混合，追求跟上城市酒楼里的潮流。

一般来说，春节前后是乡村厨师最忙的时候。结婚、迁居、寿宴往往接踵而至。老冬告诉我，在鹿岐这样一千多人口的村，除了五队老刘这位大师傅，六队有个老张，九队还有个老梁。

喜欢作家祝小兔的一句话——手艺是一种让人重新把握生命的方法。在我看来，手艺里包含的专注与匠心，也是让人生意义更加超拔与恒久的一种方式。

是的，人活在世上，除了吃喝拉撒、平淡日常，稍微向虚一点的追求，无非名声与面子，或者说，谁都愿意让人想得起、记得住，尤其是记得你的好。一个人，若能精通厨艺，炒得一手好菜，安抚一方乡邻的味蕾和肠胃，也是好之一种吧。

（2022年4月3日）

杀猪匠尤成

一辈子手上沾满鲜血的尤成叔，在弥留之际是否后悔选择了杀猪这个行当，无疑始终是个难解之谜——他是否忏悔？是否害怕？还是内心充满敬畏？

尤成叔是鹿歧四队人，年龄比父亲略小几岁吧。长相符合一般人对于杀猪匠的想象，通红的大圆脸（也许是因为常常爱喝点小酒？），厚厚的双下巴，讲起话来声如洪钟；身材高大，腰身粗壮，一双手臂结实有力。

他带的工具里，尖尖的、长约尺许且闪着冷光的屠刀不用说，最为令人惊悸的是那把铁钩，总令人禁不住联想到阎王爷的索命钩。

他从艺的家伙还包括一把桃叶形的开边刀、一把厚厚的砍刀、两三个卷曲如瓦形的刨子、一把一米多长的捅棍……当然，他的背篼里肯定有一条用来遮脏的、沾满油污的围裙。

对于村庄来说，带着几分血腥与残忍的杀猪，其实等同于节日，一般是在春节之前——这意味着，大人小孩都可以趁机开开荤，大饱口福了。

在我的印象中，传统的杀猪，其流程依次为挖灶搭锅、赶猪、放血、吹猪、刨毛、开边等，环环相扣，缺一不可。

或许是感知到末日来临，当尤成叔与大哥他们来到猪栏，打开栏门的那一刹那，猪像是疯了似的狂奔。但是，在众人合围之下，它终究在劫难逃。

尤成叔看准时机，扯住猪耳朵，紧跟着用铁钩钩住猪的嘴巴，它便只能乖乖地跟着走，尽管一双前腿使劲地撑住地面；而猪嘴里发出的尖叫声，顿时响彻整个村庄。

猪尖叫着，我的心也一阵阵发紧，然后猪被合力抬上宽大的条凳，并牢牢按住，动弹不得。

此时，只见尤成叔左边身子压住那头猪的肚子，左手抓着猪的右耳，左肘往猪脊背上用力一顶，猪只能弹弹后脚，他右手抄起杀猪刀，闪着寒光的钢刀挨着猪喉，瞬间刺入猪的喉管……

板凳一侧，早就放置了一个木质大盆（或是蒸饭甑的盖子），他用右脚把木盆往猪头前面踢踢，右手再一使劲，整把刀没入了猪的身体，只见那头猪的脚轻轻弹了弹，身子抖了几下，满是血的刀抽出后，猪血就像小喷泉一样从刀口里面喷射出来。

血放完后，众人把手一松，啪的一声，猪身瘫在地上。随后，尤成叔在猪的后蹄处用刀划开一个小口，使劲地用一根长铁棍（捅棍）从开口处插进去，第一下要直通到耳根处，然后抽回一半，再挺到背部和腹部……这是要给猪身子充气，也就是所谓“吹猪”。

我视其为一件颇令人惊恐的行为艺术，徒弟一边吹气，尤成叔一边用木棒拍打猪的全身，随着充气和木棒的拍打，猪皮从头到脚逐渐鼓胀了起来，直到滚圆。然后，该滚烫的开水伺候了，方便接下来剃猪毛。

血放完后，就在尤成叔忙着吹猪、剃毛的同时，母亲也不闲着。木盆的清水里，在杀猪前已经放了盐，起凝固血块的作用吧。母亲先是用菜刀把猪血划成小方块，然后倒进柴火灶上的大锅，加入剁辣椒、香葱、生姜、大蒜等调料，眨眼间就是新鲜热辣、滑溜可口的猪血旺子。

自家吃不完，母亲会一碗一碗装好，安排我端着挨家挨户给左邻右舍送去。而收到热乎乎的猪血旺子，邻居伯婶不会让我的碗空着回来，肯定要用自家的特产作为回礼——如今想来，这种互惠和谐的邻里温情，十分令人怀想。

是啊，过去的村民们并没有如今富足，食物应该是更加珍贵，却总是乐于分享。那么，为何这种温馨的人情味如今渐渐地消散了？也许真应了那句话，商品社会最终只会彻底撕掉以往那种温情脉脉的面纱？

母亲清蒸的、里面放了些胡椒粉的小肠，也是口味极佳，令我十分想念。大肠一般是用稻壳来炒制，以去除腥味。记得母亲喜欢用自家炒制的米粉来蒸着吃，伴着八角、花椒、胡椒粉等佐料，一口咬下去，肠子内满是油腻，米粉的香气四溢，尤为令人回味。

剃完猪毛后，就是开膛破肚了。

时至今日，我依然对“开边”时那股带着热度、直扑口鼻的腥气记忆深刻。至于那一个个刚取下来的器官，热气腾腾、满是油腻，无不令人触目惊心！

眨眼到了中饭时间，该请的亲朋邻里都客客气气请到。嫩嫩的炒猪肝，脆脆的炒肚条，鲜肉片汆汤等都上桌了……几杯小酒满上，男人们边吃边聊，话儿越来越多。

除了来我们家杀年猪，我与尤成叔的交集不少，最常见的是走易口渡过河进城。那时候我在县城的城南中学读初中，由于学校无法寄宿，只好每天走读，因此每天必须赶早。当年我心里认定的标准是，如果与尤成叔坐到了同一趟渡船（最好是最早的一趟），这天的准时到校基本上就会有保障。

尤成叔的儿子是我小学同学，似乎比我低一个年级吧。后来听说也跟着他父亲干过这一行，子承父业，也是情理之中，不奇怪。不过，如今早就不干这手艺了，似乎做着小买小卖的生意。

母亲告诉我，尤成叔离开人世已经十多年了，我唯愿尤成叔在那边，能够得到真正的、最后的内心解脱。

（2018 年 8 月 9 日）

第四辑

一物一菩提

镰 刀

曾经归我使用的那把镰刀不见了，上次回老家见到的那一把，不知是当年父亲随身带的，还是二哥砍柴用的，它寂寞地躺在风车后面昏暗的角落里，身上落满灰尘，刀把松了，刀刃上豁了两个口子。

我似乎听到了它的叹息声：老了，不中用了，日夜陪伴我的，除了寂寞还是寂寞。

这镰刀，很容易让人联想到“刀耕火种”，甚至，有人会忍不住把它自动关联到落后、落伍等语词。但是，我始终认为，手上有把镰刀，至少表明我们与自然还维持着一定的联系，或许因而对自然心怀应有的亲近感与敬畏。

请注意，我这里说的镰刀，不是农村常见的那种收割稻子的半月镰，实际上是柴刀，除刀柄外长约30厘米，刀口宽约5—6厘米，顶端有一个弧度柔和、长三四厘米的弯钩。

镰刀曾经很忙，让人手握的刀把惯常也是温热的——那时，镰刀天天被我们拿在手里，左劈右砍的，因忙碌而疲累，却也因疲累而充实。而现今，也许一年都没得人摸上几次。你说，除了老人和妇孺，没几个人在村里了，谁还在乎这把镰刀？

我和大哥、二哥他们，当年每个人都有一把镰刀，或新或旧，或宽或窄，大哥、二哥他们是砍柴要用；我呢，每天放牛的时候不能闲着，要用随身带的镰刀，从山上拾掇一篮子柴棍，晒干后，给母亲用来早上生火。

转眼到了侄儿黑子与老冬这一辈，虽然他们也会用，但是，如今老冬摸的是锅铲，黑子摸过方向盘，干过水电工，至于用镰刀的次数，一年已难有几回。生于城市的我儿子，只见过菜刀、水果刀，对于镰刀，任我如何描述，

镰刀

镰刀曾经很忙
让人手握的刀把
惯常也是温热的

他都搞不明白。只能跟他说，下次回爷爷家，找出来给你看吧。

一把镰刀就是一条命，生与死都掌握在铁匠手里。记得小时候，父亲从几十里开外的南阳镇星子村请来老小两位梁师傅，帮我们家打制锄头、镬头、犁耙，当然，还有菜刀、镰刀。

只见老师傅右手握小锤，左手握铁钳，从灶中猛地夹出那一坨烧至通红的铁块，放在大铁墩上，一番铁锤上下，一串叮叮当当，那镰刀便慢慢成形。等到水槽内响起“吱啦”的淬火声，一阵白烟倏然飘起，我知道，汗流浃背的师傅们工作告一段落，可以歇会儿了。

并不只有人才会生病，镰刀也难免身心有疙瘩。那是掌刀人不小心砍到了硬木，或者石头，刀刃会瞬间卷边，或是豁出个口子。这种时候，我会比镰刀还难受，似乎是自己的手伤了——其实，镰刀不就是我延长的“右手”？而且，更坚硬，更锋利，至少我认为它是几乎无坚不摧。

即使刀“病”了，没关系，很容易照顾的，找块磨刀石来就行。磨刀石有两种，一种粗石，用于起锋；一种细石，用于平顺地收口。看大人们磨刀的次数多了，我也模仿着自己磨，切记，边磨要边浇点水，还得保持刀面与磨刀石一定的角度，这个角度不能变，否则，不但刀磨不快，反而把刀口给毁了。

这些年，镰刀常常在夜里睡不踏实，迷迷糊糊地，似梦非梦，其实它是在回想着当年那些激情打拼的日子。

不知道那把镰刀是否记得，你在我手上留下的刀疤。有一次，儿子偶然发现了这道斜贯在左手食指上的疤痕。这引起了他强烈的好奇心，可是，我用来解释七八岁劈柴时误伤自己的那一套话语体系，儿子根本无法理解与感知。

那天，幸亏受伤的地点离肆秋家的橘子园不远，我在自己用布条根本无法止血后，哭喊着跑到肆秋家，他母亲华嫂见状，赶紧用中勉伯伯的旱烟丝给我裹住，然后用布条扎紧，还真有效，血止住了。

对了，用镰刀是要掌握点技巧的，刀法不是斜着往下，就是斜着往里往上，手法则要快，否则，你刀劈的那些柴棍啊荆棘啊，会很不客气地反弹回来，给你一个疼辣辣的回击。

镰刀在手，即使是一个黄毛小儿，他的胆量也可以倍增。因为他随时可以制造出防身工具。譬如，怕路上有蛇，他会顺手砍下一根细竹，剔除竹叶，留下根一米多长的竹棍，拿在手上，舞得呼呼作响；至于路遇野狗什么的，只要刀在手，就不会太惊慌。

今年清明前一天，我送术后的父亲返回老家，当天下午就跟随大哥、二哥上山，祭扫早逝的奶奶。我从二哥手中接过镰刀，把坟头周围的杂草乱枝，狠狠地清理了一番。这是二哥家里的刀，刀把特别长，为什么呢？因为近些年来，山上已经被杂草和各类灌木整个占据，早就没得路了。刀把不弄长点，人更容易被乱枝伤着。

总是有点纳闷，为什么就这么二三十年，与镰刀有关的物事，都慢慢地走远了。是时代演进得太快？还是人在对诸多念想的追逐中，不知不觉间，便把那些原本有着其特定价值的东西，给一件件遗落了？

（原载 2013 年 6 月 27 日《长沙晚报》，原题《镰刀寂寞》）

犁　耙

我们家四个男人，只有我不会使犁掌耙。也许，父亲和两位兄长认为此事极为平常，可是，我至今为此耿耿于怀，并引以为憾。

也许，你会笑我有几分矫情，“明明跳出了农门，还学什么犁耙？”非也！俗话说，艺多不压身，多一门手艺，总归是有益无害的。

有人说，土地是农人的第二个女人，一块好地就是一个好女人。好女人需要好好地伺候，这种伺候就离不开犁耙。

四十岁之前的父亲，忙着在大队当会计，以队为家、忙忙碌碌，基本上与犁耙不挨边，但是，1978年开始，他从头学起，凭坚强意志，竟也练成一把好手。

我一直不太理解的是，犁耙为何能沿用数千年，而形制基本不变。难道是，完美就意味着停滞，缺失了改进优化的动力？

布谷声声，人勤春早。每年春耕季来到时，最先登场的农具便是木犁。父亲会牵着家里的水牛力婆来到稻田，此时稻田里的水踏进去，依旧清凉刺骨，若是我自己下田，会禁不住打一个寒战，倒抽一口气。

只见父亲首先把犁辕平放在地上，然后安装好犁舵间的犁盘，并把两根棕绳连接的牛轭架在力婆的脖子上。随后，父亲用右手立起弯弓般的犁辕，嘴里发出“哦哦哦”“吼吼吼”的吆喝声，力婆开始前行，拖着三角形的犁铧斜插入土，犁起的田土，顺着弧形的犁壁一块块被掀翻在犁的右边。

我知道，此时的犁铧是欢快的，蛰伏了一个冬季的它，骨头里闷得慌，早已憋足一股劲，在力婆的牵引下，它不断地朝前拱，强悍地解开了土壤的纽扣，大地丰润的肌肤在阳光下铺展，随着犁铧的挺进，所有的秘密都被打

犁耙

老家的墙上
依然挂着那张犁
落寞而孤寂着

开了，温润的泥土就迤迤逦逦翻卷过去，草啊花啊，筋斗似的被放倒、埋进土里。翻起来的湿润泥土光光滑滑，透着光泽，释放着泥土特有的馥郁香气，沁人心脾。

谙晓人意的力婆径直前行，它早已学会犁田的线路，就像一个老司机，绝不走错道；它对于身体左侧延伸到父亲手上控制的缰绳的含义，也熟稔得很。走到田埂边它就左拐，父亲则提起犁，跟着左转，回头，又犁过来。经过多趟的往返，半日里，一大丘田就铺满了一排排被翻起的黑黝黝土块，像一张写满一行行汉字的书页。

紧跟着犁后面登场的是耙。我记得父亲使用的有两种耙，铁耙和木耙。几柄铁齿或者木齿我都记不清了，按照原理，铁耙负责的，就是戳碎土块，割断杂草，并把泥土从高处运到低处，使田面平整——因为稻秧的生成期必须灌水，而成熟期必须排水，若田面高低不平就不利排灌，影响稻谷生长。

每次犁完田之后，当父亲把犁小心地放到水圳或池塘里，抓一把杂草把木犁擦拭干净，并把木犁扛在肩头时，他的眼神里闪耀着一丝难以察觉的自得，我也感到，他内心里应该是充满成就感的——脚下的大地是他刚刚完工的作品，水平如镜，水波不兴，静待着插秧那个充满绿色与希望的时节到来。吆喝着力婆，赤着脚、裤管依旧高高挽起的父亲往家走去，把犁安放在自家最稳当的地方，仿佛守望着饱满的稻穗金子般灿烂地铺展开来，慢慢地闻到了沁人心脾的稻谷芳香……

在父亲的亲自调教下，大哥二哥都是一把犁田的好手。可是，侄儿这一辈，会犁田的几乎没有了（大哥二哥也早就改为使用机耕犁了）。也许，他们心里嘀咕的是，地都懒得种了，还学这门手艺干吗呢——是啊，时代的车轮载着我们，奔向未知，并在路途中遗落了一些手艺或者传承，关键是，谁也无法抗拒！

每年的“双抢”，是犁耙最为劳累的季节，为了抢水，父亲和大哥，往往会犁田耙田到深更半夜，而只有到了冬季，犁耙才真正消停，倚在墙角，打着哈欠，酣然入梦。家里的水牛力婆，也食足了稻草，若无其事地反刍，悠闲地晒着太阳，它们在集聚一冬的能量，养得壮壮的，等待下一个春暖花开。

老家的墙上，依然挂着那张犁，落寞而孤寂着，父亲已多年未下地了，但是，我相信，每到耕作的季节，他的心中肯定在一遍遍重复、推演着对犁耙的操控，并向往着新一季的丰收。

（原载 2017 年 11 月 6 日《长沙晚报》，原题《犁耙落寞》）

蒲 扇

家中的衣柜里，有一把蒲扇，是那年母亲来长沙时在二马路买的，老人家回老家鹿歧之后，蒲扇就留在了这边，我一直没舍得扔掉。每年热天，我会拿出来拍一拍灰尘，再清洗一遍，晒干后安放妥当。当然，偶尔也会扇一扇。

我这么做，其实是收藏一份念想，以及那些无法重返的旧时光吧？

小时候，家乡那边还没通电，电风扇是不可能有的。夏夜里对付暑热的方法，除了夜宿晒谷坪上等东风，在家里则只有靠蒲扇了。

家里的蒲扇，专属大人。我们这些细伢子，大多数是自己找块硬纸板，用剪刀剪成或圆形或方形或椭圆的样子，然后用一根劈开的细竹子夹住，再用细麻绳穿过纸板上钻的两个洞，扎紧固定好，扇子就成了。

每次父亲从集市上买来一把新蒲扇，母亲做的第一件事往往是“绲边”，也就是用旧布条或者薄膜纸围着扇子的边缘包好，并用针线密密缝好——这样更加结实耐用，图的是多用几个年头。

我记得父亲还喜欢在蒲扇上用毛笔写些字，内容往往诙谐有趣，譬如：“夏天天气热，扇子借不得。虽是好朋友，你热我也热。”“扇子有风，拿在手中。如若想借，等过立冬。”

是的，即使身在农村，村民们也有他们对文化的追求与表达。蒲扇就是一个挺好的载体，这方小天地，也能反映主人的个性和趣味，譬如“清风徐来”，或“自备东风”；也有写“清风随意取，手动天地凉”，或者“心静自然凉”的。

做蒲扇的那种植物，学名叫作扇叶葵，属于棕榈科蒲葵属。难得的是，我们家田土里，就有几棵，当初不知父亲从哪里找的种子种下的。他还用自产的扇叶葵做过扇子，当然，由于叶子不够大，显得有点“迷你”。

蒲扇

扇子有风
拿在手中
如若想借
等过立冬

夏日里，等辛劳的耕作完成后，大人们洗过澡，会手持一把蒲扇、提张竹躺椅来到坪上，这时，细伢子的快乐时光来了。老人们会“讲古”，什么《三侠五义》《封神榜》《包公断案》《西游记》……当然，听故事是有成本的，大人会逗着小把戏不停地扇风，这样故事才不会中断。即使你手摇酸了，歇一歇，还得继续摇，毕竟故事的吸引力太大了。

村民们似乎还习惯以手中的蒲扇，来表达自己复杂的心情。譬如，蒲扇可以摇出一种轻快，亦可以摇出一种沉重；可以摇出一种温馨，亦可摇出一种粗犷。蒲扇的语言是很丰富的，有时候所有乘凉的人，可以没有一句对话，只不断地摇蒲扇，但他们最终却达到了交流的目的，关于播种、关于收获、关于生老病死、关于子女出息……

朦胧的记忆里，炎热的夜晚，我们会吵热，或者身上起了痱子发痒，总把母亲折腾得不行，她有时坐在身旁，有时躺在身边，轻轻地摇着蒲扇。现在想来，劳累了一整天的母亲该有多累啊。

总记得傍晚时，母亲会用蒲扇把蚊帐里的蚊子驱赶一遍，然后把蚊帐的下摆埋在席子下压好，以免蚊子进去，这一幕幕，现在想起，仍是温馨异常。

后来，村里通电了，有几年流行所谓“鸿运扇”，就是那种倒下就能自动停止的风扇。但是，母亲还是喜欢摇蒲扇，她吹不惯电风扇，说容易感冒，还是蒲扇好。

是的，我一直以为，蒲扇的风柔和、无声，如同从原野刮来，带着树叶和野草的气息，像水一样在你心上流淌，使你油然生出一种向往；而风扇和空调吹出的风，生硬、死板，一不小心就令人感冒，一晚上吹下来，整个人头昏脑涨的，总觉得哪里不对。

蒲扇有点像中年的日子，不温不火，平淡无奇地慢慢使来，方可从容不迫，怡然自得。蒲扇，更适合于慢慢摇，有点像炆中药，要心平气和，均匀使力，你不觉得，有这么一种生活哲学在里面吗？不信的话，你试试，一顿猛扇，似乎很过瘾，可是，一旦停下来，才发现，又生出一身臭汗，而且，感觉更热了。

农村里的东西，没有废物，用烂了边的蒲扇，会被当作手摇“鼓风机”

来给灶台扇风，生火时，少不了它；实在不能用了，还能当作柴火烧掉。

儿子这一代人，离蒲扇很远了，他每次看到奶奶留下来的这把蒲扇，只是把它当作玩具来玩玩，他哪里体会得到，那种不动手就没有清凉的经历。是啊，一分劳动，才有一分享受；自食其力，自古天经地义。

夜深了，顶着楼上楼下空调主机的轰鸣声，置身于这密不透风的城市楼群中，面对着已远离日常、逐渐消逝的蒲扇，好想回到那——蒲扇在手，清风徐来的宁静之夜。

（原载 2018 年 6 月 25 日《长沙晚报》，原题《清风徐来》）

石　磨

活过了几千年的石磨，也许从没想到过，在短短的几十年内，就悄然迎来了谢幕。

这石磨，如今已很难看到了。或许，你能在城市的民俗博物馆里看到它，但此时的石磨早已沦落为一种摆设；或许，你会在农家乐里遇见，但它却如失了魂魄的标本，无精打采，令人惋惜。

尽管如此，我始终对石磨抱有好感——因为，它不是一个势利的人，不会嫌贫爱富，总是与乡亲们一起分担着那些或甜蜜或苦涩的日子，无怨无悔，不离不弃；它也是个勤勉的人，有事做，就精神百倍，只有闲下来时，才稍显精神颓靡，了无生气。

老家所在的洪久坳一共有几盘石磨，我不太清楚，唯一清楚的是，家里有一盘——不过，我不知道父亲是哪一年买来的，花了多少钱。这盘石磨，如今只有逢年过节时用一用，平常只是静静地躺在杂屋一角，没有人理睬它，它也摆出一副与世无争的样子，很有点淡泊明志、孤高自许的味道。

这石磨直径大约四五十厘米，由上下两扇圆青石组成，上扇厚，三十厘米左右，上有磨眼，磨东西的时候，原料都是通过磨眼注入；侧面有一个方孔，用于安装推磨的把手；下扇薄，大约二十厘米，但这一扇石头是与带边槽及下泄口的磨盘连为一体的，底下起支撑作用的是一个三根立柱搭起的木头支架。据说，整盘磨的重量有一百六七十斤。

上扇的底面和下扇的顶面，均匀密布着八组由长到短的槽沟，中间深外边浅。两扇磨相对的一面，留有一个空膛，叫磨膛。磨的下扇固定在磨盘上，中间有个直径三厘米左右的圆孔，上面钉着三五厘米高的木芯轴，叫磨芯。

石磨

做人就要
像石磨一样
憨厚踏实
稳重靠谱

磨芯正好插在上扇底部中间的圆孔，使上扇磨始终绕着下扇磨的芯轴转，保证不出轨。

有时候想，石磨真是一个神奇而矛盾的存在，通过“磨铁成针”的坚定与耐心，慢慢地“咀嚼”，最终把玉米、黄豆、大米等粗粮，变成粉末一般、易于消化的细粮——如此这般，近乎完美地演绎着刚与柔、粗与细的协调于一体。

虽然，石磨乃冰凉坚硬之物，但是，一想到石磨，我脑海里浮现的却是与舌尖之美有关的、柔软又温热的记忆，如做豆腐过程中的豆腐脑、茶油煎炸的酥脆米粑、香气四溢的粉蒸肉……因为，小时候，我跟随着母亲，在石磨周边度过的时间不少。

我记得，每到春节之前，腊月二十五左右吧，母亲会张罗着做豆腐。先是取一些黄豆用水泡一个晚上，待黄豆泡得饱满之后，就该石磨上阵了。

村里人有句戏言，“人生三大累，推磨、舂碓和挖煤”。是的，推磨无疑是对一个人耐力与韧性的检验——你只要想想这些语词，或许就懂了其中的深意，譬如折磨、磨炼、磨砺、磨难……

一开始推磨，还觉得有点新鲜，尽管磨盘不轻，但当看到白白的豆浆从磨盘边溢出，流入磨盘下承接的铁桶时，颇有点成就感。

时间长了，便烦躁起来，脚步也慢了下来，一步比一步沉重，手臂则越来越酸痛。每当这时，母亲少不了鼓励我：“推磨的活，不能性急猛推，要柔着些来，均匀使力……”

终于磨完了，接下来是煮豆浆，然后是点石膏，这个细节的技术含量最高了，无疑，需要的是经验与老到。最后，把凝固的豆腐脑装进纱布袋里，放入一格一格的专用木框里挤水，上面要压上重重的石墩或者大土砖，底下用脚盆接水。

做豆腐过程中，有两种东西是我们的最爱：一个是豆腐脑，一个是豆皮。先说豆腐脑吧，刚点卤的豆腐脑，白白的、嫩嫩的，入口即化，一般我会偷偷地多放一些白糖，喝完之后，舌尖稍一舔转，满口生津，回味无穷。

在豆浆煮开之后，母亲会把豆浆倒入一个大木桶，过不久，最表面上冷却的那一层，用拇指和食指轻轻一捻，就是一张嫩薄而又白里透黄的豆皮，眨眼间已入口，鲜美又带一点嚼劲。后来才知道，这豆皮晒干后，就是所谓的腐竹。

每次回老家，母亲念念不忘的是，给我炒一些拌有八角、茴香和桂皮的大米，然后用石磨磨成粉，这是做粉蒸肉的极好原料。老婆说过多次，超市里买的米粉，就是没有老家带来的细又香呢——她哪里知道，吃起来容易做起来难，尤其是母亲膝盖不好，推磨很费力，所以，我总劝老人家不必劳神了。

我记得，隔壁邻居华嫂、文菊婶等，逢年过节时，喜欢提着黄豆等物料来我们家推磨。这时，家里便热闹了，孩子们跑来跑去，大人间聊着家长里短，半晌午了，母亲会招呼人家喝碗豆子粥填填肚子……

有人说，做人就要像石磨一样，憨厚踏实，稳重靠谱——憨厚，则经得起折腾与磨砺；稳重，则不紧不慢，行稳而致远。

仔细想想，还确实是这个道理。

（2018 年 7 月 29 日）

扁　担

扁担从来就十分清楚，自己天赋的使命就是担当。

挑水、挑柴，挑秧、挑谷，挑砖、挑瓦，挑肥、挑菜……乡邻们在土地上的所有投入与收获，都与扁担密不可分。在老家洪久坳的每家每户，几乎每个人有根扁担，其实，它也是一个象征：一个人的肩上担着一根扁担，就成了“大”字——肩负重担，人就长大了！

父亲告诉我，做扁担较好的木料是槐树、桑树、柏树，或者杂树。当然，也有用竹子做的扁担。成人用的扁担，一般长 1.8 米左右，如果是木扁担，两端会楔入木扎，用来防止箩筐等物件滑落；也有的扁担两端固定着麻绳，绳子下端是铁钩，用来挂水桶或者箢箕，绳子的长度可以通过缩或者放来进行调节。

据说，扁担不能太直，太直则易伤肩头和腰。因此，从山上偶遇好的木料制作（或从墟上买回）扁担以后，父亲会用火烤一烤，并用外力将之略微压弯成弓形。我总是记得，大概八九岁时，父亲特意帮我做了一根专门挑水用的竹扁担，不是太宽，弹性蛮好，两端的绳索长短则根据我的身高恰当设置，使那对装满井水的锑桶离地面保持着十几厘米距离。

在我看来，扁担体格简单，直挺挺的，貌似一根筋，可是心底坦荡，容不下丝毫花花肠子，最难得是那根宁死不屈的脊梁骨。

当年，从大队会计岗位上回到洪久坳务农的父亲，有过失落，却毫不畏惧与犹豫。他用自己专属的那根扁担，稳当地挑起了这个家——这头挑着的是责任，那头挑着的是希望。在那些困苦的日子里，我从未听到父亲叫苦叫累，其实，他不是不疲劳，而是心里始终明白，七八口人的生计，既然挑在肩上，

扁担

扁担从来就
十分清楚
自己天赋的使命
就是担当

就不能偷懒卸责，只能咬着牙坚持。

父亲的扁担挑得最多的是鸭蛋，途中还要坐渡船过河，随后过金南村、走牌楼下，沿着南门口老街，直到城关镇附近的菜市场。一路上挑着担子要格外小心，不能碰人，更不能被人碰到。否则，箩筐里的鸭蛋，碎了就卖不起价了。

我也清楚，母亲如今越来越弯的背，则是年轻时劳累过度所致。那时的母亲很好强，为了多挣几个工分，总是以男人的标准来要求自己，长期的过载，自然在脊背上留下难以磨灭的伤害。

1982 年起房子，我们家每个人都挑过红砖、挑过沙子，那是一段以苦为乐的日子，有着对新楼房的期盼，再重的担子，我们也是心甘情愿的。至于每天早上起来的第一件事——拿起扁担去挑满一缸的井水，则是我们三兄弟间任何一人的责任了，否则漱口、煮饭的水都没有。

总记得“双抢”时挑稻谷的情景，头顶是火辣辣的太阳，脚板下是发烫的泥巴路，而肩上是满满一担稻谷，在又饥又乏的状态下，总觉得肩上越来越重，似乎难以到达晒谷坪；而莳田前，当我们把刚扯好的满满一担秧苗从秧田挑起时，那起身的一刻，最是艰难，真担心腰不小心被压断——当然，如今回忆起来，这些经历似乎还很诗意，可当时真是苦不堪言。

行胜于言，沉默是金。这似乎也是扁担的生命哲学。

它从不邀功表功，主人回家了，讲究点的会把扁担妥善安放，不讲究的就是随手一扔，马马虎虎。对于这些，扁担都不在乎，只是静默地立于墙角，以自我的方式存在。我记得，我们家的扁担，一般挤挤挨挨地站在门后的角落里（带着绳子的则竖着挂在门外墙上的木钩上），这样至少夜晚不会太寂寞吧。或许还能互相按摩，甚至开个玩笑来解解疲乏。

在村民眼中，扁担几乎是万能的，可以架在水圳上当凳子，可以斜靠在树干上当躺椅，关键时刻还可以当武器防身——如果遇到野狗或者毒蛇的话。

洪久坳的乡邻，其实一个个都恰如扁担，耿直霸蛮，几乎是一条压不垮的脊梁，只要不到极限，是不会断的。繁忙的农活间隙，村民们会用扁担玩游戏，拧麻花一样比试双手的握力——相向站立的两个人，均用一双手紧紧握住扁担，一声开始，双方都往心里顺时针扭动，相持不住、先松手者为败。

老家那边有句俗话，“扁担冇扎两头刷”。意思是：扁担的两头如果不扎好，东西就会顺着扁担下溜而滑落。大家一般用它来比喻，原计划一举两得的事，如果考虑不周全，又不注重检查，就难免带来损失。挑担子走远路时，你必须掌握的一项技术是行进中换肩。这当然需要技巧，需要一双手撑着，上举的同时把担子一扭，顺势一滑，就从右肩到了左肩。

扁担也是一个关于公平的隐喻——挑过担子的人都知道，扁担两端的重量必须均等，达成动态的均衡与公平，才能正常迈步前行。

有时候觉得，人到中年的自己，其实就是一根扁担，一头挑着孝养双亲，一头挑着抚育孩童，担子虽然沉甸甸的，却丝毫不敢懈怠。

其实，在尘世，我们每个人都是这么一棒棒接力的，那么，不许你犹豫，更不必抱怨，把各自的担子挑稳当了便是。

（原载 2018 年 8 月 14 日《常德晚报》）

风　车

晚稻收割的时节，风车就派上用场了。对种稻的农家来说，风车是不可或缺的。

在老家洪久坳，我们家用了三四十年的那架风车还在。

表面已有点斑驳，带着岁月的沧桑，但身子骨依然硬朗，静静地立在杂物房里。

每次回老家，不但我要去瞧瞧，儿子也喜欢去拨弄一番，尤其是抓住摇把一顿疯摇，手一松，赶紧跑到出风口，体验气流轻拂在脸上的滋味——当然，儿子完全是好奇。我呢，每次看到它，就想起了艰辛却丰富有趣的童年生活。

首次看到风车，会被那极为夸张的“大肚子”吸引。这个“大肚子”就是风箱，也是风车整个结构中体积最大的部分。形状如鼓，里边有几个同样是木制的车叶子，其转动轴就是延伸至车架外的铁制摇把。风箱的前后两端，各有两个把手，便于人抬着移动。风箱的左上方是车斗，形状为上大下小的倒梯形；车斗的下方，正面和背面各有一个漏粮斗，车斗与漏粮斗之间中空的部分为出风口。

说风车是车，可它没有车轮子，倒有四条腿。远远望去，有点像一匹跃跃欲试的奔马。在我的梦境里，这“奔马”不止一次地，在秋天那布满星光的夜里，跃腾到半空，围着村庄周边巡视……

在洪久坳，风车的活基本上由女性包揽了。因为，相较于使犁掌耙、踩打谷机等重体力农活，摇风车所需气力相对小些，更需要的是细心与耐心。在我家，这个活自然落到了母亲身上。

风车

一辈子吱吱呀呀
似乎永远欢快的风车
其实见多了风霜
见惯了丰歉

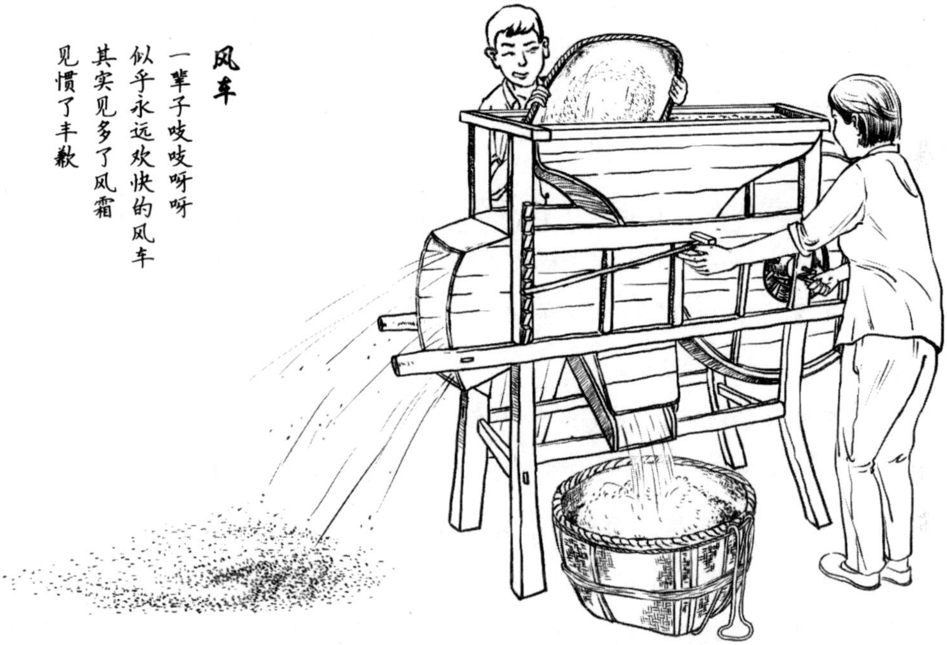

每当太阳快下山时，母亲来到晒谷坪。此时，我早已用拖板把禾坪上晒的稻谷给拢成堆，并往车斗里装满稻谷。母亲来到风车边，她先是把装谷的箩筐码放好备用，漏粮斗下也稳稳地摆放一个，然后，右手顺时针摇动摇把，让风先扇出来，左手再轻轻地把搁条拉出，搁在风车正面左侧依次排列的某档支架上（一般有5—6档），哗哗哗……稻谷如瀑布般往箩筐里倾泻而下，出风口则飘出秕谷、糠皮和草屑等杂碎，如散花一般。如果起风的话，风车的朝向一定要是下风向，否则，这些飘落物会搞得人满身都是。此时的风车，恰如一个铁面无私的裁判，对于稻谷品质的好与坏，颗粒的饱满与干瘪，它只要不停地“吐纳呼吸”，就分得清清楚楚，绝不含糊。

别小看了摇风车，它也是个技术活——主要是掌握摇把摇动的快慢和搁条上下档的恰当搁置。倘若摇把摇得太快，风力过猛，会把饱满的谷粒扇出去，那就造成了无形中的浪费；如若摇得太慢，风力微弱，秕谷和糠皮等就扇不干净。

一旦摇把开始摇动，母亲的手就基本上不会停，似乎是“永动机”，当时我深为佩服母亲的韧性。其实，那全是生活压力下的咬牙坚持！

贪玩的我不敢跑得太远，隔不久就得用撮箕往木斗里补充待车的稻谷。有时候，在我的坚持下，母亲会让我替一替她。可是，摇不到几分钟，虎口两侧及手掌心就会被铁摇把摩擦得生痛，似乎被火烫伤一般。有时候，我会把一双手放在接谷的箩筐里，任由谷粒从漏粮斗倾泻而下，渐渐地，经日光照射一天、尚带有余温的谷粒包围了双手，这种温热的感觉，使我感觉到一种丰盈的充实和安全感。

终于，禾坪上的谷堆越来越小，风车旁的箩筐也都装满了稻谷。此时，母亲披在脖子上用来擦汗的毛巾，轻轻一拧，已是大把大把的汗水……天已全黑，星星在头顶闪烁着，我的内心也敞亮起来——劳累了一天，终于可以休息了。

不知为何，村民们都懒得给风车命名，最多在车架上写上一两个字，或是刻一个特殊的符号，不像家里的牛啊狗啊猫啊，都会取上一个方便叫唤的名字。我总觉得，这有点不厚道、不公平。一辈子吱吱呀呀、似乎永远欢快的风车，其实见多了风霜，见惯了丰歉。

我相信，只要稻田还在，只要父母和兄长他们对土地的信心和情感还在，风车是不会绝迹的。

（原载 2020 年 10 月 1 日《长沙晚报》，原题《家有风车》）

煤油灯

在没有通电之前，洪久坳的夜晚基调是阒静的，也有几分乏味无趣。那时，乡邻们夜晚用以对抗黑暗的，都是煤油灯。

那时候，日出而作、日落而息是村民的常态，感觉村庄的夜晚也来得特别早，随着夕阳从沙头、灶市以至更遥远的远方那些无法知晓的大山后倏然隐身，夜就降临了，屋里那盏满身油污的煤油灯便被一根火柴温暖地点燃。

尽管那时家家都点煤油灯，但不是每个房间都有一盏，而是人在哪里就把灯端到哪里——譬如我们家，吃饭的时候把灯端到四方桌上，吃完饭了，这盏灯又放回碗柜顶上——因为那是家里相对位置最高的地方，灯放得高，光能照顾到的地方就更广、更远。

我记得，煤油灯灯头以下部分的螺丝绞固定在灯座上，灯座和挡风用的灯罩均用玻璃制成。灯座的外形如肚大腰细的葫芦，灯头外缘有四个爪子用来固定灯罩，圆圆的灯罩修长而高挺，中底部凸出如弧形，据说功能像一个放大镜，可以增强灯光亮度，也是为了美观吧；灯头一侧有个可把灯芯调上调下的旋钮，以控制灯的亮度；灯芯的下方伸到灯座内，灯座内注满煤油后，灯芯（一般是棉绳）便把煤油吸到绳头上。

说实话，我对自己小时候在煤油灯下做作业的记忆并不太多，也许是那时候的作业确实不多吧；再者，我一般都是回家后，抓紧时间在白天做完。

我倒是对父亲神情专注地就着煤油灯，在书桌上算账印象极为深刻。那时候，父亲在村里任会计，经常利用晚上加班记账、复核，嘴中念念有词、眉头紧蹙的父亲往往把算盘珠子拨弄得啪啪作响……

夏夜里，一旦我们说蚊帐里有蚊子，母亲便会端着那盏戴着高高灯罩的煤油灯钻进蚊帐，用灯给我们灭蚊。因为，昏暗的夜里，灯光会把依附在蚊帐上蚊子的影子拖得尤其夸张，令人很容易找到，母亲随后手脚轻轻地把灯靠过去，啪！一声清脆的声响，蚊子已沿着灯罩内侧坠落在灯头上。

漫长的冬夜，母亲会早早地与父亲一起把我们的被子用炭火烤热，安排我们钻到温暖的被窝里，然后，她凑近昏暗的灯光开始做针线活，有时候纳鞋底，有时候缝补衣裳和袜子。

常常是我一觉醒来，还看到母亲的身影随着摇曳的灯光晃动……她那样专注，那样娴熟，大概是忘了时间的流逝吧。唯有煤油灯默默地燃烧着，吐着一缕青烟，成为母亲最忠实的伙伴——那忽明忽暗跳跃的灯火，不仅点亮了一家人的生活，也映照着一段沧桑的岁月。

读高中时，作业便不少了，免不了要夜里继续奋战。我记得，自己曾经用“英雄墨水”瓶子，做了一盏专属煤油灯。

制作过程其实很简单：把墨水瓶洗干净后晾干，剪一片比瓶口大点的洋铁片，从铁片中央钻一个孔留着穿灯芯，再找一小块洋铁皮卷成小筒，小筒里引一股棉线捻成的粗细适宜的灯芯，最后，往墨水瓶灌入煤油，简易煤油灯就做成了。

做作业时，有时一不小心，头发就会被煤油灯的火苗烧焦，那股气味如今似乎还记得。说来也奇怪，浓浓的煤油味道丝丝钻入鼻孔，不仅不使人反感，反倒给人一种莫名的亲切感。煤油灯的火苗下粗上细，轻轻摇摆着，把灯光拖得摇曳不定，书本上的字隐约间也变得游移不定。

煤油灯点久了，就会结灯花。灯花发黑发硬，在火苗里像一块暗红的小花朵，把凝聚的光柱分离开来，使灯光变得微弱而迷离，这就需要尽快把灯花剥离。

那时候用煤油灯，少不了火柴。当时打火机较为少见，气体打火机更稀缺，不像如今一块钱一个，随便哪个小卖店都有，极为易得。记得母亲喜欢安排我到大队买火柴与煤油等，我当然愿意啊，因为往往会剩几分零钱，买点糖粒子、瓜子等零食。

当时的火柴，大人们一般喊作“洋火”，火柴盒子上的包装纸，品牌我已记不清了，有段时间我收集了不少（类似于集邮的感觉），后来就不知所终了，有点遗憾。

常听大人说，飞机上的发动机也是用煤油（后来才知道是更高级的喷气燃料），于是，常常幻想着有朝一日能坐在飞机上，从高空俯瞰大地的壮美。

没有电灯的乡村夜晚，是单调更是寂寞的。好动的娃娃们自然不会甘于在煤油灯下安坐，但逢月亮皎洁的夏夜，我们几乎都在外面疯玩，或者在禾坪上“斗牛”、跳房子、摔四角板，或者溜到瓜农的菜地里偷西瓜，或者玩捉迷藏，我记得，柴火堆、牛栏、茅房甚至鸡窝都是大家用来藏身的地方，哪管什么虱子或跳蚤？当然，也往往因此被大人骂得狗血淋头。

人总是向往光明的，即使灯光再微弱，有光就有希望，有光就有方向！

读高中时，我周末要回家带咸菜。放学后天就不早了，先过老大桥，然后经水东江沿河而上，再横穿郑家坳上以及苏家冲那片油茶山，步行一般要一个多小时，到家时往往夜幕已降临，此时的我虽然已饿得发慌，但只要远远地看到家里那盏煤油灯透出的微弱灯光，步子不由自主地加快了，精神也为之一振。

在我看来，煤油灯光虽然亮度不高，但给人的感觉却很温馨。它不刺眼，不张扬，永远不温不火，不卑不亢；摇摇曳曳，沉静自适。

煤油灯又是那么坦荡无私，它燃烧自己，照亮别人；带来光明，点燃希望。

感谢那些一灯如豆的夜晚，有时候想，正是这微弱的灯光，成为当年激励自己走出乡村的动力之一吧。

（2020 年 2 月 14 日）

算　盘

不知为什么，只要一提到算盘，我就会想起小学老师伍春发。也许是他的火爆脾气？也许是那次我给他丢脸的数学竞赛？

记不清是小学三年级还是四年级，我们开始学珠算，数学老师是家住对河金南村的伍老师。那时的他估计三十多岁，高高的个子，似乎有络腮胡子，长得还算帅气。当时的小学校长是我姨父伍尤敬。

有珠算课的日子，每个学生都背着大小不一的算盘来到学校。算盘的侧面往往贴着白胶布，上面写着班级和姓名。只有那些家庭条件比较好的学生，买得起可以直接塞进书包的小算盘，这让那些背着沉重大算盘的同学特别羡慕。

上课时，伍老师在黑板上悬挂一个大大的算盘（专供教学用的），算盘珠儿拨到哪儿，就定到哪儿，不会往下滑。他在讲台上边讲边示范，我们在下边各自用小算盘模仿着练习。大家笨拙地拨弄着算盘珠子，教室里噼里啪啦，就像演奏一首交响乐。

那时候，同学中谁的算盘打得又快又准，是非常骄傲的事情。但是，估计很多同学记得的不是珠算口诀，而是被伍老师教训的经历——若是哪位同学反应有些迟钝“不开窍”，几乎毫无疑问会收到一枚疾如闪电的耳光，或者被请吃“毛栗子”。我倒是没有“享用”过，但只要伍老师准备点名请某某上讲台演示时，我的内心也极为惊悚，往往把头深深埋下，不敢面对老师那穿透力极强的眼神。

记得我大致学会了加法和减法，没有掌握乘法和除法。也许是乘除法的口诀太复杂？抑或小学阶段根本不需要如此高阶的算法？

算盘曾经与我们的日常生活有着千丝万缕的联系。那时，在小卖铺、中药房、大队、学校……几乎处处都可见到它。自然而然，我们日常使用的不少熟语都出自算盘，像“二一添作五”“九九归一”等。关于算盘的歇后语，那就更多了：半路上丢算盘——失算了；吃了算盘珠子——心中有数；算盘上的珠子——听人摆弄；黑屋里打算盘——暗算（暗中盘算），等等。

在洪久坳甚至整个鹿岐村，父亲都算得上一个打算盘的高手。曾经在村里当会计的他，经常晚上在家里用算盘核账，神情专注，不厌其烦。除了算账本身，他还有一招，就是仅用一只手快速清理算珠、让它们各个归位的“功夫”——右手抓住算盘的横梁与框底，快速往怀里的方向一顿，几乎是同时，食指、中指等四指压着横梁往外一甩，横梁上下的珠子瞬间乖乖地回到原位。

打算盘难不难？只要口诀熟稔、勤练指法，至少加减法是比较简单的。但是，世上的很多事情都是这样：入门容易，要做到精通就不容易了——同样是打算盘，“行家一上手，就知有没有”，高下之分，一目了然。

打算盘有一套自洽的逻辑，虽然它的使用价值已经被更先进或高级的工具所取代，但是，它所依存的算法对于思维运算能力，依然是一种极好的锻炼。或许这就解释了，为何如今依然有着小众的珠算培训班存在。

一个时代有一个时代的工具与算法，但是，人类从来不会停止对于工具与算法的改进与优化。正因为如此，在电子计算器和智能手机如此普及的今天，已经很难寻找到算盘的踪影——若能幸运地遇到，一般是在博物馆了。

我一直认为，工具与算法也许随着时代会变，但一些恒久的价值观与人性，永远不能变——譬如，明明白白算账，清清白白做人。在我们身边，精于算计的人实在不少，可是，有时候，钝感一点人会更豁达、少烦恼。我也一直抱持这样的心念与追求，做人不要斤斤计较，只要内心足够明白。

也有人说，做人要大气，多算长远账，少打小算盘——因为，很多时候，算来算去，最终不过是在算自己。

在我心目中，算盘是纯粹的，它只管数字增减，不做价值判断，更不理人世的纷扰及纠葛。对于这一点，我们似乎都要向它学习，不是吗？

（原载 2021 年 10 月 28 日《长沙晚报》，原题《算盘旧事》）

水 缸

洪久坳的清晨，一般是被挑水人敦实的脚步声慢慢唤醒的。

毕竟，洗漱啊煮饭啊洗衣啊，都得靠从井里挑回的活水。这些大清早挑回的清冽泉水，不会存放在水桶，而是倾注到大大小小的水缸里。

对于乡邻们来说，一天的活泛，似乎都从这一缸清亮里，有了美好的起点。

水缸有大有小，都是陶制的，记忆中我们家至少有三个：最大的那个是保障日常用水的，外面有一个起保护功能的木制缸架，带有可掀开的盖子；中等规格的，是用来装碾谷后剩下的谷糠，那时候谷糠是喂猪的主食之一；最小的那个，好像是年底时母亲用来装米粑粒、高粱粑粒什么的，用清水泡着。

水缸的体形像一个下小上大的圆柱体，上腹部往外凸起，广口，外部粗糙，内壁则光滑——它是个实诚的人，你装进去多少，就能舀出多少。水缸的胸怀是如此坦荡，更不打一点折扣。

关于水缸，小时候有些令人好奇或费解的趣事。譬如，当人弯着腰把头探入缸内，耳边便会有嗡嗡作响之音；如果在里面说话唱歌，声音立即会被放大。后来才明白，那是一种最简单的物理现象“共鸣”。还有大人常说的谚语：“水缸穿裙子，天就要下雨”。所谓“穿裙子”，是指在水缸的外表面，平着水面所在位置往下，因为缸体内外的温差导致空气中的水汽凝结，出现一层密密麻麻的小水珠——这便预示着，天快下雨了。

那年头，大抵每家的水缸都是满的。老一辈常说，水就是财，缸满财旺。我觉得，无论贫或富，无论夏与冬，一口水缸里盛放的，都是一家人清清浅浅的光阴。

如今都市里的孩子，对于水缸、扁担、马灯、风车、水车等曾经的乡村生活及生产用具，大多是没有见过、摸过的，只能靠想象。我儿子虽然在他奶奶家见过满是灰尘的、如今早已废弃的水缸，但是，他怎么会理解，不挑水就没得水用，而洗个澡仅能有大半桶水的拮据与不便？

当然，并不是所有父辈的苦难或欢乐，后人都要尝试。毕竟，时代一直朝着轻松、便利、人性化的方向演进，不用水缸的日子，人们其实生活得更好了。

我印象比较深刻的是，当年刚从上架嫁过来的大嫂还没有习惯喝开水，夏日里忙完农活回家，第一件事便是用水瓢从缸里舀起生水直接“咕嘟咕嘟……”

我也喜欢听大哥、二哥，更多的时候是自己挑水回家后，把水注入水缸时那欢快的“哗、哗……”声，觉得格外畅意，内心满是成就感。

小时候，有件事母亲一般是交给我做——水缸盛水久了，缸底就会积一层水垢，母亲觉得我心细，交给我来刷洗放得心，这便是清“缸脚”。母亲常说，看哪家人勤不勤快，看看他家的水缸干不干净就知道了。

把水缸侧倒之后，我先用丝瓜瓤把缸子内壁和底部细致地刷洗一遍。然后，用木水瓢在缸子里反复戽水冲洗，边冲洗边连水带渣滓舀出来倒掉。舀到后面，水太浅了，水瓢不行时换成搪瓷小碗来舀，最后用干净的洗碗布抹干净，就成了。

清洗水缸之前，我有时会玩一个游戏——用右手把缸里剩下不多的水沿着顺时针方向搅动，随着速度不断加快，缸中水在既有的空间里呈现出漩涡状，令人浮想联翩……

我记得，大凡村里哪家有了红白喜事，除了从别人家借方桌和条凳、碗筷，往往还要借几口水缸，因为办酒席的用水量不小。

用了多年的水缸，难免出现裂缝，就会渗水。这时，母亲就会请人来补缸。只见师傅搬来一张小长凳，慢慢地把水缸侧倚，使之固定在长凳上。随后，他用小榔头熟练地在水缸四周不断轻轻敲击，通过声音的差别来判断裂缝的位置。如缸面发出“当、当……”的悦耳声，说明没有问题；若发出“咯、咯……”的破碎声，则表明该区域有裂缝，用画粉做上记号。

随后，师傅右手拿着小榔头，左手拿着一枚尖尖的锤子，沿细缝左右两边均匀地打上几处凹眼，凹眼并列相对，然后用一种“门”字形的小马钉嵌入凹眼处，并微微敲击，使之平贴在缸体上。沿着裂缝走向等距离把马钉加固后，便开始填补黏合剂。黏合剂随调随用，大多用细铁砂与盐卤调和而成。填补时沿缝隙涂抹，片刻之后，黏合剂膨胀堵住裂缝，并与缸体紧紧黏合，便告完工。

记不清是谁写过，“水缸不会说话，水缸里的水就是水缸的心思，清净明亮，能照见一个人的灵魂。”是的，水缸不但蓄静气有涵养，也足够敞亮和清醒。在我看来，水缸更像个哲学家，它其实是空的代言人——因为空无，便能拥有（或储存）。但这个有，是有限度与边界的，恰到好处便完美。

那些年天天离不开的水缸，如今在洪久坳已不多见，但那些经由它存储过的光阴与记忆，和美与简单，却是历久弥新。

（原载 2020 年 11 月 29 日《郴州日报》，原题《水缸里的光阴》）

青灰瓦

小时候我不太明白，如今我渐渐悟出：一片一片孤立的青灰瓦也许零散而脆弱，但团结起来，就有了力量与担当——遮蔽着风风雨雨，护佑着屋檐下那些寂寂无闻的生民，以及他们素朴而平静的生活。

在村民们纷纷建造水泥框架结构的房子之前，洪久坳的房子都是旧式土房（人字形坡屋顶），屋顶承重结构之上盖的全是外地买来的青灰瓦。记得我们家 1983 年起屋时，父亲好像是从庙背冲那边买的瓦，请人用手扶拖拉机拖来的。

瓦片如同乡村老宅的帽子，层层叠叠，挤挤挨挨，看到它，止不住会想到成语“鳞次栉比”。

瓦片算得上一个立场坚定的人，只要上了房，盖在檩椽上，往往就是一辈子——要么是背朝下的底瓦，要么是背朝天的盖瓦，有时，房脊梁上还会垒一排立瓦。

那时，最喜欢躲在阶基上，看着雨水从层叠的瓦片间落下，汇成一道如梦似幻的水帘，滴滴答答，奏出绝美的旋律。

在屋顶的瓦片上，经常能看到长着杂草或苔藓。那是风卷起来的草种飘落其上，抑或从鸟嘴里跌落，从此，在瓦片的缝隙间生根发芽，慢慢长成一丛丛碧绿的瓦上草；苔藓则一般生在背阴的瓦上。长苔的瓦片似一块暗玉，远远地望去，绿意摇曳，古韵氤氲，很容易让人联想起久远的秦砖汉瓦。

瓦片不仅给乡亲们撑起一个风雨不侵的家，还包容着其他生灵，譬如麻雀，还有燕子。小时候，经常看见麻雀成群结队在瓦片上唱歌、逗乐、休息，卿卿我我，窃窃私语。

青灰瓦
有人说
有瓦的地方就有家
还有人说
不恋他方万贯银
但念乡间一片瓦

一直忘不掉的是，父亲曾经烧过瓦，那是20世纪70年代末大兴集体经济的时候。就在洪久坳后背对面李家湾西侧的山上，靠近黄以从家的猪栏那一块吧，后来，我们家还在旁边垦荒，种过红薯。

其实，我印象最为深刻的，是烧窑时临时食堂里的钵子饭，一小钵一小钵的，格外香甜，即使没有菜，也吃得津津有味。

青灰瓦制作的流程大致如下：培土→晒土→闷水→踩泥→做泥墙→瓦坯加工→整形→卸坯→晾晒→装窑→烧制→出窑。

父亲说过，做瓦用的泥必须是纯度很高的黄泥，黏性要重，洪久坳后背泉塘下的稻田里，恰好有这种泥。挖出的泥挑上来后摊铺开，中间留出一个坑，在坑中倒入水。然后将牛牵来，在泥里来来回回地踩踏，使黄泥与水混合均匀，泥则渐渐变细而富有黏性。

有时舍不得用牛，就由人打着赤脚在里面踩。水和泥的比例很重要，得由师傅来把握，水太少泥太干黏性差无法使用，水太多泥太软也无法成型。

师傅做瓦的工具，主要是一个可旋转的底托（转盘）、一个瓦桶和一把瓦刀，还有一件如弯弓的细钢丝锯子，好像叫泥弓吧。

可旋转的转盘架到齐腰高的木架上，表面要平稳，转动顺畅。转盘中心有一立轴，以立轴为圆心有一个突出的圆形棱，刚好比瓦桶小一圈。瓦桶是四块弧形木板，木板之间有突出的棱，合在一起就是一个没有底的圆桶，上面有一木柄便于提拿。瓦刀是弧形金属薄片，弧度与瓦桶严格一致，背面装有木柄。

师傅将一层薄纱布围在圆形瓦桶外表面，切出一片一厘米左右厚的黄泥，迅速贴到瓦桶四周。沾了些水的瓦刀压住黄泥，转动木盘，则各处的泥就会厚薄一致，且表面会变得光滑平整。再用一根与瓦等高处钉有一薄钉的竹条紧贴到瓦桶上，转动瓦桶，瓦就会被切得四周等高了。然后连桶带泥提到撒有一层谷壳或稻草梗的平地，瓦桶收起成四片木片，取下纱布，则圆桶形的泥就能独自站立在那儿，等着变干。

渐渐地，一个一个“泥桶”整齐地铺满一坪。泥瓦特别怕下雨，一阵雨淋下来，所有工夫都白费，得准备塑料薄膜挡雨水；也怕大太阳直晒，容易晒出裂口，最好是慢慢阴干。

干瓦片累积到一定数量之后，就可以装窑烧制了。瓦窑一般是缸的形状，所以又称“窑缸”，呈椭圆形，上面留圆形口子。然后将瓦片一层一层地堆入窑中，装干瓦时也有讲究，底部、顶部叠砖，中间放瓦，而且层与层之间、行与行之间都要留出烟火道，以方便火力到达，烧制均匀。

最上面留一个大烟口，周围用泥土封死。然后在烧火口没日没夜地添柴加火，轮班连烧几天几夜。烧熟后又是一个好多天的冷却过程，再拆窑取出。

瓦的质量主要由看和听来判断，首先瓦形状要规整，不能出现破裂、变形、掉角，再就是看颜色，颜色越深质量越好。听则是听瓦的声音，拿出瓦用一根手指屈指一弹，放到耳边听，声音持续时间越长越好。

有时候我挺羡慕这些青灰瓦的，它们虽为低廉甚至卑贱之物，可是，却高居屋顶，傲视众生：静观雪月风花，淡看草木枯荣，不悲不喜，不躁不浮。

瓦屋顶上的瓦片难免被风掀掉，或者被砸碎。我记得，过个几年，选择秋收后的一段晴好天气，父亲便会自己架梯，上到屋顶捡屋。有一年，不服老的父亲在电话里告诉我，他准备上到屋顶捡屋，当时他已经七十多岁了，这可把我急坏了，好说歹说才成功劝止。

那些虽独立却抱团，从不孤独的青灰瓦，如今成为我幼时生活的底片，可以“冲洗”出不少童年旧事。譬如，几个小伙伴在门口塘边比赛打水漂，最常用的材料便是随处可见的破碎瓦片；做完作业要玩“捡石子”游戏，用来作骰子的往往也是瓦片敲出来的。

有人说，有瓦的地方就有家。还有人说，不恋他方万贯银，但念乡间一片瓦！是的，不知不觉中，以前父亲他们烧瓦的那座窑早已踪影全无，住过四户的李家湾其墙垛已坍塌化为尘土，湾里当时住的那些人像队长老文、以从等都已去往另一个世界……

俱往矣，唯有青灰瓦和瓦屋演变成一个符号，成为飘在他乡的人纾解乡愁的一个念想与寄托。

（2020 年 3 月 10 日）

柴火灶

俗话说，开门七件事，“柴米油盐酱醋茶”，排第一位的就是“柴”，可见柴在中国人生活中占据多么重要的地位。柴火灶，对于出生于乡村的“60后”“70后”来说，应该不陌生。

刚分田到户时，几乎家家户户都养猪（我记得母亲还养过几年母猪，为的是卖小猪仔），这也是当时家里收入的一个重要来源。养猪天天要用柴火灶煮潲，记得我们家的柴火灶设在灶屋里，这间灶屋斜搭在对门老张南向屋侧。

柴火灶设在进门右手边的角落里，是父亲用结实的大土砖（就是用泥巴、碎稻草等压模成型后再晾干的那种）砌成的，大致为长方形，一米多高吧，前面一个略呈长方形的门洞，顶部留出一个圆形，恰好卡住那口煮潲的大铁锅，灶的外层表面刷上稀泥，抹平后晾干即成。

记得灶台一角安装了一只带盖的小水锅，老家那边喊作“鼎罐”，烧火时鼎罐里的冷水自然跟着热了，正好用来洗脸、洗衣等。

灶门前常备三种物件：火钳、柴刀和吹火筒。有时候碰到大的树墩，则需要取斧头劈成小条，才好塞进灶膛来烧。若遇上生湿木柴难以燃烧，就要用吹火筒（在两尺多长的竹筒中间穿一到两个孔）使劲吹火，有时吹得脸颊红胀疼痛，且被浓烟熏得泪流满面。

烧火的材料主要有稻草、冬茅草、玉米秆，还有山上砍来的树杈和杂树。砍柴我不行，大哥和二哥是主力，也都是好手。一般是去羊角仙，远一点是去大岭背，甚至去到离庙背冲不远的大灰坝那边。

我能做的，就是拿张小板凳，坐在灶门前烧火。不过，烧火也是个技术活，不会烧的或是把火烧大了，或是烧小了，甚至因为添柴不及时，把火给烧熄灭了，难免被母亲斥责——因为，灶屋后背山上猪栏里，饿坏了的“二师兄”们正叫得又急又欢！当时我总觉得它们好像故意似的。有时候，火倒是没烧好，我的衣服裤子却沾了黑黑的灰，手上脸上也是。

其实，凡事都是熟能生巧吧，烧火的次数多了，就慢慢摸到一些窍门——灶膛里的柴火不能太多，柴火架空（空气畅通才能燃烧充分），这样才能把火烧好。记得有句话叫作“人要实心，火要空心”，是啊，道理简单而质朴，平实却深刻。

烧灶火点火很关键，引火材料一般是干枯的松针、刨花甚至废旧书报。

有时候觉得，点火其实是一种仪式，随着文明的进化则升华为一种图腾——想想奥运或亚运圣火的取火仪式及一路欢腾的传递吧。毕竟，驾驭火是人在漫长进化过程中区别于动物、最终跃升为“万兽之王”的重大标志。

冬天烧火是最舒服的，透心的暖和。如今回想起那场景，仍感觉是一种无法形容的幸福——

洪久坳四周正无边无际地飘着鹅毛大雪，灶屋房顶上所盖稻草尾端，垂下一根根晶莹透亮的冰挂，此时，即使只从我们家旧屋出门，穿越对门老张两间房子中那短短的巷道来到灶屋，也感觉几乎要冷到窒息。赶紧推开门，母亲正在剁猪草，我坐到灶膛前，往灶内添一把稻草结或几根木柴，火就欢快地跳跃着，热气扑过来，浑身暖暖的，吐出的火苗慢慢把手烤热，把脸烤得通红。

我时常把红薯埋进灶膛的火堆里煨（有时候是土豆），估摸差不多了，用火钳扒拉出来，用手捏一捏，如果它浑身已变得柔软，表面烤焦了也没关系，肯定煨熟了。滚烫的红薯在两只手之间抛来抛去以降温，随后掸去灰尘，用手轻轻掰开，哇！一股温热又清甜的香味扑鼻而来，有时候烫得舌头打哆嗦，而残留的灶灰把嘴唇沾得黑乎乎——可是，与美味比较起来，这点灰又算得了什么？

经常，母亲会把粗实木材燃烧后的残骸掏出来用水浇灭，晾干后就是木炭（生火或烤火都非常好），冬天里取来放在破旧脸盆里取暖，就成了最好的烘笼，灰少，火旺。

而夏天烧火，感觉就截然不同了——本来气温就高，还坐在火膛对面，的确是非一般的“烤验”。

我记得，那个柴火灶并没有高高竖起的烟囱，只有一扇小窗户用来排烟，所以经常烧得满屋子浓烟。因此，这烧火的烟也就不可能像刘亮程在《一个人的村庄》里写得那么诗意：“炊烟一袅袅，一个家便活了。一个村庄顿时有了生机。”

当时母亲年底做豆腐时煮浆，一般是在灶屋里就着这口平常煮猪潲的大锅。有时秋收后自家请师傅上门蒸制红薯粉皮，也是在灶屋这边，把柴火灶烧得旺旺的，每次师傅从灶台上端起那盘刚出锅的整块粉皮时，她那自信又满意的眼神，如今似乎仍历历在目。

而年关将近的时候，母亲做的腊肠、腊肉等，一般也挂在这灶台上方熏制，黑里透红，零星地滴着油，散发着诱人的光泽。

近几年，父亲日渐感觉体力衰退，已无法去后背山上他一锄一锄开垦出的果园里忙碌了，只是养些土鸡，说是给我们留着。他在屋前阶基上垒了一个柴火灶，用来煮鸡食。去年清明节回去扫祖时，晨间父亲用鼎罐煮鸡食（用的是剩饭、糟糠、烂菜叶等），我主动提出帮他烧火。盯着那熊熊燃烧的火苗，我的思绪却飘得很远很远……

如今，在整个洪久坳，保留得很完整的柴火灶估计不多了，使用柴火灶搞生活的人家更是罕见了。

从柴火灶到藕煤灶，到元成家率先使用的电炉子；后来，大概是世纪之交吧，电饭煲慢慢走入平常百姓家，还有更新潮的电磁炉；几年前，大哥、二哥家纷纷置办、用上了煤气灶……你看，直接关联着人间烟火的灶具一直在演变、越来越便利，但是，乡邻们对于美好生活的追求，则是恒常不变的。

（2020 年 3 月 6 日）

斗 笠

戴斗笠，穿蓑衣，扛犁铧，牵耕牛……在20世纪七八十年代，但凡清明前后，这种情景在洪久坳周边田野上几乎处处可见，也是许多人记忆深处永恒的剪影。

那时候，扯秧莳田、中耕割禾、放牛砍柴、打鱼草扯猪草……只要下雨，洪久坳的乡邻们头上顶着的，都是一只斗笠。当然，光有斗笠是不够的，干活时一弯腰，后背及腰部以下就没法遮挡了，此时就得靠蓑衣来配合。斗笠与蓑衣天生是一对孪生兄弟，有斗笠的地方，一般都离不开蓑衣。

记得我们家每人都有一个斗笠，干完活回家时，均随手叠挂在阶基的墙壁上。蓑衣则不是每个人都有，有时候我就用一块薄膜纸把头部以下的躯干围起来，并系于肩部防雨。

斗笠一般有尖顶和圆顶两种形制，四周为圆盘形，其平面如斗大小，所以被称为“斗笠”。它以竹篾作为胎骨，以帽顶为中心向四周辐射，分为上下两层，以细竹篾编成菱形网眼，直到帽檐用篾丝固定；然后，中间夹以棕叶（有时是一层油纸或者荷叶）。讲究一点的，会用竹青细篾加藤片扎紧绲边，笠面再涂上桐油。斗笠内里的下方垂有两根细绳，便于使用者系于下巴来固定。

从古至今，生活中极为实用的斗笠，早已成为一种文化符号或者象征。

譬如，我们经常能在诗词里遇见，最著名的应该算唐代柳宗元的《江雪》和张志和的《渔歌子》吧——

千山鸟飞绝，万径人踪灭。孤舟蓑笠翁，独钓寒江雪。

西塞山前白鹭飞，桃花流水鳜鱼肥。青箬笠，绿蓑衣，斜风细雨不须归。

唐宋以来的许多绘画作品中，也多见古人披蓑戴笠，或牧耕田园，或策杖而行的情景。那些品行高洁、傲岸不桀的鸿儒隐士，戴一顶斗笠，携一壶老酒，或临风吟哦，或放胆长啸，其自由飘逸，无挂无牵，令人欣羡不已。

记忆里印象最深的是，在乍暖还寒的清明雨里，父亲顶斗笠穿蓑衣，赤脚上阵，手执犁铧，吆喝着家里那头水牛力婆在冻土未松的水田里来回穿行，哗啦啦拉开春耕的序幕。

还有同样斗笠蓑衣的母亲，弯着腰在秧田里扯秧，扎秧，挑秧……然后停在田埂上，把扎好的秧把一个个像扔手榴弹一样，奋力扔进稻田里，便于莳田时随手取用。

至于我自己，始终难忘的是，淅淅沥沥的春雨里，戴着斗笠的我独自牵着力婆在赤波垌水草丰盛的各条田埂上穿行，耳畔除了雨水打在斗笠上清脆的声音，就是力婆那张大嘴不停地用舌头卷入青草的“唰唰”声。

小小的斗笠给我提供了遮挡与庇护，也营造出一种意境——从小内向讷言的我，从来不觉得孤独，反而喜欢在雨中享受那茫茫天地间的静寂与朦胧。

有趣的是，小时候如果家里的小鸡、小鸭出了点稀奇，我们说它是暂时晕死，就把它放到斗笠下（有时是用脸盆），用力去拍打斗笠，希望这样能救活它，偶尔还真有经过拍打后恢复神智的——其实，那道理谁知道呢。

挺开心的是，农忙时中午收工，有时父亲或大哥他们会双手捧着斗笠，里面装着我们喜欢吃的黄瓜或香瓜等。

作为篾匠，我姐夫肯定编织过斗笠，只是我没有现场看过，我只见过他编织箩筐、菜篮、晒垫等。

据说，斗笠的制作十分讲究。工艺虽然只有破篾、编织、铺棕纸、锁口、吹晒五道，但程序却有二十一道之多，仅破篾就有裁、破、剔、解、撕、匀、刮等七道。

编织斗笠从帽顶开始，在一个专门为编斗笠制作的模具上，按一定规律将篾条编成帽坯。每一个斗笠都需要两个成形的帽坯，当两个帽坯都编好后，篾匠师傅会将事先准备好的棕叶打湿、泡软，然后按照一定的顺序排列在其中一个帽坯上，之后压上另一个帽坯，最后用柔软的篾条将夹着棕叶的两个帽坯进行锁口，斗笠就基本完工了，稍做修整后便能够使用。

有时候想，斗笠除了是遮雨的工具，也是寡言、本分尽责的代名词，从不聒噪争宠，闲言碎语，家里人收工了，他便静静地倚靠在墙上休整。他也像一名诤友，你若懈怠，他便提醒加鞭策；你若低迷，他便带来希望与憧憬。

斗笠现在大多已成为博物馆里的展品，或者成为舞台道具及景点、饭店里赏心悦目的挂件饰品。上次回老家，在那堵斑驳的墙上，我已经找不到属于我的那顶斗笠了。

（2020 年 3 月 7 日）

顶 针

母亲这辈子没有戴过戒指，但我认为，那枚跟随了她一辈子的顶针，就是她最珍贵、饱含艰辛与情感的事实上的戒指。

这枚顶针，母亲一般喊作“抵针”，有时套在中指上，更多的时候静静地躺在碗柜左边的抽屉里。我不知道，是当初来洪久坳时外婆送给她的，还是后来母亲自己买的。

顶针表面呈黄铜色（中间已摩擦出淡白色），应该是铜制的，比戒指“阔气”多了，大约一厘米宽，上面均匀地布着小米粒大的小坑，可随着手指粗细调节松紧。做针线活时套在中指用来顶针尾，以免伤手；也能使手指更易发力，推着针头穿透衣物。记得小时候有个谜语，“不点不点，浑身是眼。”说的就是它。

顶针的使用始于何时，谁发明的，那都是一个无解之谜。但，顶针无疑与针是相伴相生的，没有针的话，顶针的价值无法体现；而没有顶针的话，针的功能和效率就不能最大化。

记得老一辈人时常感叹：顶针顶针不离手，衣裳鞋袜全都有……是的，我们小时候，村庄里没有哪个家庭的生活足够宽裕，衣服鞋袜大多要靠女当家的缝制，甚至穿破了的衣服，也是“新三年，旧三年，缝缝补补又三年”。于是，几乎每户人家都会有个针线管箩，里面放着尺子、剪刀，针头、线脑，各种纽扣、零碎布料等。当然，也必然有顶针。

母亲那代人，应该说每个家庭主妇都会手工缝纫活。会熟练使用顶针的人，针与顶针合而为一，飞针走线让人眼花缭乱，也令人叹服。

我们家当时七八口人，母亲仿佛有纳不完的鞋底、上不清的鞋帮。俗话说，棉布填千层，麻线扎千针。纳鞋底是做布鞋的重要工序，鞋子结实与否首先要看鞋底做得好不好。

晚上闲下来，母亲从抽屉里取出顶针，套在手上。她一手拿着鞋底，一手握着针或锥，用力在鞋底上一扎，把穿有长长麻绳的针，穿入扎好的细孔，随后用中指上的顶针把针顶进去，再从另一面用牙齿拽出来，钢针引着麻线在身前划出一道弧线，耳边响起“咻咻咻”拽麻绳的声音。有时遇到针发涩，母亲会把针在头发上连擦几下，沾上点头油，这样，下一针会顺滑一些。

别小看这枚顶针，它如同母亲一件不起眼的首饰，在那个匮乏的年代，鼎承了生活的重荷，让逼仄的日子也烂漫如花。除了纳鞋底做鞋，还要给父亲和我们几姊妹改（或者补）衣服、补袜子、纳鞋垫；至于平日里缝被子、钉扣子、锁裤脚边，那对于母亲来说，都是小儿科了。

我印象比较深的是，初高中时母亲给我做的鞋垫，上面的花纹喜庆又鲜艳，呈现出不同的图案——有花草虫鱼、动物植物或者自然山水，有的还绣字，如“四季平安”“龙凤呈祥”，或一个简单的“福”字。

关键是，母亲纳的鞋垫厚实耐用，即使用毛刷使劲刷，仍然硬挺得很——不像后来读大学时从商店里买的那些机制的，洗过几遍之后，就往往软皮邋遢的（还特别臭脚），走着走着，甚至会在鞋里面缩成一团。

每次做鞋垫，母亲先是用厚纸板照着鞋底画个样子，然后剪下破衣服上的布，用米浆一层一层地粘在一起，粘到一定的厚度之后晾晒干，再用细麻线一针一线地纳成鞋垫。为了让鞋垫经久耐穿，还特意加厚些，纳起来就更费劲了。这些一针一线纳出来的物品，素朴却耐用，总让人想起那句话，“慈母手中线，游子身上衣”！

我还记得，当时穿过一种袜子（是与鞋垫连接在一起的），经常被不安分的脚指头扯散或者撕烂，母亲就得及时帮我们缝补。

心细又好奇的我，看多了母亲的忙活，也尝试着自己搞。说来你也许不信，我既会锁扣眼钉扣子、锁裤脚边，缝被子也能霸点蛮，我甚至用大嫂陪嫁过来的蝴蝶牌脚踏缝纫机，自己踩出了多双鞋垫，还做过手提袋。

农闲时，主妇们坐在一起纳鞋垫，常常相互之间切磋手艺、针法以及花色图案。那时候，乡村里评价一个女孩是否心灵手巧、聪明能干，只要看看她纳的鞋垫，就一目了然了——鞋垫饱含着她对生活的理解和追求，自然也体现其心智和才能。

乡村里的日子，总是波澜不惊、平平淡淡，但母亲们用针针线线联结起来的生活，却是那么和美与温馨。我认为，顶针就是支撑普通日常的坚强后盾，也是家庭的无名英雄。

视力退化、手脚也不便利的母亲，已经多年没有接触纳鞋底这样费劲的针线活了；而年轻一代（“80后”“90后”），早已习惯到专卖店里买成衣，穿旧了的衣裤，则是当垃圾随手一扔了事——手工缝纫这回事，对于她们来讲有点奢侈（主要是懒得动手），那些技艺自然就慢慢失传了。

值得欣慰的是，这些年来似乎流行“十字绣”，譬如我的外甥女燕子就帮我绣过一幅“难得糊涂”的牌匾，迁新居那年挂到了书房墙上。只是我不太确定，她绣这不太厚的十字绣时，是否需要用上顶针。

年岁渐长，我越来越理解当年父母拉扯这一大家子的不易。母亲的这枚顶针，让我悟出了节俭与勤恳，坚韧与创造。其实也一直在启发我——平凡的日子里，做人也要硬气，不软弱苟且。毕竟，自己硬扎了，才能穿透那些坎坷甚至苦难，撑起有尊严的生活。

下次回老家，我要找找这枚顶针，希望母亲能送给我作为纪念。

（2020 年 3 月 11 日）

草　鞋

一直以为，草根，不骄纵；草本，不草率，或许是草鞋遗世独立、贯通古今的鲜明特质。

说起草鞋，“60后”或者“70后”应该都听过张明敏唱的那首歌《爸爸的草鞋》，歌词是这样写的：

> 草鞋是船爸爸是帆/奶奶的叮咛载满舱//满怀少年时期的梦想/充满希望的启航……草鞋是船爸爸是帆/奶奶的叮咛载满舱//一股离乡的惆怅噎满腔/蓦然回首又要启航……

20世纪七八十年代，洪久坳的人家里都比较拮据，舍不得买解放鞋和布鞋，更不要说皮鞋了。只记得，除了秋冬天太冷，父亲基本上是一双草鞋。

不过，如果你以为是因为穷才穿草鞋，也不全对。因为，草鞋有不少优点：都是“自编自穿”，不用花钱去买；再者，穿在脚上柔软、透气又轻便；草鞋还不怕水，遇到涉溪过河或者下雨天，不用脱鞋换鞋。至于防滑，也是它无可替代的优点，在山坡路上，或者泥泞路上行走，轻易不会打滑。

所谓草鞋，材料自然是以草（稻草）为主。稻草的品种以高秆的为好，据说最上等的要数糯谷稻秆，因为糯谷稻秆比较长，且比较粗壮。

古代穿草鞋相当普遍。据史料记载，贵为天子的汉文帝刘恒也曾“履不借以视朝”；《三国演义》中的刘备也曾卖过草鞋。古代的侠客、隐士也以穿草鞋为时髦，“竹杖芒鞋轻胜马，一蓑风雨任平生。”从老子出函谷关到历代的征夫戍卒，从樵夫、轿夫到云游四海的和尚，都与草鞋相伴。

父亲穿的草鞋都是自己打，他有一套简易的工具，主要是一条长板凳和一个草鞋耙，还有拗（ǎo）、木槌等。

草鞋耙是打草鞋的专用工具，它上面有五个木指头，中间那个特别长。另外，它的一条长长木臂尾部向下成弯钩，可顺利钩住长板凳的另一头边沿。

编织草鞋的步骤大致如下：测量绳子的长度→搓制稻草绳→剪裁碎布制作草鞋鼻头→编织草鞋，最后是修剪草鞋，使其更加精美。

准备稻草时，用一只手握住一束稻草靠近顶部那一端，另一只手分开五指，用手指向草梗部撂去，用力除去枯草、烂草和草绒。

为了让稻草柔软有韧性，打草鞋之前一般先往稻草上喷洒少许水，用木槌进行敲打，一直要捶到稻草柔软为止。然后，用少许稻草搓成筷子粗细的绳子，打草鞋时用来做鞋筋。

正式打鞋时，父亲将草绳一端套在有五个木指头的耙子上，另一端则拴在腰里。鞋筋分成五股，根据脚板的大小选择所套桩位。外侧两股为鞋底边，中间两股为鞋底心。打鞋时，双手要将稻草搓紧，外边两股过草用扣法，内心过草用穿法。打上两寸，就得用拗和梯相互配合，将编织的鞋底打紧。一双草鞋基本上以鞋底为主，脚尖、脚掌前挽各打两绳扣，后跟再生成两个绳扣，再用另一根细绳依次穿过这几个扣子，结紧，一只草鞋完成了。

做草鞋，还要掌握它的大小尺寸与穿者的脚形大小相同，这样穿起来才舒适。

据说，打草鞋不光要草，还得有麻。苎麻最好，桐麻次之。那些麻，除了用以和稻草混在一起编织鞋底、增强韧性外，更多的还是用来搓成绳，编织绳扣。遇到讲究一些的人家，有时也会在编草鞋时加入适量的废旧布条。加入布条的草鞋，要比纯草的舒适得多、耐用得多。

尽管小时候我因为好奇加上新鲜感，想有一双自己的草鞋，但是，父亲一直没有给我打，或许，他是认为我们细皮嫩肉、没有起过茧的脚底板，根本禁不起稻草的磨砺吧。

我倒是记得大哥、二哥他们“双抢”、砍柴或放牛时，穿着草鞋，挑着担子，健步如飞的样子。

记得父亲那时候总跟我们几姊妹讲，一个人的衣着鞋袜都可以简朴，但一定要穿戴整洁，尤其是不能没有志气。做人要不卑不亢，只要流自己的汗，吃自己的饭，人格上就不比别人低。

草鞋可以说是农耕文明的象征，也是时代的印记。这些年来，制鞋的材质与技艺一直在变化，我们脚上的鞋也是——当年穿得最多的是解放鞋，后来上大学时有了第一双皮鞋，慢慢地又有了运动鞋（当时一般叫作“波鞋”）。去年开始跑步的我，又在专业人士的建议下，买了一双专业跑步鞋。

不过，如今趋势似乎回归了，大家渐渐厌弃了皮鞋，倒是喜欢穿布鞋、休闲鞋或者健步鞋，背后折射的是时代的递进性与个人偏好的多元化，以及社会与个人价值观、健康观的不同诉求。

有一年去井冈山参加集体活动，在一个景点门口，我曾经目睹当地乡亲现场打草鞋的表演，你看，这曾经须臾不可荒废的技艺，如今已无奈地成为一种表演艺术或非遗项目——这是无法逆转的潮流，怨天尤人也无济于事，不如坦然接受与面对。

有时候我觉得，如果旧时那些穿草鞋的人，可以比拟为大地上自由挥洒的大笔，那么，堂堂正正的人写出的，一定是楷书；那些马虎应付过日子的人，或者是行书；而经常酩酊大醉、彻夜不归的人所写下的，则是草书甚至狂草吧。

人哪，这一生要走不短的路，自然，也曾穿过不少的鞋。但不管草鞋皮鞋，塑料鞋布鞋，把鞋穿正，把路走稳，始终是不必讨论、不能存疑的吧。

（2020 年 3 月 9 日）

牛　栏

自从家里不再养牛之后，这牛栏就一直闲置着，直到今天。

每次回老家，我都忍不住在村庄的周边走一走，有时到稻田间，有时到菜地里，有时爬到坳上看看山背后的莲子塘，甚至远行至孝水冲水库。时间充裕的话，我会上到鹿峰寺甚至鹿歧峰顶的上峰寺。

但凡我出屋后门去往父亲的果园，都要经过这牛栏，每次我都忍不住站在栏门口往里瞧瞧。

其实，一开始我们家是没有牛栏的，洪久坳其他不少人家也是。因为，搞集体时，村里的牛是属于生产队的公共财物，都关在一起。至于各家自建牛栏，是分田到户并且把水牛通过抓阄分配之后的事了。

当初也没有地方来建牛栏，是父亲和大哥他们霸蛮在已有的猪栏右手边，通过挖山、填土之后整理出的一块地。猪栏的左边，后来大哥家养猪时又建了一座猪栏——于是，牛栏这一排，就有了并排的三间低矮瓦房。牛栏左侧的这两个猪栏，也已废弃多年，现今只承担着茅房的功能。

像我这般年纪、又是从乡村里出来的人，都知道牛对于农民意味着什么。它们是专干苦活重活的劳力，也是一笔不小的财富，更是家里的重要成员——从不邀功，也不娇贵；不难伺候，却不可或缺。

这牛栏并不是太高，我的手伸直了，就能摸到屋檐。牛栏的门则是通透的，木门框上有四五排对称的孔洞，关牛就靠四五根横置并插入这些孔洞的细方木——这些方木的一端均用锉刀锉了个孔，牛进栏之后，把方木穿插进门框上的孔洞里，再用几根细细的木签分别插在每根方木的锉孔里，牛就跑不出来了。

我总是认为，这没有带锁的门其象征意义大于实际意义，它只不过宣示着权利的边界，即这头牛的主人对牛的所有权是神圣不可侵犯的——毕竟，那些心怀歹意的人如果夜里要偷牛，那是分分钟的事，只需要把木签一抽，顺手就能把牛牵走。

记得读小学的时候，但凡寒暑假，每天早起第一件事，便是往往还在睡眼惺忪间的我被母亲催促着去把牛放出来，与村里其他孩子一起，赶着它们上山；而每天最后一件事，则是把它们送入牛栏。

那时候，清晨放牛的牛队，像一支整齐的部队，浩浩荡荡的，最欢快的是那些小牛仔，一出栏门，撒开蹄子就连跑带跳，转眼到山后背去了。记得放牛上山基本上是两条道：一条走“大七担”这边，直通羊角仙，每次沿着牛道都要经过我奶奶的坟头，如今这条道早已被杂草乱柴严严实实地封闭；另一条是走晒谷坪一角，经行“十七担”的田埂，过李家湾，从孝云家这边上山，继续上行就是早已荒废的林场，可以直达鹿峰寺。

就像人一样，再普通的牛，也会有它独一无二的名字。譬如，我们家的叫作“力婆”，以从家的母牛名字叫“黄毛”，元成、中开他们家的，我记不太清了，好像有一头叫“黑皮”吧。中树伯伯的儿子、后来上了卫校又进城当医生的瑞胜哥，当年他负责放的牛名叫“德牯子”，可是，眨眼几十年过去了，瑞胜哥去年也已经离世。

如今想来，村里的众多牛栏有高有矮，有简有繁——既给家里的牛提供了一个庇护空间，也在一定程度上折射了各家的经济状况。譬如，有的人家的牛栏是砖墙，盖的是瓦；有的是夯土墙，盖的是稻草；有的仅仅是几根树木搭起的一个棚子，上面盖的是茅草。

当然，从牛栏的状况也可以看出主人的勤或惰。勤快的人会把牛栏打理得通透光亮，又通风干燥；懒惰者家的牛栏往往低矮潮湿，又臭气熏天（牛粪没有及时清理啊）。

或许是因为自己属牛吧，我从小对牛带着天生的好感，认为它们温和、隐忍、吃苦耐劳，同时又内向、寡言、性格执拗。对于这后一点，我觉得与自己的匹配度挺高，真的。

我始终认为，牛是通人性的，有一次我从牛背上摔下来，牛的后脚几乎要踩到我的肚子，我心想完了，但牛脚只在我肚上轻轻点了一下，一点都没伤着。每次夏日里放牛，我都会用自制的棕叶蚊拍帮力婆拍打那些可恶的吸血牛虻，从它与我对视的、澄亮又安详的眼眸里，我总感觉到一种欲语还休的满意与谢意。

就像瓦屋是我们的家，牛栏则是牛的家，走得再难再远，再苦再累，每天都要回家。忙活了一天，回到家里，才能长吁一口气，真正放松身心。

如果哪天牛没有回栏，一家人会寝食不安，空落落的，当晚必定四处寻找，一路访一路问，最终把牛找回来。说实话，有时候把牛放丢的我，在赶回家向父母哭诉时，内心里有深深的负罪感——因为，丢了牛的家庭，是不完整的。

牛栏的二楼是一个架空隔层，堆满了干稻草，那是过冬时给牛的干粮。我记得，冬天里粮草不够时，大哥二哥他们还会上山割冬茅草给牛吃，有时候也喂干红薯藤，还用竹筒喂过家里自酿的酒糟。

牛栏门口，一般父亲会用清理出来的牛粪等沤肥料，来年开春是极好的有机肥，撒到稻田里，一点都不会浪费掉。

夏天里需要注意的是防蚊虫，天黑时把牛关进牛栏后，父亲有时交代我要烧杂草驱蚊；冬天则重点是保暖，在北风怒号的寒天里，我总担心牛被冻伤，一般父亲会找一张破旧的草席把门挡住，多少能把一些寒意隔在门外，地面上则会扯几把干枯的稻草给垫一垫。

放牛的日子里，没有骑过牛的估计不多。平路骑牛我敢，下坡时就有点心怯。满秋他们就教我，你坐在牛背上，右手反过来拽着牛尾巴就行。我看见他们几个或半坐着或仰躺着，自在从容得很，但自己在下坡时，却从牛背滑到牛的颈部，惹得他们哈哈大笑，嘴里一个劲地嘲笑着我，“呆子呆子……”

平常人们喜欢讲，做事要善于抓住牛鼻子，也就是抓根本、抓重点。没错，放牛的一个关键便是穿鼻绳，这也是一项技术活。

据说，给牛鼻子穿绳至少要到牛满一岁，穿上绳的牛才会乖乖听话，否则，不怎么听使唤。一般是我走到牛的身后，轻柔地抠它扬起的尾巴下部，它貌似很舒坦享受的样子，也格外温顺，趁着这机会，大人过去用大拇指和中指一把抠住它的鼻孔，随即用一根早就备好的、削得尖尖的小木棍穿过鼻子，然后，鼻绳在棍子上绕个结，便成了。

如今，种田大多数已机械化，耕牛自然被时代所淘汰，乡间早已无法看到牛群了。我们家这牛栏如今是空空如也，当年关牛的几根细方木也消失不见了。这牛栏，后来父亲用它来关过家鸭，近年来养鸡也用过。

慢慢地，牛栏成为农耕时代的一个标本，一条回忆过往的线索。从此，闲置下来——其实，闲置不也是生活的常态么，想想吧，我们所持有的很多东西其实并无必要，只因为被贪念驱使着想去拥有，而实际上却一直闲置并浪费着，不是吗？

（2020 年 3 月 15 日）

水 车

在洪久坳，很多东西的消失是无声无息的。

譬如补锅，又如牛群，还有养猪；又譬如一些节气和风俗，至少，很多年没有谁过“尝新节”了；而关于结婚的一些传统礼仪，也早已无人讲究。

这些年来，早已被人淡忘的还有体型最大的农具——水车。在名称中带“车”字的传统农具里面，除了风车、纺车，就是这水车了。

作为抽水的农具，“水车”是一个名词。这两个字反过来，“车水”则是一个动词，意味着一种艰苦的农活。

水车又称“孔明车”，相传为汉灵帝时毕岚造出雏形，经三国时孔明改造完善后在蜀国推广使用，隋唐时广泛用于农业灌溉，至今已有1800多年历史。“翻翻联联衔尾鸦，荦荦确确蜕骨蛇。”这是北宋诗人苏轼《无锡道中赋水车》的两句诗，把水车描绘得惟妙惟肖。意思是，开转滚动的水车，一节节车斗好像联翩翻飞的衔尾乌鸦，及至停下来，有如脱皮露骨的龙蛇。

我记得，洪久坳的水车有两种形制：脚踏的，手摇的。其主要部件由矩形水槽和前后端大小不一的两个轮轴组成，水槽长五六米，像一根巨大而修长的龙骨，里面放置着许多与水槽大致等宽的长方形刮水板，通过木链一节一节首尾串联，成环带状。

将带小轮轴的水车前端放进水里，斜靠岸边，带大轮轴的后端固定于堤岸的木架上。使用时两三人扶立于木架上，用力连连踩踏大轮轴上间隔设置的小木墩，驱动木链移动——水槽里上面的一排刮水板便朝水面前赴后继而去，“扑通扑通”在水面上砸出浪花和波纹；下面的一排刮水板带着水源源不断提上来，落入沟渠或稻田，水声哗哗，白沫翻滚。如此循环往复，集聚成流。

对于普通人来说，没有谁天天处在人生巅峰。水车也一样，绝大多数时间蛰伏着，只有在每年的“双抢”季迎来自己的“高光时刻”。为了长久使用，隔一两年，水车要用桐油刷一遍，既是保养与润滑，主要是防止漏水。

水稻水稻，很自然，水是稻的命门与根本。

可是，相对于一队至五队这些队来说，洪久坳（也就是七队）的稻田历来就缺水。因为，大致呈环状包围整个湾村的水田，从地貌上看处在典型的丘陵地带，而且在地势上也是除六队外最高的。每年双抢时，犁田所需的充沛水量，除了坳背孝水冲水库和稻田边众多池塘里的水，就只能望天了。如果哪一年降雨不足，水库里蓄积的水量不够的话，就只能从耒河里抽水了。

这抽水不是免费的，要由队上统一付费。记得当时抽水的场面很大，大队在二队靠河的山腰设有电动抽水站，从河里抽上来的水，依次经过二队、三队、四队村后山间的渠道，再经行小学后面抵达八队，拐个直角弯，又跨过一条人工渠后继续长途奔袭，抵达九队坛山下的那口大塘。然后，要通过二次抽水才能把水位提升，经过孝云家侧面的渠道，输送到台子上和十八担、泉塘周边那一片水田，兼及六队莲子塘上下的那一垄稻田。

即使这样，有些山旮旯里或地势偏高的稻田，光靠利用落差的放水是做不到了。这时候，就要用上水车，从抽水过来的渠道能够抵达的池塘或者临时开挖的水凼里来抽。

我记得，一般是把水车架设在如今中炎叔建房处的一个水凼边，安排以从、孝成、中花等三四十岁的精壮劳力来踩水车。由于车水体力消耗极大，一般都是采取轮班制。三个精壮劳力一组，轮番上阵。当然，休息的那一组也不是纯粹歇着，要去巡看水路，是否被老鼠或者蛇打洞而致漏水；又或者，看看田埂是否因干旱开坼而漏水，及时用锄头培点土，再用锄头把狠狠地夯实了。

车水既是力气活，也是个技术活，尤其考验一个人的技巧和平衡能力。爬上水车，双手扶着横杆，双脚踩在小木墩上，左脚右脚轮番上下，接踵而来，每一脚都必须准确无误、恰到好处地踩在木墩上，踩稳了再用力向下一蹬，眼睛无须看住脚下，全凭感觉。身体的重心要略微靠后，才能沉稳；过于靠前，没有力度，轮轴转不起来；过于靠后，人要滑下去，无法保持平衡。

车水就像在走路，不过走路总有一个目的地，而车水没有目的地，一直在原地走；车水又像爬坡，不过爬坡总有一个制高点，车水却没有制高点，其实一直在原地“往上爬”，难免单调乏味，又苦又累。

为了抢时间，车水一般在晚间，一来抢时间给干旱的农田灌水，二来夏天的白天气温很高，避免中暑。运气好的话，车水会有意外收获，有时是鱼虾，有时是泥鳅黄鳝，甚至还会遇见甲鱼，那才叫一个惊喜呢。

从来没有想到，母亲竟然也车过水。这是有一年国庆回老家，我陪母亲闲聊时获悉的。那时要强的母亲，霸得蛮能吃苦，无非是想多拿几个工分。

水车，其实是时代的注解，能用得起水车，是因为在那个搞集体的时代，劳动力足够多，大家每天都聚在一起干活。一旦被分田到户替代，这水车即使想用，也没有足够的人手了。人多的家庭，或许改为手摇的那种水车；而地势不高的地方，有时候干脆用木桶或锑桶戽水。

水车，也是人对命运和环境始终抱持不屈抗争意志的证明。有人说，看到水车，就联想到岁月的齿轮——缓慢、持续、生生不息。的确，水车遵循的大体是一套符合农耕时代缓慢节奏的时间系统。

到后来，似乎是元成家有了洪久坳最早的柴油抽水机。再后来，有了电动水泵，这龙骨水车自然没了用武之地，而“人车共舞，水泻如玉”的场景，从此难再目睹了。

如果我没有记错的话，如今肆秋家旁边厅屋的隔层上，还架着一台水车的龙骨，虽然那些龙骨里的刮水板还有轮轴等早已不知去向。

（2021 年 12 月 10 日）

稻草人

想想也是，如今洪久坳连种稻的人都几乎没有了，那么，稻草人的几近绝迹自然不足为奇了。

我小的时候，在秋天收割前后的稻田边，在刚刚播下菜籽的菜地里，总是可以看见穿着破烂衣服的稻草人，一条腿，站在风里，始终一副捉摸不清的面目。

稻草人是乡邻们为防鸟雀觊觎粮食、偷吃蔬果等，而立于田间（边）、用稻草做的人偶。制作的方法很简单，用两根与普通人身高差不多的竹竿或木棒扎成十字架作为支撑，再缠绑一些稻草做出人形，然后找一件破衣烂衫套在它身上。

头部或是安一个稻草团，或者戴顶旧斗笠（有时是破烂的草帽），两只手上往往会用草绳各吊一把旧蒲扇。微风拂来，旧扇子摆来晃去，就像人正在摇着扇子，来叼食的麻雀等见状，往往被吓得飞走。

我相信，看到那些体态多样、外形搞笑的稻草人，你肯定会忍俊不禁。因为，在制作稻草人时，没有多少文化的乡邻们，却像孩子们在冬天里玩雪人那样，不经意间把内心里的想象力发挥到极致，带着戏谑与夸张。

我记得，每年春分前后，当父亲把浸好的谷种撒进秧田，就该稻草人上场了。因为，饿了一个寒冬的麻雀等野鸟，迫切需要东西来填肚子，而刚刚下地的谷种，对它们来说，太有诱惑力。

虽然可以安排我们这些小孩坐在田埂上蹲守，或者敲锣打鼓来驱赶鸟雀，毕竟不是长久之计。立个稻草人就不一样，一旦扎下根来，它就像忠诚的站岗卫士一样可靠，不知疲倦，不需要换人，还不吃东西。

稻草人

稻草人无愧于
田野与村庄
值得信赖的守望者

当水稻已经成熟、快要收割的时候，洪久坳的人也会不约而同地在田坎边立起稻草人，其目的也是一样：驱赶来偷吃稻粒的鸟雀。

大体上来说，稻草人没有扎堆的，总是一个看护着一片，连伙伴都没有。

有时候风雨大作，戴着斗笠、牵着力婆走在田埂上的我，会忍不住多看几眼稻草人。没法躲风避雨的它，干脆伸开它的双手，拥抱风雨。

我不知道，在夜里，是否曾有人被立在田间、夜风吹拂下手舞足蹈的稻草人所惊吓。我更不知道，在孤独的夜里，当稻草人看到了让它感到恐怖的事物或景象，却无法挪动半步，更无法制止时，会是怎样的心境。

稻草人不会说话，但是，关于村庄里的人与事，它见过的、听到的和领悟到的可不少，心里清白得很，只是从不张扬，而是深深地埋在心底。

我得承认，一直在外读书的我，没有动手制作过一个稻草人。但那时候，我对稻草人抱着一种复杂的情绪，有感谢，有羡慕，有时候却满是同情。

感谢的是，稻草人虽然没心没肺，但任凭烈日炎炎、暴风骤雨，它整日整夜站在那里，目标很专一，就是蹲守地里的希望和主人的收获——它无愧于田野与村庄值得信赖的守望者。

羡慕的是，在晴朗的夏夜，它可以吹拂着下半夜凉爽的东风，尽情欣赏满天的繁星，而不用像可怜的我们一样，虽然睡在摊铺于晒谷坪的草席上，慢慢地也凉爽下来，却时刻被围在头部四周"狂轰滥炸"的蚊子所烦扰。

在最初的兴奋与小有成就感之后，稻草人也许会慢慢地坠入一种深深的无力感，内心里也会变得焦虑。因为，除了最初的惊吓之后，鸟雀们渐渐发现，这稻草人并不能带来实际的威胁，它们便会有恃无恐，甚至站到稻草人头上，拉上一泡鸟粪，以示蔑视和侮辱。尽管如此，稻草人除了哀叹，什么也做不了——这就是我对它心生同情的理由。

不懂为什么，我发现在不少人的笔下，稻草人成为写诗的意象。也许是因为，对于同一个事物，从不同的角度去理解，就会有截然不同的意趣与解读。而稻草人本身极具象征性，也代表着人们不同的愿望。

秋天来了，庄稼收割完之后，稻草人散架了，倒在地里，放野火的孩子们把它拖到田埂焚烧，最后只剩下一捧灰。化作肥料的它，也不离不弃脚下的土地，成为永恒的一部分。

如今，稻草人基本上成了美丽乡村的一种意象，不少人心中无法抹去的印记，或者是飘摇在乡间的一缕情愫。

今年春节，在洪久坳、在东湖黄草，当亲友们在房间里沉迷于打麻将或“跑胡子”时，我却在田野上四处逡巡。我又看到了久违的稻草人，虽然它们沐雨栉风、茕茕独立，但我却感到一种笃定：只要稻草人还在，这土地终归是有人在意的。而且，随着季节的轮回，这土地会年年翻涌出新的生机。

（2022 年 3 月 23 日）

杆 秤

在这人世间，过日子离不开计量。

计量时间靠的是钟表，计量轻重，那就要用上各类秤了。

现如今，日常生活中使用的秤种类太多了，手提弹簧秤、电子盘秤、台秤等，既方便又精确。

可是，倒回去三四十年，在洪久坳等乡村、在大小墟场，杆秤才是乡邻们常见和用习惯了的。他们用杆秤来做买卖，卖菜卖米、卖蛋卖蕨、卖肉卖鱼……一分一厘地积攒着来之不易的现金，精打细算地过日子。

在洪久坳老家，有一把杆秤。父母用得最多的，是卖鸭蛋。照此算来，即使它是父亲开始养鸭时新买的，这把秤也有四十多年了。

如今仍悬挂在父母那间卧室后面杂物房的墙上，布满了灰尘，而秤杆尾端包着铜片的地方、悬垂着的挂钩，以及秤杆上的提钮，都已经生出锈迹，诉说着岁月的跨度与历经的沧桑。

若是回放当年那些场景，应该是这样的：天还未透亮，睡在旧屋那边的父亲静悄悄起床，提着齐膝高的小藤萝，蹑手蹑脚地踏入隔壁关着八九十只鸭子的小房子。铺着厚厚稻草的地面有些湿润、松软（当然，稻草间都混杂着鸭粪，整个房子内腥臭味很浓），父亲的脚步很轻柔，因为，稻草间四处都有鸭产下的蛋，一不小心，就会把蛋踩碎。

父亲与他天天陪伴的蛋鸭之间，似乎早已达成默契，他知道哪些地方的蛋最多，哪些地方可以直接下脚……如此几番来回，不多时，父亲已经把尚带着些许温热的鸭蛋全部拾捡完毕，若是捡了“齐籽”（就是所有的鸭都产了蛋），这天父亲是最开心了！

把所有的鸭蛋分装到两个专门盛蛋的箩筐里，盖上薄膜纸之后，父亲随即把两只箩筐上的四根绳索系好、套牢在那根弹性不错的竹扁担上。这时，母亲已起床，等她吃过用开水泡热的头天剩下的米饭，父亲把杆秤取来，系在扁担的一端，秤砣则轻轻地放入箩筐。随后，母亲挑起担子，带着欣喜与希冀出门了。一路上小心谨慎，直奔距城南中学不远的老菜市场。

其实，这把杆秤发挥作用的机会并不多，因为我记得，那时候县城里的人都喜欢按个数买蛋，一般是买十个、二十个。但是，母亲总会带着这把秤。因为难免有些人会按斤数买，似乎八个为一斤。若是没有杆秤，就会十分不便，总是借别的商贩的秤用，终归不是办法，人家也不会乐意的。

杆秤大致由秤杆、秤砣、秤盘（及秤钩）组成，横杆的上方有两个穿有苎麻绳或钢丝的提钮（提钮处往往为杆秤的重心所在）。称蛋时，母亲熟练地把右手大拇指穿过提钮上方的绳索，小拇指则轻轻压着秤杆的末端，这也是为了避免秤砣滑脱。

待秤钩钩牢装有鸭蛋的小提篮、右手提起来悬空之后，母亲的左手在秤杆上挪动着秤砣，眼睛盯着秤盘星，口中念念有词地算出实际重量。每次母亲都让秤尾高高地翘起（这意味着鸭蛋的重量斤两足，甚至超过秤杆所显示的重量），这样子买家才会高兴与满意。

的确，小小杆秤看起来称的是重量，测的其实是道德良心。一句“您看，秤高高的”，总能温暖彼此，诠释诚信为本的道理。使用杆秤时，“锱铢必较”不但是合理的，更是必需的，最好细微到两和钱——因为，这关乎公平与公正，往往折射出一个买卖人是否光明磊落，值得信赖。

如果杆秤有性格，那它的性格应该是刚正不阿，直挺挺的，从不拐弯抹角。万一杆秤失准了，也许是秤犯了迷糊，更大的可能是使它的人心坏了，在使用前就在秤砣上动了手脚。

小时候跟着母亲在菜市场卖蛋时，时常听到个别老人家与商贩的争执，最后闹到市场里的工商所，由这些公正的“第三方”来评判，或者用那把公平秤来复秤。

我们家这把杆秤，后来在家里不同的人手上流转过，想必也熟悉各人的手掌及体温。当然，也跟着去过不少地方的菜市场，火电厂、珠矶滩、水东江……

大哥和二哥，用它卖过鱼，因为他们先后承包过孝水冲水库。

大嫂应该用它卖过柰李，记得经行洪久坳的高速公路未修之前，大哥在那片山上种过柰李，还有橘子等；二嫂带着它卖过菜，出生在杨武咀的她是种菜的好手，卖菜的人缘也好，总是很快就把一担菜脱手。

虽然父母的这把杆秤是买的，但我记得，小时候曾经有师傅挑着摊担到洪久坳叫卖杆秤。其实，是半成品。他们担子里摆满了粗细不一、长短皆有的秤杆。只等主家过来挑选秤杆之后，再来配秤砣，找定盘星，钉秤星。

据说，做秤的秤杆选料极为考究，楠木最好，其次是枣木、梨木、柞栎木等。选用这样的材质，做出的秤杆才能做到不走形，不崩裂。

制作的工序包括选料、刨杆、包铜皮、安提钮、校秤、钻秤花、钉秤星、打磨、上色等工序，每一道工序都马虎不得。

关于杆秤的记忆，印象深刻的还有这些场景：过年前队上干塘时给各家各户分鱼，在屋门前的禾坪上，各担水桶里是活蹦乱跳的草鱼、鲢鱼、鳙鱼，但是，大家的目光都紧盯着那杆秤，生怕少了一两一钱。

有一年队上一头大牯牛病了，在服药打针都无济于事之后，有人提议不如宰了，还能吃点牛肉。于是，全村人第二天云集在屋后晒谷坪上，围着那杆大秤分牛肉，吆喝喧天，过节一样……

杆秤是用来称重的，有时候也是衡量丰收与否的指征之一。

我记得，在风调雨顺、收成好的年份，在“双抢”快结束、即将缴纳公粮前，村民们在午饭后会聚集在肆秋门口，玩一种“称重”游戏。

只见两个大人合力用肩膀抬着一根扁担，扁担下方是能称两百斤的大秤。被秤者左手从左腿后方穿过，与右手绞在一起后吊挂在大秤的秤钩上，掌控秤砣的人，则一个一个大声报出其重量。那些体重够分量的人，眼神里有难以察觉的得意，这说明，他家的收成不错，日子过得滋润！

现今，我们遇到杆秤的机会不多了，在菜市场里也不多见。不过，杆秤传递过的精确与公平、人情与温暖，哪怕是那种斤斤计较和最终的相逢一笑，相信仍留存在大家的心中，历久弥新。

（2022 年 3 月 31 日）

第五辑

一朝一夕间

想念几头牛

记不清具体是哪一年，村里把集体所有的牛分了，各家得一头，抓阄确定的，谁都没法异议。我家分得的，便是“力婆”——也许当初她刚产下来时，取名者是期望她成年后，能有使不完的力气。

那些年，每逢寒暑假，家里的水牛便交由我照看，前前后后共有三头：力婆、力牯子（力婆的雄性牛崽），还有一头，它的名字我竟然想不起来了。

放牛的日子，有苦恼，更多的是快活。

苦恼的是，母亲总让我带一个篮子，早上空着上山，下午回家时，要一篮子的碎木材，晒干了，用来早晨生炭火。

冬季里放牛，往往要赶着牛跑到十多里开外的山上去，因为近地里，草早就被啃光了。但是，这样的日子里，往往是早上吃了饭出门，傍晚了回家才能有饭吃。你说这个肚子饿得，不难受吗？

于是，我们一帮放牛的孩子，到处找东西吃，譬如野生的百合；山上的茅草秆子，嚼一嚼，很甜的；有时还止不住会溜到别人家菜地偷红薯，然后埋到泥巴里，再用火一烤，哇哇，那个美味，岂是如今街头的烤红薯可以媲美的？

夏日里，趁着牛们欢腾地扑入水库之前，我们早已三两下扒掉衣服入水，左手高举着衣服，右手紧抓牛尾巴，一溜烟时间，我们已驶过宽阔的水面。还有骑牛，也是很快乐的事情。不过，要有心理准备，一旦牛不情愿，你得提防它突然发飙，一阵疯跑，把你颠下来。

牛与人之间跟人与人之间一样，只要投入真诚，便很容易建立感情。我与力婆之间良好关系的滋养，应该是从我帮它夏日里拍打牛虻开始的。想想看，

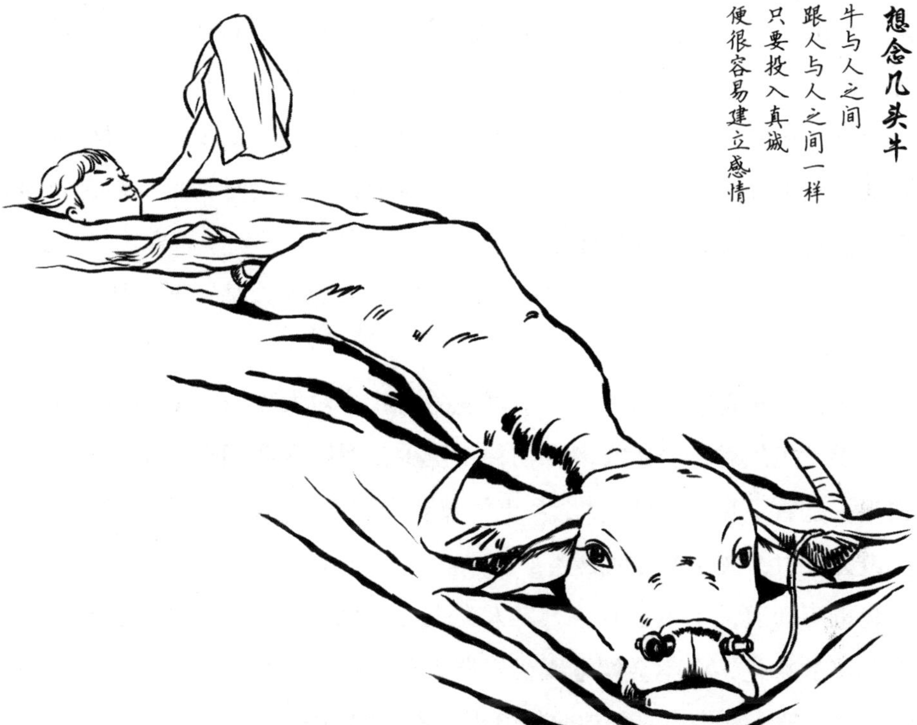

想念几头牛

牛与人之间
跟人与人之间一样
只要投入真诚
便很容易建立感情

牛仅有一条尾巴，而牛尾巴可以顾及的范围，非常有限，于是，夏日里，力婆们最痛恨的，估计除了艰辛的劳作，就是牛虻了！

我还记得教牛的过程，就是当年训教力牯子。

那天，父亲和两位哥哥一起，牵着它来到自家田里，便开始教它犁地。套上牛轭后，力牯子却还抬头望天，乱蹦乱跳。父亲他们哪容它放肆？两个哥哥人在前，将牛绳缠在一根横木上，左右各一人，用力压横木，使牛低下头来看水田，父亲在后面扶着犁。如此几个来回，牛就慢慢习惯于低头看田了，熟练后，犁田的人只要稍稍动动牛绳，挥挥竹条即可。

如今，在村里，牛几乎看不到了，都换成了机动的铁犁。人们都说，一年到头，养牛好是好，就是总要个人跟着看护，多么费时，而需要它们的时间只是春插和“双抢”两个时段。

于是，水牛正渐渐淡出农村的视野，不知道能否算是一种象征，一个时代结束的象征。

其实，在我看来，这是一个不可逆的时代。对发展与效率的追求，成了致命杀手。想想看，身边有多少物种（至少，泥鳅在我们那普施农药化肥的稻田里，是看不见了），有多少乡土的技艺（铁匠、篾匠、制秤匠等），就这么无声无息中，被人主动地放弃了？

我也不知道，是不是有一天，人类也会被机器与技术所替代与抛弃。而随着环境的恶化，会不会像电影《机器人总动员》里那样，地球上只留下一个孤独的机器人瓦力，不停地收拾着无处不在的垃圾？

没有了牛，人们不再上山，都奔向了城市。于是，山上长满了杂草，不再有能自如穿行的小道；一些稻田抛荒，油茶山也因不再有人打理而渐至绝收。就这样，人离自然越来越远，却离机器越来越近，甚至本身成为各种或简单或复杂机器系统的一部分。在不时出现的痛心的偶然中，机器让人少了手指，甚至失去了性命。

牛走了，就又少了一种人与动物之间惺惺相惜的纽带与机会。往常，如果哪天晚上牛没有回家，家里会大乱，每个人都会心神不宁；因为牛事，家与家之间会起是非争执，甚至别人欺负了咱家的牛，我也会耿耿于怀。

我喜欢沉思默想的习惯，也许便是那些放牛的时光积累起来的。放牛时，手上牵着牛绳，或者傻坐山头，没事做，便任由思绪飞扬。

走了，都走了，力婆、力牯子，我却忍不住，时不时想念你们！

（原载2012年3月1日《长沙晚报》）

禾坪上的夏夜

处暑已过，秋，已经踱着步子，一步步朝我们走来。

可是，刚刚过去的夏天余威犹在，或许在某些人心中还留有后怕吧——虽然新闻上说，长沙今年已退出全国“四大火炉”。

每当酷热难挨时，我便格外想念那些年，在老家度过的夏夜，尤其是露宿在村后背禾坪上，享受习习东风的时光。

（一）

也许是当年搞集体经济的遗产之一，20 世纪 80 年代之前，故乡那边，几乎每个村最少有一个禾坪。大多是水泥摊铺而成的，有些经济条件差的村，甚至是在一小块水泥禾坪旁边，又用稀释后的牛粪均匀摊铺，以增加禾坪的面积。

后来分田到了户，禾坪便“四分五裂”，使用权分散到每家每户，我家抽签得到的，是到泉塘那口井挑水，上坡后通往水田“十七担”必经的那一长条。隔壁似乎分别是中生家和元成家的。

在夏天，低矮的瓦屋里晚上闷热异常，外面却是凉爽的。有风，细细的，水般凉滑。月亮斜斜地挂在半天，山色空蒙，一地银辉。劳作一天的乡亲们吃罢晚饭，冲过凉，便陆陆续续奔这片禾坪而来。

有轻摇一面大蒲扇的，有斜拎一把小木凳的，当然，也有人抬着家里的竹床来了。我们这些小屁股，无非扯上一张虚边的、快要弃用的草席，席地而卧，当然，要等各家各户收完白日里暴晒的稻谷。

往往，等大人们收完稻谷，挑回家了，我们就及时用木桶从邻近水圳里提着水，大块大块地泼洒在水泥地面，没别的，尽快让地面降温啊。

那时候，没有电视，村民们姿态各异地闲坐禾坪上，“讲古”聊天、家长里短，便是他们的休闲方式。

其实，这样的悠闲，有时候也是一种奢侈——因为，即使夏夜里，依然有紧张的劳作。想想看，上头孝水冲水库里那仅有的水源，非常金贵，迟一天，能挤占到的水就少了一瓢，有时少到稻田都无法下犁，于是，谁家都想早点收割完，趁着夜色赶进度，便是无奈的选择。

在大家印象中，洪久坳最勤劳的一对夫妇，应该是孝云两口子，由于种的田多，家里两个孩子还小，等于没得帮手，“双抢”时往往每天都要忙碌到晚上九十点，村民眼里唯有佩服和称赞。

夏夜里，继续劳作的人，有些是“看水”的人。他们不断沿着水道巡视，以免被别人半路把水拦截了，实在疲累了，靠着锄头把，在田坎上打个小盹；家里条件好点的，随身扛一把能折叠的躺椅，熬不住了，便随处入睡，蓄积体能，第二天一早，又要开始新一天的劳作。

农忙时禾坪很紧俏，几乎等同于稀缺资源。这时，交换与互助产生了——如果这家的坪今天空着，肯定不会让它白白空着，邻家会跟他商量，今天借我晾晒一天谷子，改天，我的禾坪让你晒。

（二）

禾坪的北侧，是一条大致东西向的水圳。村东面山上，有一座20世纪70年代修筑的、整个大队唯一的水库，只要不干枯，经年有一股细流，从咱家所在洪久坳（也就是七队），曲曲折折经八队、五队，再笔直穿行四队、三队和二队的田亩，最终注入耒水。我常常好奇，河里的鱼儿，能否沿着水圳，一路上溯到水库？

躺在炙烤后背的禾坪上，耳畔自然传来圳里哗哗流淌的水声，那是夏夜的催眠曲——伴着乡村人丰收的梦想，或许还有期盼孩子考个好学校的祈愿。

孩子们往往精力充沛，一开始是睡不着的，再说了，太阳白天慷慨洒下的热量，到晚间是不会轻易释放完的，禾坪还没能彻底凉下来。

于是，不安分的因子开始萌动，有的乘着月色，玩起了“斗牛”的游戏，往往一身大汗，没关系，用背心在水圳里打湿了，再拧干，顺势擦擦汗就凉快了。

有一次，在堂叔元成的倡议下，我们五六个孩子决定去偷九队一户人家种在“台子上”（稻田所处地块的名字）傍山瓜地里的西瓜吃。其实，瓜地里往往有蛇，但是，也许是偷瓜挺刺激，大家根本顾不了那么多，摸着夜路进了瓜地，一通乱摘，然后疯跑着返回禾坪边的山上，怕大人们发现挨骂啊。嘴巴早就忍不住了，左手托着瓜，右手一掌下去，往往应声而开，瓜汁四溅。

其实，我们发现，很多西瓜还是白瓤，如今想来，真是可惜了，糟蹋了！我不知道次日瓜地主人发现后，是如何气急而破口大骂的。如今，我只想对他说，不管你如何咒骂，都是我们应受的，换了我，也许砍人的心都会有。可是，这迟来的道歉，如何能够穿越时空，稍许宽慰下当时那颗痛惜的心？

放露天电影也是孩子们最向往的，这，一般得是村里有人家办喜事了，当然，这种时尚，在乡间只流行了几年。看电影前，大人会给孩子带点炒豆子啊，或者自家地里挖出来，下午刚煮熟、还带点咸味的湿花生，边看电影，手上也不闲着，这便是他们朴素的快乐与幸福。

（三）

夏夜其实大多数时候是醒的，不是吗，你看，它张着眼睛呢——除了月亮，除了稍纵即逝的流星，就是那满天的星星，眨巴眨巴，小时候好奇，星星们一刻不停地眨眼，为何不睡觉呢？难道不累吗？

等人睡着了，夏夜它也不闲着，它在听，在看，在琢磨——

它听见，运秋家的孩子又闹“哭夜”了，飞伢子家的孩子闹着要喂奶了。

它看到，“花胡子”承包的池塘边，有几个人影在鬼鬼祟祟，难不成想偷鱼？夜一点都不作声，就这么看着，后来，人影没有下水，走了。

有一天刚入夜不久，夜突然发现，在一家人靠窗的墙根下，竟然蜷伏着一个人，他该不是在偷听什么吧？夜琢磨着，心里念着——喊，无耻小人，太龌龊了吧，夜不忍继续看下去，眼光转到了别处。

有时睡到下半夜，突然人群爆炸一般惊起，纷纷卷起铺盖往家赶，这是下雨了。跑着跑着，第二天起来才发现，脚上趿回家的鞋子，竟然仅剩下一只！

那时候，禾坪边满是草丛，草丛间便飞满了萤火虫。仅用双手去捧，不多时，就能捉到一大捧萤火虫，我们会把它们装在透明白纸折成的四方形或者六方形的盒子里，用长长的细木棍挑着，晃悠着，其实，用它们照明是假，玩乐却是真的。

碰到那些不识字的老人讲故事，尤其是鬼故事，后背凉飕飕的，连独自回家喝水，都怕得很，眼睛不敢往后看。我总是好奇，仅靠口口相传的那些故事，老人家为何记忆力那么好？我相信，每个老人的讲述里，应该是融入了自己的再创作。就像老婆每晚给儿子讲故事，讲着讲着，就脱开了书本，加入了她自己的发挥。

那时的夏夜，虽然清苦，却极为生动，带着原初的质朴，而且是坦荡开放的，充满了人间气象。

如今的夜，在电视和肥皂剧的陪伴下，似乎很喧嚣，却自我封闭，甚至“老死不相往来”；电视里别人的快乐与喧闹，由于遥不可及，看得多了，便乏味无趣，顶多增添些许失落与挫败感。至少，父亲是不看电视剧的，看完新闻就关电视；母亲吗，只看看电视里偶尔有的“打仗”的战斗片。大哥、二哥也不爱看肥皂剧，顶多二哥有时候看看体育赛事。

至于城市的夏夜，那就别提了吧，虽然几乎家家户户有了空调，局部减轻了这窒息般的燥热，却实际抬升了整座城市的气温，谁也无法幸免。

现如今，年轻人都出去了，像大多数村庄一样，村里只剩下垂垂老者和羸弱妇孺，作为传统习俗和气场无力的守护者。

禾坪上的夏夜，就这样，慢慢地走远，干脆成了一种传说。

（2012 年 9 月 5 日）

赶 墟

我总在想，若是没有墟场，乡村里那些单调又重复的日子，估计会让不少人闷得发慌吧。

所谓“墟”(也同“圩”),集市也,就是买卖东西的场所。老家那边的赶墟，有些地方叫“赶集”，有的地方叫“赶场”，其实都是一回事。

墟场一般在交通要道或乡镇所在地，又或者傍着水陆码头，这是极为自然的——做买卖，争的是人气，图的是来回方便，物品流通便利。

在老家那边，乡亲们赶墟的目的大同小异——有时是为了卖掉自家富余的土特产换几个钱，有时是去买农具或生活用品，有时呢，不卖也不买，就是去逛逛，凑个热闹、看点稀奇。

我赶过的墟场不多，除了很小的时候跟姐姐一起去过泗门洲，还曾走亲戚时路过白山坪；至于竹市、司南桥等,那是上高中甚至大学毕业之后的事了。从父母口中，我还听闻过小水铺、遥田、新市、大市、马水等墟场的名字。

我相信，任何墟场一开始应该非常简陋，就是一条屋檐下或一条小街，甚至几担箩筐沿着马路一摆，买卖双方就开始讨价还价。这个“赶”字，我认为非常精辟：一个体现了时间上的急迫,赶墟就要赶早,占个好口子(摊位),有了先机，人流量大，钱自然好赚；再者，“赶”还意味着人与物（货）在空间上以墟场为目标的趋向与汇聚。

平日里，墟场也许稍显冷清，但一到赶墟日就特别热闹——如同我们每个人不起眼的日子，更多的是循规蹈矩、循环往复，当然，逢年过节或者家里某个人的生日，则会带来短暂的喜庆与高潮。

各墟场开墟的时间，一般均有约定俗成的日子，譬如，逢“二五八”

（即十天一墟，每个月农历初二、初五、初八，十二、十五、十八、二十二、二十五、二十八，以此类推），逢“一四七”，或“三六九”等。

赶墟无疑是一场清早便开始的乡村大派对。每逢开墟日，五里八乡的村民肩挑、背扛或推着独轮车，将自家种养的农畜产品，或采猎的山珍野味，或编制的藤竹日用品，以及铁、木农具等，运到墟场交易……渐渐的，吆喝叫卖声、互相寒暄的乡音、讨价还价的声音，此起彼伏，不绝于耳。

墟场大都沿着马路两侧铺展开来，各类摊贩会自动集成与分区。譬如，有的卖土特产，有的卖日用品；有铁器竹器铺，有农具化肥店；有家畜家禽的交易区，还有挂满潮流服饰的摊位……所有这些鲜活的场景与细节，让人格外兴奋，内心满是欢喜——也许粗俗或脏乱，也许琐碎与庸常，却因其真实可触、少有伪饰，而显得生动甚至珍贵。

如果赶墟可以用不同的关键词来形容，那么，绝大多数时候是热闹；对于孩子们来说，则多为期盼——毕竟，大人们赶墟，赶的是生计，小孩子可顾不了那么多，他们一般只关心父母回来时，有没有带点好吃的。小时候我就非常羡慕父亲赶墟，一般他是挑着鸭蛋去卖，顺带买些家里少不了的篼箕、扁担等农具，回家时不会空手，总会带点糖粒子什么的，如今想起仍回味无穷。

赶墟有时候也意味着浪漫，它如同一块吸力强劲的磁铁，吸引着青年男女利用这个机会来相亲。毕竟农村没有什么约会的好地方，而且大家也比较腼腆，这种赶墟相亲，即使没看上，也不会被人知道。

不过，赶墟也不全是美好的，有时甚至是危险的——由于赶墟时人流集中，难免鱼龙混杂，“第三只手”往往趁机下手……总引得一些妇女或老人呼天抢地，泪流满面。

一般来说，赶墟除了要起早、匆匆赶路导致脚累，更累的还是眼睛，各类物品琳琅满目、百态千姿，令人目不暇接啊……其实，尤为令人纠结的是囊中羞涩，不管大人小孩，有时候眼巴巴地望着那么多鲜货、美食，也只能咽咽口水。

在我看来，乡亲们赶墟除了以货易货做买卖，也是相互间交换与传播信息的平台（如同一个民间通讯社），更是一个格外活跃的社交舞台。亲戚朋友

赶墟

若是没有墟场
乡村里那些
单调又重复的日子
估计会让不少人
闷得发慌吧

见了面，难免聊聊各自的近况，互相嘘寒问暖。

记得第一次去凤凰古城旅游时，我特意去阿拉营体验当地的苗人赶集。印象较深的是，他们几乎每个人背上一个大背篓，有的背篓里站着个孩子，好奇的目光四处张望着……是啊，在墟场，一个人的身份不重要，只要土鸡啊活鱼啊干菜啊等自家的产品或手工制品够好，他（她）就有了足够的自信与讨价还价的底气，这底气也无形中提升了拥有者的面子与尊严。

有一年去好友阿莲家拜年，经行马水墟场，我发现，那些赶墟的乡民，对于身边的车流几乎是视而不见的，他们内心有自己的节奏，也笃定这经行墟场的车流，是要让人的。

俗话说，天下没有不散的筵席。墟场也是一样，它的热闹恰如轮回的四季，总有其固有的节奏与限度。到了午饭时分，随着各自的目标达成，乡民们陆续往回赶，这墟场也就慢慢地复归于平静——而每个人心里，其实，又都在期望着下一波喧嚣的到来。

（原载 2019 年 10 月 10 日《长沙晚报》）

过　年

前年春节前某天，我曾在朋友圈这样写道：“过年其实就是回家——穿越车流滚滚，踏过山高水长，回到父母所在的那一方水土，回到那个屋顶下养着一头豕的地方。”

是啊，过年回家，几乎已成中国人亘古不变的内心法则。

总记得小时候听过一句玩笑话，“娃娃过的是年，大人过的是难。”当时年幼，对这话似懂非懂；如今人到中年，理解自然透彻多了——过年之前，孩子们心里装的是无尽的向往，好吃的、新衣服、玩鞭炮、压岁钱……而大人们则够忙够累，如果一年的收成不那么称心如意，那么，过年就往往是愁比喜多了。

在我们家，过年前母亲无疑是最忙最累的。做豆腐、煎炸面团或红薯丸子、筒子骨炖白萝卜、宰鸡杀鱼、购买年货，还要早早地约裁缝给我们赶制新衣服、请师傅“炮打”爆米花……越到临近大年三十，母亲就越忙，打扫卫生，准备团圆宴，还有三十晚上给孩子们压岁钱，等等。

母亲会把房屋里一年来的尘土、蛛丝都清扫一遍，楼板、门窗和家具等也是一件都不放过，擦洗得干干净净，图个清爽吉利，预示新年新开端。至于厨房里的锅碗瓢盆，母亲喜欢用稻壳耐心地擦洗一遍，然后依次摆放在门口塘边的禾坪上晾晒。有时候到了三十晚上，我们已经端坐在电视机前看春节联欢晚会了，母亲还在忙活着。

过年时我们的快乐与满足，首先当然是吃。

平常难得大快朵颐的腊肉、茶油煎鱼块、鸡肉(尤其是大鸡腿)，还有自家宰杀年猪后熏制的大肠、清蒸小肠，年前母亲必做的米粑粑、高粱粑粑等等，这些一想起就令人垂涎三尺的美味，到此时只要想尝尝，很少会遭到拒绝。那年头的物质匮乏，并不全是坏事，至少让我们养成了节俭的习惯，而那些关乎吃的念想难以轻易满足，则使人格外懂得珍惜。

其次当然是玩，主要是放鞭炮。

那时的鞭炮种类不少，印象中有冲天炮、雷管炮、摔炮、刮炮、电光炮、水雷等。年纪相仿的男孩子，喜欢拿自己的鞭炮来炫耀，还常常以手持已点火鞭炮的时间长短来显示自己的勇敢与敏捷——其结果往往是，显摆者一不小心，把自己的食指或者大拇指炸得又红又肿！

正月初一清早，我们会比谁起得更早，在各家门口捡那些开柴门后没有燃放完的开门炮，记得眼尖的满秋总是收获最大，令人羡慕。

我也放过开门炮，那是大哥、二哥先后结婚又分家之后，家里就剩下我和父母一起过年。放开门炮的事，自然落到了我身上。

一般是父母觉得村里已经有几户开了柴门，他们便会叫醒我。其实哪用他们叫啊，那个闹腾早把人吵醒了。穿戴完毕后，我先简单地洗漱，然后开门，点燃红烛、纸钱等祭祀一番，便开始点燃“大地红”，从门外阶基上放起，再转回屋内，每间房都要绕到，最后回到门口。

事毕返回屋内，首先给父母拜年，接着再睡一个回笼觉。如今回忆起来，虽然放开门炮往往留下满屋里呛人的硫黄味，却又是满满的敬畏与仪式感。

过年时最隆重的，要数走亲戚。

我们家雷打不动的是，正月初二去对河的新渡给舅舅拜年。那时还要坐渡船过耒河，后来有了从珠矶滩开往火电厂的铁桥路，就方便多了。舅舅虽然家里经济拮据，但每年都会给大小各个小孩准备好几挂鞭炮。初三初四，就是去姨父家、父亲的众位老表家，以及姐夫家拜年了。

那时交通不便，走亲戚主要靠步行，后来才有了单车。不懂为什么，我特别怀念当年那种感觉，就是我们兄弟姊妹在父亲的带领下，不紧不慢地行走在田坎上，越过一个又一个山冲，去往庙背冲、白山坪、白沙等地拜年。虽然乍暖还寒，但田野上已隐隐吹来春的气息。我和二哥边走边燃放鞭炮，一枚一枚地点燃，甩向空中，其清脆的炸裂声在山谷间回响着……

过年

过年过年
过的是情
过的也是聚

随着年岁增长，我越来越感到，过年过年，过的是情，过的也是聚。

不管口袋里有钱没钱，不管平日里漂泊何方，反正要重聚在同一个屋檐下。一家人围炉向火，嗑着瓜子，盘点过往一年里的得失丰歉，谋划来年的奋斗与打拼……

聚在一起，偶尔会有喜庆发生。

春节时有钱又有闲，村里乡邻便喜欢利用这个时机办喜事，譬如迁居或结婚——这是喜上加喜啊。而青春年少的满哥和美女，往往利用过年到处串联相亲，留下佳话不少，成就姻缘若干。

聚在一起，就有了故事流传。

前年春节回家，我得到了很多故事：侄儿黑子牯已经有女朋友了；外甥建军的爱人曼兜兜，就快生娃了；肆秋的女儿跟侄女梁珏一样，也要高三毕业了，努把力也许能上一本；而初一下午在村里串门拜年时，我在肆秋家门口看到了他家新购的白色丰田卡罗拉，真替他们感到高兴。

这些年，越来越多的小车开进了洪久坳乡邻家里，大家口袋鼓起来了，生活也更加美好幸福了。

（原载 2022 年 1 月 27 日《长沙晚报》，原题《那时过年》）

撑 船

人这一辈子，要过数不清的坎，还要过大大小小的河流。

河上有桥的话，过桥似乎轻而易举。可是，如果没桥，那么，人就要借助于舟楫这种媒介了。老家最大的河是蜿蜒绕经县城北上的耒水，洪久坳在河东（离河大约三四里），县城在河西，我们从小过河进城的工具就是渡船。

的确，渡船仿佛水路上的公交。船与水，自古相互依存，彼此照应——河水给了渡船支撑与活力，渡船给了河水陪伴与偶尔的喧闹。

过河的地方，叫作易口渡。这个渡口在老家有一定名气，也许是因为，易口渡是当时所有鹿歧、新河甚至长胜、大塘角、白山坪、泗门洲等整个东乡和东南片百姓进城的必经之地吧。

易口渡的渡船不是机动船，是用人工撑篙的木船。这船用桐油漆过多遍，呈现暗棕红的颜色。船头是宽宽正正的方头，船尾是尖尖翘起的尾巴，尾巴下方安装有可以转动的船舵。船舱内有几个横挡，将船体空间大致隔成几个格子，尾部有一个篷子，是晚上船老大歇息兼生活之处。船舷的左右内侧均设置有几十厘米宽的木板，供来往的过渡客靠着船舷休息。

第一次坐船是何时，我已没有丝毫印象。可是，一九八三、八四那两年，我天天坐渡船来回两趟，那是我在城南中学读初中的日子，当时学校还没有提供寄宿，我只好读“通学”—— 也是在这段时间，我学会了撑船。

这个“撑”字，非常直观，查阅《现代汉语词典》，其释义之一为“用篙抵住河底使船行进”。

不要看这简简单单的十个字，似乎撑船一学就会的。没那么简单的，撑船的核心技术要领，是“靠船下篙”。

记得有位老师傅告诉我，这样做理由有三个：第一，能保证渡船不偏向。每一篙都在船边，渡船便在一篙篙支撑之下沿直线前进，而不会左右摇摆，偏离航线。第二是功效高。竹篙紧靠在船体下游那一侧，与撑船的人几乎在一条直线上，就能确保每一篙撑到河底时得到的反向推力最大化。第三，这样操作人才安全。一旦竹篙偏离船帮，距离隔得大了，再加上分离的力量大，人就无力在船和篙之间承当纽带作用，最终常常不是丢弃船篙，就是掌篙人被船体自身的压力逼下水。

当然，你还得会使用船舵。我看了几次就悟出了掌舵的规律——舵叶尾部逆水朝上、掌舵的手感觉很沉重时，船头便会往上（游）走；反之，则船头往下（游）走。

一直以为，没有谁比渡船更懂得河水的性格。同理，没有谁比船老大懂得渡船的每一个部件及脾性。譬如，竹篙插向河底的铁箍及铁尖是否松动，靠岸泊船时用的锚爪和锚链是否稳当可靠，那片长长的桨橹是否足够坚韧耐用……

虽然每天都是简单又重复的“两点一线”，可是渡船从不觉得单调乏味，因为它知道，自己的使命就是连通此岸与彼岸，这种带有神圣感的自我暗示，总让它能量满满，从不倦怠。

坐渡船过河，大多数时候是安稳、快意与恬静的。有时候则令人感觉诗意横生，那是夕阳西下时，如果你恰巧坐在河东的码头上张望，而渡船正朝对河驶去，船头劈开的微微波浪慢慢荡漾开来，此刻，倒映在水面上的太阳似乎在欢快地跳跃着，而河面已经被染成一片血红……如此极致美景，相信目睹过的人，轻易不会忘记。

当然，坐渡船过河，也有紧张和危险的时候。那是每年春汛，也就是涨大水时。我记得，大凡河水猛涨到淹没两岸的码头，甚至水位直逼渡口旁的小卖店前的马路时，那滔滔北上的河水似乎蕴藏着无穷的愤怒和席卷一切的力量，的确令人恐慌。

一旦发大水，过河的时间要更长，费力更大。船老大会先直接用橹把船紧挨着河岸使劲往上游摇，大概上溯了半里到一里路后，才会拨转船头朝对岸驶去……可是，水流速度太快，漩涡也很急，船老大往往忙得满头大汗，船客们

撑船

渡船仿佛
水路上的公交
船与水
自古相互依存
彼此照应

神情也显得十分紧张，等到船靠岸，已经到了对岸码头下游处里把路。

对于我来说，最怕的是冬天过河。因为天太冷，有时船老大会偷懒，不愿意起早。大多数时候，是我和元成叔到了河边，一番大声呼喊，才能把他叫醒，他极不情愿地把船靠岸后，重又钻进被窝，至于过河的事，就交给我们自己了——你想想看，大冬天的，一双手要紧握着竹篙，抽篙时还难免有水带到了衣袖里！最初那一阵，一双手都冻得麻木又通红，几乎毫无知觉，慢慢才能恢复元气。

我记得，鹿歧村的人过河都不用钱（因为船老大都由本村安排，他们是拿工分的），而外村的人过河需要交费，大概是每趟三分或者五分钱。

俗话说得好，“百年修得同船渡”。一旦登船，暂居在这临时的水上移动空间里，彼此之间便有了某种缘分，不是吗？

只要同船，就结成了事实上的命运共同体。上了船，我们实际上与渡船和船老大达成了某种契约，交付了我们对船与人的无条件信任。

撑船过河比较慢，但是，正因为慢，就多了家长里短的机会与平台，船上还往往还成为一个微型交易场所——你买我家的鸡蛋，我看中了你家的草鱼；他买你的箢箕，我买你家的大米……

在我看来，渡船算得上一个见多识广的人，耳朵自然也不闲着，每天来来回回，乡里乡亲的大小事，它大概都略知一二。而那些常来的熟客，他们的口中往往流传着一些奇闻趣事，闲聊之中，彼此开了眼界，长了见识。

易口渡的渡船如今早已踪迹全无，两岸的码头也早已坍塌、消隐甚至没入水中。可是，那些过河的经历顽固地刻在脑海，而曾经天天渡我们过河的恢橹伯伯与传球伯伯，也是音容宛在，难以忘怀。

渡船，是一个时代的象征。其实，也谈不上可不可惜，时代一直在进步，它终究会被速度更快、效率更高的交通工具（方式）所取代。

（2020 年 2 月 4 日）

挑　水

我小时候在农村，自来水是遥远的奢望。每天家里的用水，都得从井里挑回来，储存在水缸里。

每天清晨，家里第一件事便是挑水。头天晚上，水缸里的水基本用完了。不挑水的话，漱口洗脸的水都没有，更不要说煮饭做菜、洗衣洗澡了。再者，经过一夜的沉淀，早上的井水更澄澈甘甜。

老家洪久坳有两口水井：一口在村后背李家湾前面泉塘边上，一口在村东南方、静躺在六队稻田中间，都是露天的敞口水井——遗憾的是，泉塘边那口井如今已不存在，当年修京港澳高速公路时，把它的大部分压在了路基之下。

我一直觉得纳闷的是，村民们为何不给这两口密切关系到全村人日常的水井起个名。譬如，鹿岐峰上有声名远扬的八角井，县城里有著名的四眼井……难道是因为，乡野物事出身卑微，便被人忽略，一生的寂寂无闻是它们的宿命？就像芸芸众生，几乎没有机会被写入正史？

那时我们家有三担水桶，父亲和大哥他们用的是一对桶沿高、挺厚重，木提手与桶身连为一体的木桶，几乎与我的个子一样高。当时我光是挑空桶都费劲；还有一担稍微矮一点、内径也小些的木桶，另外一担是当时较流行又洋气的银白色锑桶。

农村的孩子早当家。不管男孩女孩，一般八九岁起就要担负挑水的责任了。有一天，父亲给我准备了一根细长的竹扁担，把扁担两端带钩的麻绳系好，长度刚好适合我的身高，确保桶底离地几厘米，我便带着几丝兴奋出门了。

挑水的路程不短，来回将近一公里吧。去时要从一片菜地上方经过，然后下个坡，迈过一条水圳，再沿着一丘田的田坎走到底才是水井。返程时，肩挑满满一担水却要爬坡，于是，我每次都要在菜园边一个小平台上歇口气，才能挑回家。由于这担金属桶的提手是活动的，挑起来晃来晃去的，等我挑回家，桶里的水已洒去不少，几乎只剩一半了，令人极为沮丧。

每天清晨，挑水的小路上邻里间的互相寒暄与问候，是最温馨的回忆。虽已时隔多年，可是我依然记得那些挑水人——总把裤脚挽起的对门老张，两条小腿上的青筋根根凸起，令人惧怕；飞古佬的父亲中炎叔总在嘴上叼一根自己卷制的旱烟；元成叔挑水时喜欢潇洒而又极富节奏感地上下晃悠那副担子，因为他的桑木扁担弹性极好……

岁月不居。在这条路上挑水的人，走着走着，头发白了，皱纹多了，或者，干脆往另一个世界去了。

挑水最怕的是下雨天。一到雨天，那条必经的田坎路，被早起的村民挑水踩过之后，泥泞不堪，空手都难行，更何况挑上一担水？

有一次下雨，戴着斗笠的我如往常一样，赤着脚担满水往回走，一步一步谨慎地迈步，双脚的大指头使劲地想抠住田坎，终于到了水圳边。当我抬腿正要跨过水圳时，后脚一滑，人跟水桶、扁担一起摔了个仰面朝天。水自然倒光了，屁股坐在圳边上的我，衣裤上全是泥，手肘也摔破了。当时那个狼狈样，现在想来都心酸。

有时候，挑水的我们会被路旁的其他物事所吸引。扯一把细竹笋、摘几粒三月泡，或者，悄悄地溜到人家的菜园里，偷摘一根鲜嫩的黄瓜……不知不觉就耽误了时间，少不了被大人骂一顿。

挑水换肩，是个技术活。刚挑水时不会换肩，两只手也不会压扁担。常常将伸张的双臂从身后反转着搭在扁担上，勾头奋脑、滑稽可笑，往往被长辈们戏称为“挑猴子担”。后来在父亲指点下，才知道正常的换肩，先要暂停脚步，双掌在肩上朝上用力一托扁担，同时身子侧扭，双手顺势一送，把扁担的中心支点移到另一个肩上，就可以继续前行了。

挑水，最重要的是稳当与平衡。人生何尝不是这样？取与舍、情与理、事业与生活，也要达成某种平衡才是完美的。有时候想，挑水挑起来的是责任，扁担上承载的是岁月，水桶里装满的是波澜不惊的日子。

（原载 2020 年 12 月 10 日《长沙晚报》，原题《那些挑水的日子》）

双 抢

我始终以为，无论是体力还是心理上，“双抢”对于乡邻们来说都是一年中最严峻的考验。

正因为如此，读高中和大学时，每逢放暑假我都是喜忧参半——喜，自然是因为“胜利大逃亡”；而忧呢，则是必将到来的“双抢”。记得本来肤色就偏黑的我，每次暑假结束返校时，都是精瘦精瘦，又油黑发亮。

有时候我跟儿子说起“双抢”，他如同听天书，眼神里充满了好奇，似乎还有些跃跃欲试。

所谓“双抢”，顾名思义，就是抢收和抢种，“割早（稻）插晚（稻）”。老家洪久坳位居湘南丘陵地带，地处亚热带季风气候区，气温较高、雨水也足，一般都是种两季水稻，七月份早稻成熟，收割后得立即耕田插晚稻，要在立秋前将晚稻秧苗插下。记得当时有种说法：插完早稻过“五一”，插完晚稻过“八一”。

农村里分田到户，大概是20世纪80年代初吧。那个时候的政策，似乎叫作“三十年不变”。那时村里人均大约八九分地，父母和我们三兄弟，一共分得四亩多田，东一丘西一块的，散布在洪久坳的四周。

田虽然不多，但是，由于父亲天天要跟着几十只散养的鸭子，所以，这些田的劳作，就是母亲带着大哥、二哥和我来完成。每年的“双抢”要从阳历的7月中下旬奋战到8月上旬，一共半个月吧，想想看，这个时段正是江南乡村最潮湿闷热的时节啊。

“双抢”，一般都是早中晚连轴转，基本的节奏是这样的——

早上一般用来割禾（或者扯秧），大半晌午时匀出体力好的人用打谷机来脱粒，并及时挑到禾坪上摊铺、晾晒；中午太阳毒辣，不能顶着搞（容易中暑），午饭后靠着躺椅或者竹床休息一会儿；下午三四点钟，回到蒸笼一般的地里继续忙活；天快擦黑时，母亲会提前安排我到禾坪上收谷，等她忙完田里的农活，再来用风车把稻谷和瘪粒、草屑等杂质分离，然后担回家，颗粒入仓。

“双抢”从抢收，也就是割禾（稻子）开始。

割禾是最累的。头顶烈日，躬着身体，右手持镰刀，左手向稻秆根部靠过去，用张开的虎口一次性拢集三四蔸禾，形成一摞后唰唰几下割断，成束的稻穗一把一把从低到高整齐地码在田里，往往码成相向而立的两垛，中间留出能拖行打谷机的空间。时间稍久，腰累了，直起身来缓一缓，望望前面一片金黄的稻子，再次躬下身子。

我割禾比大哥二哥差远了，他们每次说起拖后腿的我时，眼神里几乎写满鄙视，似乎在说，瞧瞧，书呆子还是不经用啊……

脱粒是最赶，也是最苦的。那时脱粒是用自家的打谷机，大哥没有分家之前，我还只需要站在旁边递递成束的稻穗。大约八七年之后，大我三岁的二哥已经是脱粒主力，我则和母亲轮流上。

烈日当空，热气蒸腾的田垄里，二哥和我一只脚将打谷机的脚踏板踩得震天响，另一只脚踩在田里，边打谷边要从旁边的稻垛上弯腰取稻；母亲则在打谷机后面的斗里“出谷”，一撮箕一撮箕装到箩筐里。

“咕哒，咕哒……”打谷机费力地呻吟着，带着钉齿的脱粒滚筒隆隆地转动，“咔咔咔”的脱谷声汇聚成正午的喧嚣，谷粒飞快地溅落到下面的谷斗里。当时我总觉得，这台打谷机其实是在无奈地唱着：苦啊……苦啊……

说实话，割禾与扯秧一样，最难熬的是腰板。头几天，感觉腰杆子几乎要断掉，好在当时我们年轻，睡一觉就能大大缓解，起来之后接着再战。

抢收与抢插，从来都是同时进行。

割完稻的水田，马上就要放水，一般是从地势高的孝水冲水库走水路放过来。边放水边犁田，这是几乎一刻都不能耽误的。为了抢时间，经常是父亲或二哥利用晚上来犁田。

一直认为，没有经历过“双抢”的人，应该无法透彻理解“抢”字的含义——

双抢

没有经历过『双抢』的人
应该无法透彻理解
『抢』字的含义

它生动又紧迫地表达着乡村里农忙时无处不在的竞争。

首先是与天抢。天时自有它固有的法则，它从不等人。父亲跟我们提到过，晚稻插下后，需要六十多天才能成熟，所以必须抢在七八月份尽早插下，才能确保十月份收割。如果晚了季节，收成将会大减，甚至颗粒无收。

其次是与人抢。邻里之间互相抢，抢得最多也是最急迫的，是水。毕竟，孝水冲水库里的水是有限的，越到后面越没有保障，如果干活的手脚不快，水库里的水一旦放空，那些待插的田就没有水来翻耕，只能撂在那里，抛荒了。

最后，当然是与自己抢——也就是与自己的懒惰与拖延较劲。这里拼的是毅力与耐力，记得当时村里人比较佩服的有两对夫妇，孝云两口子和以从两口子。他们是因为孩子都还小，帮不上忙，只好自己拼了老命来抢时间。

稻田犁好之后，原先坚硬的泥块已打碎，水田的表面也用耙平整了，便可以莳田（也就是插秧）了。

莳田之前先扯秧。早上清凉，是扯秧的好时机。有时候，我们会带把小凳子坐在秧田里，把秧苗一小把一小把地扯出来凑成一束，随后在水田里“哗啦哗啦”地把根部的泥巴洗去，抽出一根扎秧稻草，眨眼间打个活结，丢在身后。

莳田更需要技术。记得一排是插六株秧苗，脚需要踩在二三和四五秧苗之间，这样不至于插到脚踩过的坑里。插秧时弓着身子，左手拿一大把，用拇指食指中指配合分捻出三四根秧苗，右手迅速拿过，用食指中指带着秧苗往泥土里插，同时大拇指轻轻一按，秧苗就稳稳地立在田里。

莳田时人是后退着走的，总令人想起南北朝时布袋和尚的那首禅诗，“手把青秧插满田，低头便见水中天。六根清净方为道，退步原来是向前。”记得有人这样诗意地描述过莳田，“莳田是农人写给大地母亲的信。一点一横一竖一撇一捺，一字一格，工工整整，里头满满的是发乎于心的虔诚和希望。”

母亲和二哥他们手脚麻利，往往一下子就把我远远地甩在后头。我莳田虽然慢，但是插下的秧苗挺规范，总能保证六蔸秧苗之间的距离匀称，为此常受到父母的表扬。

我始终不会忘记，刚刚分田到户时，乡邻们那种生龙活虎的干劲与创造力，那也是一个相对公平、多劳多得的时代——哪个家里稻田的产量高一些，行走在村子里，他说话的底气似乎都会更足一些，并赢得赞许与羡慕的眼光。

如今，年轻一代大多被钉在城市的某个生产线上，日复一日地重复着枯燥无味的机械动作。他们自然不会作田了，更不要说犁田、制秧这种带有一定技术含量的农活，而稻田里早已是杂草丛生，村庄也越来越“空心化”……

是啊，也许有些无奈，但我们都要面对现实，历史已经翻篇了，这是由不得人的，只能接受它、理解它，最终适应它吧。

从大学毕业那年算起的话，我远离“双抢”已经二十六年了。虽然“双抢”已成为一种记忆，但其滋味刻骨铭心、五味杂陈；少时的艰辛苦涩，如今都付笑谈中，也已化成受益终身的财富，比如隐忍、无畏与坚强——经历过“双抢”的我，更从骨子里深知“粒粒皆辛苦”。

（2020 年 2 月 8 日）

族 谱

我从来没有想到，能够与自己爷爷的爷爷的爷爷“见面”，直到我拿到那本族谱。这族谱是父亲应我的请求，2014 年从毓凤爷的儿子元成处借来的。

翻开这本 1994 年完成的“梁氏续修宗谱”，我得以第一次沿时光隧道上溯，经由文字“拜见”各位先祖——我爷爷毓林公，我爷爷的爷爷为俊明公，我爷爷的爷爷的爷爷，讳名人功。

人真是一种奇怪的物类。在中年之前，是没有太多历史感的。而一旦步入不惑之年，便会开始追问一些形而上的问题，譬如人生“三大问”：我是谁？我从哪里来？我要到哪里去？这也是我对族谱感兴趣的原因吧。

当然，我也从中找到了自己的名字，在“第一二九页”。世系表清楚地表明了生命链条上的赓续：“人功长子宗谟（清嘉庆八年生）→（宗谟）长子俊明→（俊明）抚子彦清→（彦清）长子毓林→（毓林）子锺威（我父亲）”。

这一个个看似平凡的名字背后，其实都有着独一无二的人生。我的先祖们，虽然生在不同的年代，或安土重迁，或流徙奔走——毫无疑问的是，各有各的欢喜忧愁、责任担当。

那本泛黄的族谱原件早已物归原主，今夜我打开的是扫描留存的电子版。

打开第一页，“梁氏新派通论”中如此表述，“吾梁本高阳氏姬姓，至大费改姬为嬴，至秦嬴再改嬴为梁……源发于鲁，散布中华各省，为国中书贤魁多之族，异域同宗，千里若一体也。”

一直觉得，追根溯源，也许是人作为社会动物基于本能的顽固记忆——就像那些执着的鲑鱼，虽然一岁左右就会离开家乡，顺着河流游向茫茫大海。但它们最终要历经千辛万苦洄游到故乡（在自己出生的溪流中产卵繁殖下一代)。

一页一页翻过，从字里行间，我读出不少信息——有些人子嗣众多，有些人香火难续(只能靠领养或抚养)；男尊女卑是事实上的通例，男方有名有字，女方则一般略为杨氏、曾氏、刘氏、伍氏……

我还发现，或许是由于教育的相对匮乏导致语词的枯竭，其结果便是同名的不少，这本族谱里与我同名者就有三个。

这本族谱其实是一本梗概式的民间语文，写就了洪久坳的乡村秘史：一个男人，生卒于何时，妻子是谁，生了几个孩子，去世后葬于何处，它都如实地记录。

觉得有些遗憾的是，这族谱无法透露出更多的信息，如各位先人之相貌、高矮与胖瘦，人与人、家与家之间的贫富、较量，以及和谐或紧张关系。

翻着翻着，我头脑里浮现出一个意象——这世系表仿佛一棵根深叶茂的参天大树，我们依然活着的后人，就是枝丫上充满生机的和合之物；而那些已经离世的先人，则随着时光的流逝，渐渐融入土地，以其精神、品德与家风继续滋养着这棵大树。

有人说，没有家谱的记载，人们大多只能往上追溯两至三代人的名字，极少能追溯到第四代人(高祖父)。至于祖辈们如何艰难创业，为家族、社会甚至国家做了哪些事情，更是难以了解，很多人甚至不了解自己爷爷的生平。再过几代，自己也会被后人遗忘。

记得电影《寻梦环游记》中有句经典台词——“真正的死亡，是世界上再没有一个人记得你……死亡不是生命的终点，遗忘才是。”

老一辈讲过，一本好的族谱应包含“三脉一风”。“三脉”指血脉、地脉和文脉——血脉是指家族世系血脉连绵(及姓氏源流)，地脉是指家族所在地的人文地理及家族迁徙，文脉是指优秀的诗词等文学作品；“一风”指的是家风，具体表现为宗谱中的家规、宗规、宗约等，也包括风俗人情。当然，有些族谱在“风”这部分，还包含人物事迹甚至传记等。

如果对照这个标准的话，我认为，这本续修宗谱相对来说内容偏于简单。或许，修谱有它们既定的规范与通例，更多的是留给后人去想象，或者经由家庭内部的口口相传得以补充。

这族谱的序章里，明确设定了我（“瑞”字辈）之后的字辈排行——承先积善长，熙和绵泽厚，佑启兆嘉祥，端本修家训，铭勋焕典章，英贤培植广，循序远传芳。

遵照这个规矩，我儿子姓名中间一个字应为“承”字。可时代变了，从“80后”开始，按字辈取名的规矩已慢慢被打破，估计再过一二代，这个传统会被彻底遗忘吧。

夜读族谱，让人发现人生短暂、个人渺小，让人看见源有头、流有去。这个承前启后、携带家族基因、有待动态刷新的“移动硬盘”，需要在一代一代的接续递增中，不断延伸出更多的生命密码。

（原载2020年4月20日《长沙晚报》，原题《夜读族谱》）

晒谷

洪久坳晒谷的场地，这三四十年里一直在变化——从最初简陋的直接摊铺在地面上的竹晒垫，到用干牛粪涂在地表的晒坪，到后来出现了水泥晒坪，等到慢慢富起来的乡邻纷纷建起平顶楼房之后，这晒谷问题就在各自的楼顶上解决了。

小时候湾村最大的一块晒谷坪，就在村后背半山的一块台地上，地势较高，地面是水泥硬化了的，每次从我们家过去，要先经过肆秋门口，沿走廊到底，等过了中生门口，穿过一扇门，上个小坡就到了。坪的旁边隔条水圳，就是那丘歪歪扭扭却非常长的稻田，村民们都喊作“十七担”。

这块坪并不平整，大体上分为两级，而且是阶梯状往下倾斜的。坪的尾端有一截又窄又长的木板，连通到当时属于队上的保管室二楼，记得二楼一般用来存放农具，一楼当时是粮仓。

当年按政策分田到户后，各家分得晒谷坪的一小块，可是，都只有巴掌大的空间，“双抢”时晒谷，根本不够用。除了分成上下午两个时间段来晒，另外的办法就是跟别人家商量，互换着用。

晒谷坪最忙碌又充实的时段，无疑是“双抢”季。

清早时晒谷坪暂时空着，但随着各家各户的壮劳力把脱粒后的稻谷从田间挑来，不到半晌午，这些摸起来还热乎乎的稻子已渐渐将这块坪汇成一片金黄。

相对来说，晒谷是个轻松活。所以，这种事一般是由孩子或者老人负责。我当时的主要职责，就是煮粥捞饭，洗菜切菜，另外就是晒谷。

大哥、二哥把稻谷挑来后，直接倾倒在自家的坪上，我马上用那种带有稍宽木齿的木耙把谷堆摊开，然后慢慢地摊平、摊匀，稍微晒了一阵之后，用另一种带五根铁齿的木耙清理出那些被打谷机绞入的细碎稻叶及稗子等，最终用耙齿把稻谷梳成一道道“车辙”，又恰似一条条柔美匀称的金色纹路，似柔波，如细浪。这样做的目的，是便于阳光把稻谷晒透。

有时候，手累了，我会直接用一双赤脚奋力前行，把稻谷“走”成一垄垄的直线，或者像运动场跑道一般的圆弧形。

如今回想起来，我觉得，晒谷晒的是丰收的喜悦和对未来日子的踏实感，也能晒出一家之主作为农人的勤或惰，精耕细作或潦草应付——毕竟，土地是农人忠实又温厚的朋友，你投入的每一份忠诚与珍爱，土地都能给予大致对等的回应。

要使谷子干得快些，每隔一两个小时就要翻一次。其余的时间，我们这些小孩一般躲在保管室走廊上，一起玩各种游戏。当然，我们还有个任务，便是盯防不时偷吃谷粒的鸡鸭和小鸟。看见有鸡鸭上场，我们一般先是“喔嘻喔嘻……”用声音驱赶，可鸡鸭们也机灵得很，习惯了我们的虚张声势后，胆子便大了起来，公然冲上谷坪啄食。这时，忍无可忍的我们拿起长竹竿飞奔过去，并且穷追不舍，把它们逼到晒谷坪北侧下方的一个池塘里，个个变成落汤鸡，这样做，无非是想让它们长点记性。

晒谷，最紧张也是最担心的，是遭遇雷阵雨。夏日里，午后雷阵雨常常不期而遇。似乎一眨眼的工夫，天空变得乌云密布，狂风骤起；瞬间，劈头大雨像是从天空上倒下来一般，一幕幕的雨帘在空中摇来摆去，那雨滴转眼来到跟前，打在脸上、手臂上生痛……

一到下雨，小孩子根本应付不过来，只要看到天色变暗，我们便焦急地朝田野呼喊，“快回来咯，来收谷哦，要落雨啦……”正在田间忙碌的母亲和哥哥，便匆匆忙忙往回赶。如果雨一时半会没到，就只把谷子收成一个个小堆，用塑料薄膜盖好，不让谷子被雨淋到，雨停后重新摊开来晒；有时候，雨下得又急又大，没办法及时收，只能眼睁睁地望着谷子被淋湿，甚至冲下晒谷坪。

晒谷坪上的大部分时光是安静的，正午尤甚。静得只看见炙热的阳光如火焰般在水泥地面上蒸腾着，旁边元成家菜地里的黄瓜、青椒等均被烈日晒得蔫不拉唧的。

当然，也有热闹的时候，那是男人们担着满满的稻谷倾倒在水泥坪后，顺便抽根纸烟，彼此寒暄着，又互相夸赞对方的收成。偶尔，会有女人们不知为何，突然起了争执，进而指着鼻子或拍着大腿吵得不可开交。或者，是傍晚时分，妇女们提前从田垄里抽身，返回晒谷坪来收拢谷堆，然后用风车车谷……

车完谷之后，晒谷坪才会慢慢重归平静。这时，我们纷纷从圳里提水来泼洒降温，然后，就地摊开一张草席，舒展开肢体，数着满天星斗，等着享受后半夜凉爽的东风。

晒谷坪上最令人期盼的是放露天电影。我一直觉得好奇的是，为何在乡间，消息会传播得如此之快——只要村里因老人办寿或孩子考学等理由放电影，早早地就会有邻近队上的人提着小板凳或者扛着竹躺椅来占座位，孩子们则早早吃过晚饭聚拢起来，看电影放映员在热心村民的帮助下，立起两根粗大的木柱，然后拉起白色幕布……

时间过得真快，那些童年时晒谷的日子，有点像这金灿灿的晒谷坪，遍地金黄，鲜明而生动，丰硕而笃实。只是，渐渐长大的我们，不知不觉间已远离田园——依然生活在大地上，但没了土地；徒留大把大把的乡愁，却没了躬耕田亩的慢时光……

（原载 2020 年 8 月 27 日《长沙晚报》，原题《晒谷坪旧事》）

相 框

一直以为，洪久坳几乎家家户户都有的相框，其实就是时光的证词。

虽然相框是平面的，但是那些相片所蕴含的记忆与故事，却立体又丰满；虽然它的面积有限，可它所勾起的思绪与情感，却是无限的。

在老家的墙上，挂着一大两小三个相框。推开房门，目光直视处为简陋的电视柜，柜子右上方的墙上，就是相框所在。

这个最大也最旧的相框我不知道是父亲何时置办的，但肯定比我的岁数还大，因为它是我们住旧屋时就有了。1983 年搬迁新居后，这相框也跟着过来了，依然是挂在家里最醒目的地方。

如今这相框里，整齐排列着九张相片：父亲和母亲在毛主席故居前的合影，我 2004 年清明假期曾陪他们坐大巴去了韶山和花明楼；在果园里牛栏边我给父亲和侄儿老冬拍的合影；2003 年国庆期间我给母亲在世界之窗入口处拍的留影；家门口法国梧桐树下老冬抱着妹妹珏儿的照片；有一年我出差北京时在故宫的留影……还有两张是关于我儿子的，分别是大嫂抱着他和老冬陪他玩；最为难得的是，父亲把一张岳母和才望、志坚的合影也刊在里面。

不用说，相框里的照片折射出他们在父亲心目中的地位。由于相框的空间有限，所以里面的照片不是一成不变的。父亲会适时予以刷新，把他认为重要的、有纪念意义的照片换上去。

我记得，最早的时候，相框里有我爷爷和父亲、姐姐的一张合影，姐姐在对面李家湾一棵橘子树下照的、戴着遮阳帽的青春照，有大哥稚气未脱的照片，也有我尚在襁褓里的照片……不过，最遗憾的是，没有我奶奶和过早夭亡的广生哥的照片。

这相框及其所保存的照片，虽然大小不一，有黑白有彩色，却都能独自讲述一段细节丰满的故事。它们以微叙事的直观方式，记录着一个家庭平凡日子里的难忘瞬间，定格着喜庆与欢畅，团圆与赓续，荣光与远方。

20世纪70年代，父亲曾根据城关镇及大队的安排，南下广东三水和花县（现花都区）学习水稻制秧技术。1979年底，父亲当时在粤时结识的好友邓文辉和邓福祝来老家办事，特意顺路到洪久坳访故友。于是，有了1980年元旦照的这张合影，两位远方好友坐在前面的板凳上，父亲站在他们身后。照片的左上角，还写有“友谊长存”四个字及时间落款。

相框里第一张全家福，是我2000年正月初八结婚时在县城五一广场上照的。那是婚宴之后，我提前预订好的摄影师，以纸都雕塑为背景，给我们留下了最温暖而又幸福的瞬间。

2009年暑假，我们如往常一样回老家团聚。在二哥家门前，抱着儿子的父亲眼睛笑成了一根线，我及时抓拍的这照片，冲洗之后寄回去，父亲很快就放进了相框。

2012年春节在老家时，我就跟父母商定，暑期一定要带他们去一趟北京，而且，坐飞机去，总得体验一次么！虽然后来不是我自己陪父母上京的，但是，6月21日，他们终于第一次站在了天安门广场。这张父母的合影，虽然两位老人因为疲累显得有些憔悴，但我想，他们的内心应该是满足的。

到后来，我有了奥林巴斯相机，又有了尼康单反相机，每次回老家我都会带着，偷偷地给父母拍照，拍灶台边母亲的忙碌，屋侧边太阳下读报的父亲……父亲最喜欢我拍摄他在果园里的劳作，尤其是他用汗水换来的丰收果实。但逢此时，父亲的笑脸上写满成就感。

遗憾的是，父亲去年走了，无情的病魔把他硬生生地夺走。他从以往这个总与家人在一起的大相框，走进了那个单独的黑边相框，从此，把无边的寂寞与孤独留给了母亲。

父亲走了之后，母亲开始轮流在大哥和二哥家住，这房子渐渐衰败下来，相框也变得灰尘密布，甚至有些模糊不清。但是，每次返回洪久坳，我都会驻足在相框前，一张一张凝视着里面的照片。

小小的相框里，有家庭的面子，有友谊的见证；有成长的印记，有铭刻的温情。当然，相框也让人看到时光飞逝，人生无常。对于我来讲，这些相框，如今更多地成为一种寄托，也意味着无尽的想念。

中秋节时回老家陪母亲，我发现，这相框的四个边角更加磨损，背面的钉扣也锈迹斑斑，似乎要脱落了。

尽管如此，我相信，唯一不会被锈蚀的是记忆，每次看到照片，一家人共同经历的过往都会瞬间复活，似乎那些故事与场景，就发生在昨天，而我们依然是那么青春，满怀着梦想与希望。

（2021 年 12 月 6 日）

竹　篮

我小的时候，洪久坳的人出门，手上一般是不会空着的。

闲不住的父亲与乡邻，只要走出家门，总得带件东西或农具，心里才觉得踏实，这也几乎成为他们一种下意识的习惯。

大多数时候，这农具（物什）是扛在肩上的锄头。有时是一把镰刀，有时是一杆柴枪；有时是一担篼箕，至少，手上会提一个竹篮。这竹篮，可以用来打鱼草，去菜园摘菜，或者拣茶籽，捡稻穗……

记忆中，我们家的竹篮有大小不一的几种：体型最大的是我们老家话称之为“薯篮”的，顾名思义，挖红薯时提来提去的运输工具，就是它；整体上稍微缩小版、体格中等的是菜篮，父亲或母亲早上去菜园里摘黄花菜、豆角、辣椒等时，用这个篮子最合适了；最小也显得精致的是小花篮，一般是小孩子提，或者走亲戚时用得多，放几斤肉、两三斤花生、一大捧板栗什么的，恰好。

虽然大小不一，但是竹篮的构造基本上是一样的：篮身大致呈倒立的空四方锥，上口宽大，篮沿轮廓为跑道一样的类椭圆形，下部逐渐收紧缩小，多用白篾丝条环绕编织，里外两层，包裹着四面呈放射状竖向排列整齐的竹片骨架；其中篮身中部的青篾骨架向上延伸，交叉呈拱起的圆弧，这就是提手；篮底是长方形的，一般是以宽过手指的青篾白篾纵横交错编成。在篾匠的巧手之下，竹篮往往浑然一体，气质粗犷；做工结实，疏密有致，散发着新竹特有的清香。

家里的竹篮，曾经陪着我扯过春笋，摘过辣椒，也曾陪我在秋收后的稻田里拾过稻穗。有竹篮相伴的日子，当时或许感到有些清苦甚至乏味，现在想来，其实那种日子是单纯、开心而又充实的。

曾经在《镰刀寂寞》里写过，每天放牛的时候我是不能闲着的，早上出门时必须带一个竹篮，傍晚牧归时，肩上要扛回从山上拾掇的满满一篮杂枝、柴棍，这些柴棍晒干后，是母亲用来早上生炭火的。

总记得，家里承包鱼塘那几年，大清早起来，二哥就挑着两个竹篮外出打鱼草，田埂上、溪圳旁，园土里、山林间，四处寻觅而去，走走停停地，时而手扯，时而刀割，反正不打满一担鱼草，二哥是不会回家吃早饭的。

每天傍晚，忙完农活的母亲回家时，再累也要先到菜园里寻出满满一篮猪草。匆匆扒完晚饭后，赶紧在阶基上剁猪草，再装到大铁锅里（第二天起来便生柴火煮潲），忙完这些，才能真正休息。

从四十多岁起，离开大队的父亲当起了养鸭人，每天早出晚归，赶着鸭群在田野上、山冲里到处觅食，风里来雨里去，一干就是二十多年。我记得，寒暑假在家里时，除了放牛，我另外一件重要的事，就是给父亲送饭。往往是母亲用那个竹篮盛装好饭菜，由我根据早上父亲告知的方位，或者循着稻田里鸭群蹚浑的水的指向一路寻去。返程时，这篮子里总要寻点草啊、柴啊带回，反正不会空着。

小时候，但逢端午节、尝新节、中秋或者春节前，母亲喜欢安排我用小花篮提着几斤肉、一些自家地里的物产，去舅舅家拜节。那是我最向往的时刻，每次都会吃到舅妈煮的美味面条,外加三个荷包蛋。骑着自行车欢快地回家时，小花篮里肯定装有一些回礼。

偶尔，母亲也会叫我给姐姐家捎去一些自家刚收的农产品，每次我都是把篮子捆在自行车后座上，经石岭下、窑厂坳、长胜村，然后走铁路桥过河，再沿河而上抵达白沙。

那时的乡村，竹篮堪称靠谱又轻便的“运输官”，日复一日、不辞辛劳地把一户农家的收成从地里装载好，运回家；竹篮又像关于丰歉的信使，如果每天从田土提回的竹篮里，品类丰富、应有尽有，或萝卜、白菜，或土豆、红薯……这至少说明耕种有术，雨顺风调。

在我看来，与洪久坳的乡邻一样，竹篮算得上沉默寡言的实在人，从不嫌贫爱富，而是忠实地追随主人，也能忍辱负重，不管是泥里水里，土里沟里，也无论大热天，或是冰天雪地，该它上的时候，从不迟疑半步。

竹篮最大的优势是通风透气，正是基于这一点，那时候家里虽然没有冰箱，母亲会把竹篮当作移动的乡村版橱柜来用，平日里吃不完的剩饭剩菜，还有过年剩下的腊肉腊鱼、一些设客的零食等，都会放在竹篮里，上面盖一块遮灰的毛巾，然后挂到从房梁上垂下的铁钩上（离地高高的），这样既能通风，防发霉变质，还能防老鼠、防猫，更防馋嘴的我们惦记或偷吃。

这样一个篮子，那时候其实家家户户都有。姐姐家也不例外，而且，她们家的竹篮应该是姐夫自己编织的。毕竟，姐夫曾经是个篾匠，但他很多年不做手艺了，因为，光靠这门手艺养家是远远不够的。近些年来，作为排遣寂寞的一种方式吧，姐夫开始重拾这门手艺，编织竹篮、箩筐、晒席等仅供自家用。有一年春节，姐夫送给我一个小竹篮，如今，还放在学府这边的家里装东西。

现如今，在城里难得看到竹篮了，或许是人们认为提着它显得土气，或许是嫌带着它碍手碍脚……20世纪八九十年代起，随着一次性消费观念的流行，渐渐地，可循环使用的竹篮被排挤出日常生活，无论是去菜市场还是进超市，动不动就是塑料袋，终至泛滥成灾，既污染环境，还无法降解，成为人们心头的隐痛。

虽然进城已经二三十年，但洪久坳留在我心上的烙印却历久弥新。我庆幸现在有个竹篮，它不但让我联想到乡村生活的苦辣酸甜，还有村人的劳作耕种、平凡日常，更是承载着对过去时光的一种确认与回味。

（2021年12月8日）

板 凳

板凳虽然木讷、耿直又寡语，属于乡村里“沉默的大多数”，但在洪久坳乡邻的日常生活中，它的角色扮演挺丰富。

譬如，它经常被用来搭床铺。刚分田到户那阵子，洪久坳的人家里都比较拮据，除了父母睡的床，孩子们睡的木板床，基本上是用长凳铺搭的。两条长凳抵墙摆放，一端一条，搁上几块木板，再铺上草垫和席子，就是床了。

农忙结束的夏夜里，吃过晚饭后，这家那家的几条长凳摆到禾坪上，大人聚在一起，摇着蒲扇、说古道今，孩子们穿梭奔跑，或者捉迷藏，各有各的快意，却都是一场好戏。

与板凳有关的美好记忆还有在晒谷坪上看电影。那时，遇到老人办寿，或者孩子考大学等喜事，主家会借放电影把动静“闹”大，令喜悦在分享中感染更多的人。我们则会早早扛着几条条凳，帮家里人占一个靠前的好位子。

有时候，这条凳也会变成孩子们心目中的奔马，得闲时他们骑在上面“驾驾驾”，玩得不亦乐乎。

就是年底杀猪，长凳也不可或缺。四队的屠夫尤成先是搬出一条结实的长凳，摆在我们家前坪上，凳前方的地上摆着倒过来的饭甑盖子（里面放有盐和清水，用来接猪血），那把锋利的尖刀架在边缘。把猪赶出栏之后，尤成和大哥他们合力把猪提起，将猪身侧着紧压在长凳上，然后，白刀子进、红刀子出……

关键时刻，长凳还是一种防身的器械。不记得是在哪本书里读到，起源于新化的梅山武术，有一种独特的器械就是板凳，舞起来虎虎生风，凶狠有力。小时候，我曾见到湾村两个大人分别抓住长凳的腿脚，互相朝前顶和拗，以比试各自的臂力。

其实，在乡村，木凳的形制不止长凳这一种。一般还有矮凳、半高凳、宽板长凳。

矮凳一般是给小孩坐的，当然，姐姐或者母亲傍晚剁猪草时，也是用的这种凳子，重心低，方便做事；半高凳其实就是矮凳的升级版，大约与成人的膝盖同高，也是只能一个人坐，闲聊时坐者一般会架起二郎腿。记得上小学时学校缺凳，有些孩子要带着自家的半高凳去学校，由于怕丢失，只好每天带来带去，有时架在肩膀上当玩具，也挺有意思。

我们家唯一一条宽板长凳，应该有些年份了，厚实清凉，大体为暗红色，颜色有些脱落，围绕着灶台放置，炒菜时母亲往往把切菜的砧板、油瓶、盐瓶等临时放在上面，可谓烟火味十足。

在洪久坳，不管哪家哪户，家里办喜事前，就会满村去借八仙桌与长凳，否则，十几桌二十桌酒席的桌凳，光靠自家是凑不齐的——我认为，这种器物的共享，体现的是乡村里朴素而又实用的互助主义。为了归还方便，板凳桌子背面往往都用毛笔写着主人姓名，或者就是一个简单的字，威、勉、炎、秋……

八仙桌的标配就是四条长板凳，每条凳坐两人，八个人即凑满一桌。但逢红白喜事办宴席，宾客们围着八仙桌吃饭、喝酒，女眷们则劝菜、分菜，又或家长里短，现场气氛喜庆又喧闹；如遇老人仙逝，则气氛凝重，人人不苟言笑。

如今有些村庄，譬如太平里（九队）梁氏宗族多年前就集资建起了气派的祠堂，相应地置办了一些专门的八仙桌与长凳，这样办红白喜事就方便多了。

无论矮凳长凳，板凳都没有靠背之处。所以，人坐在上面是要“坐如钟”的。我不知道这是否“坐有坐相”之类传统理念在器物上的设定与体现。

板凳甘坐十年冷，文章不写半句空——这句耳熟能详的俗语，讲的其实关乎静气与定力。的确，不管哪一行，比到最后比的是专注力、韧性与“坐功”吧。

有人说，木头是有记忆的，带着太多的情感与生活气息，也会随着时间的流逝越来越浓郁。十多年前，东湖的老舅来长沙帮我打制电视柜、衣柜等家具。快完工时，他用剩余的边角料帮我钉了一张矮凳，现在应该还在油铺街的房子里。

（2021 年 12 月 15 日）

陀 螺

爱玩，应该是人的天性。再说了，会玩也是对智力发育的一种促进。不是经常有人说，不会玩的人，估计也不会聪明到哪里去吗？

记得孙犁先生在《乡里旧闻》里写过，“人的一生，真正的欢乐，在于童年。”是啊，童年之所以欢乐，或许在于简单又纯粹，烦恼也不是太多，尤其是有游戏或玩具来打发那些无聊的时光，哪怕有时是苦中作乐。

小时候在洪久坳，虽然花钱买玩具是不可能的，但这丝毫不影响我们的玩兴——除了小伙伴们一起玩游戏，还会自己做玩具，虽然这些自制的玩具样貌不精致，甚至有点粗陋，但是，有什么关系？能开心就行！

印象比较深的童时游戏，有斗牛、滚铁环、扔石子、弹玻璃球、甩纸板（老家话叫作“打麻拐”），还有折纸飞机、放风筝、打弹弓、玩链条枪、下五子棋等，当然，还有打陀螺。

要玩陀螺，先得自己做。都是先从家中灶屋里找一根没用的油茶树树蔸，用小钢锯锯下一截（长短自己控制，六七厘米或者十多厘米都行），再用镰刀慢慢削成圆锥体：顶部大体是用刀削平后在水泥地面上磨，直至磨成圆而光滑的样子，主体为圆柱形，脚部与地面接触点是削得很尖的、像铅笔一样的小锥形。

有时候家里找不到合适的茶树蔸，我们就会自己背着镰刀，去羊角仙或者大岭背这些山上，找那些已经枯死的油茶树，把树蔸给砍回来。

记得元成叔做的最牛，因为他制作的陀螺最底端会嵌入一粒钢珠，这样更加耐磨也更加光滑，抽打起来平稳、顺溜，转得也更快。这钢珠一般是废轴承里的钢珠，我们找不到这样的“高配”，所以，陀螺的底端小圆锥直接在地上转，转不长时间就磨没了尖，转得也不平稳。

为了转起来好看，大家都会用不同的颜色涂在陀螺的顶部或圆柱形侧面，至少画上几圈彩色线条，这样的话，转起来就非常炫目、好看。

做完了陀螺本身，工作只完成一半，还需要一根长两尺左右、抽陀螺用的鞭子。不过这个好办，从山里用柴刀砍一根细竹子，然后在顶端用细钢丝扎紧一根长长的烂布条或苎麻绳，就成了。

等大家都有了自制的陀螺，好戏就开场了。竞赛场地往往是在洪久坳湾村后背的水泥晒谷坪。大家在元成的号令之下，一字排开，然后，发陀！其实，比的就是谁的陀螺转得稳，持续时间长。当然，陀螺的大小、高矮，都会直接影响其对抗能力，反正我的陀螺在竞赛中，总是输多赢少，没关系，重在参与嘛。

特别紧张刺激的，是两个高手陀螺的对战。你看那两个飞转的陀螺，呼呼生风、慢慢彼此靠近，相撞的瞬间，似乎人的心脏被什么东西给揪了一下！瞬间的爆发，瞬间的分离，一种原始的动能让二者即刻又变得形同陌路。

其实，真正打好陀螺，并不是件简单的事儿。持陀、发陀和持鞭，哪一个环节都不能马虎，发动陀螺尤其需要点技巧。玩时人蹲下或弯着腰，先把鞭子上的细长布条密密环绕在陀螺身上（宁紧勿松），左手大拇指向下压住陀螺顶端平面，余下四指分抵陀螺两侧；右手则握住竹鞭的末端向右发力，同时左手松开，待陀螺顺时针旋转起来后，赶紧起身，挥鞭抽打陀螺的圆柱体部分，借助外力，它便越转越快。

其后，就是掌握好时机，不时地抽打陀螺底部，尤其是要准确，也要掌控好力度，否则一不小心，会把陀螺给抽飞起来，或者直接抽瘫在地。

抽陀螺一般都是顺时针旋转的，我们用右手抽打，得心应手。当时，我们挺羡慕左撇子抽陀螺，他们正好与我们反着来，很有意思。

在孩子们眼里，陀螺的价值和魅力在于旋转，否则，这陀螺便没有生气，更不能带来快乐与刺激。

有时候想，这陀螺也像人一样，需要不断地抽打，给予动力，才能奋力旋转，保持精彩；否则就会越转越慢，像个醉汉似的，摇摇晃晃，最终蔫倒在地。

陀螺

这陀螺也像人一样
需要不断地抽打
给予动力
才能奋力旋转
保持精彩

记得还玩过一种用手捻的“陀螺”，就是用牙签从底部插入一种圆圆的、带壳的山上摘的坚果，自然，要准确地插到圆心位置，否则转动时会失去平衡。然后，用食指与拇指一捻，立即落在课桌上，并飞快地转动起来，比试的也是谁的转得又快又稳，时间够长。对了，最极端的“陀螺”就是那小小的图钉，我们也是用同样的方法，让它尽可能久地在课桌上旋转。

俱往矣，转眼我们也快“奔五”了。儿子他们玩的大多是买的玩具，或者电子游戏，而打陀螺早已重回人们的视野。记得有几年，每次经过波隆立交桥时，会听到桥下小广场上传来清脆的“啪啪”声……我知道，那是一些“好动分子”在以打陀螺的方式健身，有老年人，也有中年人，他们正玩得不亦乐乎呢。

至于想得到一个陀螺的话，上电商平台输入关键词一搜，品种可多了，材质也非常丰富，隔几天就寄上门了。但我觉得，都不如自己制作的有趣，因为参与制作的过程本身，也许会有很多意外，却也多了更多乐趣。下次回洪久坳时，我要去找一个茶树蔸，再给自己做一个陀螺玩玩。或者，送给儿子也行。

时代一直在变，不变的是一颗游戏与贪玩的心。而且，人同此心，难道不是吗？

（2022 年 3 月 22 日）

后记｜每个人的故乡都是唯一

故乡是什么？

有人说，故乡就是你曾经拼尽全力想离开，却到底也离不开，又终其一生想回去，却怎么都回不去的地方；也有人说，每个人都在远离故乡，或在空间里，或在时间上，我们每个人都成了异乡人。

常常也问自己，故乡对我，意味着什么？

在我看来，故乡是根，是我们一生的起点，也是我们的精神胎记，总能给予一个人的灵魂以养分，譬如湘西之于沈从文，北京之于老舍，高密乡之于莫言……都是天长地久、深入骨髓的润泽与陶冶。记得刘亮程写过："故乡是一个人的羞涩处，也是一个人最大的隐秘，我把故乡隐藏在身后，单枪匹马去闯荡生活。"

故乡也是在渐渐远去，更无法重来的过往时光。那个生我养我的地方，轻易便拉长了很多美好时光，让人念念不忘。

不止一次有人问我，你为什么要写？

是啊，这个问题其实我也曾多次抛给自己。或许，可以用两句话来定性：为卑微者立传，为平凡地纪实。

洪久坳只是湘南耒阳一个普通的小湾村，借助于手机软件，我轻易地获得了它的具体方位：北纬 26° 23′ 7″，东经 112° 52′ 36″。在各类电子地图以及家门口的小门牌上，只有"红九坳"的表述。可是在所有的文字里，我均偏执地改其为"洪久坳"。

我总感觉，那些早年的乡土经历，不写下来，就会渐渐遗忘，更对不起在洪久坳的那十七年时光。包括父母家人在内的洪久坳乡邻，都是极为平凡之人，我不写，他们就没有机会见诸文字，而在文字中，他们的名字、身影、人格等都将得到留存，不啻重又复活。

前些年，有些人大肆鼓吹所谓“故乡在沦陷”，对此我不敢苟同。我认为，只要你心里有她，还时时刻刻牵挂着她，故乡就依然充满生机与希望。

每个人在这个世上走一遭，所有的经历与体验，都是唯一的、无法替代的。我的书写，从长远来看，也是大时代的一个小注脚。

若是从1990年去湘潭上大学算起，离开洪久坳快三十三年了。从那年起，每年在外的时间越来越长，回到故乡的时间却越来越短。一开始是寒暑假，后来是匆匆的春节或者休假；老婆怀孕那一年，我们甚至没有回老家。

半生在城市，半生在乡村；大半在他乡，偶尔回故乡；醒时在此处，梦里在那头——这便是我的人生简史。可是，这又不仅仅是我一个人的简史。大凡从乡村进城的第一代，大体皆与我类似。

这些拙朴却真诚的文字，我是怎么慢慢写成的?

如果我说，这些文字断断续续写了二十多年，也许没有多少人会相信。我得承认，自己写东西很慢，因为，我才华平庸，从不奢望倚马可待，下笔千言。我只是一个平凡的写作者，在工作之余，慢慢回忆，细细构思，再奋力找到最合适的文字与表达。

有些文字，一直在内心酝酿，甚至几年才完成；有时候写不下去，我就放下，隔了几年，突然有了感觉，才一挥而就。

最初，我并没有完整的写作计划，而是边写边有新想法，并不断修正方向，最终成为目前呈现的结构。

为了写，我大量读。这些年来，关于乡土或故乡书写的书籍，我读过不少。

为了写，我不断地聊天、打探，以获取那些不曾经历与体验的手艺及素材。

四十岁那年，我自己编校、印行了一个小册子《忽然肆拾》，内容不怎么样，书名还算满意。里面关于“故土”的有十三篇，就是我书写洪久坳的肇始。在新闻行业打拼二十年之际，我出版了《一个新闻人的核心素养》。转眼四年过去，2023 年我将迎来天命之年，本书的出版，是我人生中又一个节点。

这本书，首先献给父母。他们给了我生命，支持我向上；在为人处世上亲身示范，在面对苦难时坚毅担当。没有他们，就没有我，和我的现在。

此书也献给自己的青少年时代——虽然曾经困窘，虽然一路艰辛，但经由写作本身，我其实重新活了一次。这双重的人生体验，令人格外充实，也值得长久珍惜。

还献给与我一样的“70 后”。那个相对匮乏的时代，幸与不幸，甘苦自知。但是那些“一起走过的日子”，就是一辈子开掘不断、享用不尽的财富。每个人都有自己的故事，我也希望，你能为自己书写。

感谢拨冗为拙著写序或者推荐的友朋，他们是王云飞、叶立文、龚向前、王朝晖、黄灯等诸位学养深厚、低调谦和的高校学者及作家。他们的溢美与加持令人受宠若惊，也让我对自己肤浅的书写多了些自信。

感谢我优秀的同事、美术编辑何朝霞，她在繁忙的工作之余，为本书手绘了二十七幅插画。这些插画，无论构图、气质还是调性，都是匠心独具，令人欢喜。

感谢协助本书出版的、湖南云上雅集文化传播有限公司负责人张立云老师。我记得，是2022 年春分前一天，通过朋友介绍得以与他相识，我们年纪相仿，也挺投缘。于是，有了这本书的顺利出版，当然，也得到他的不少专业指点。

本书部分文字曾在《广州日报》《长沙晚报》《郴州日报》《常德晚报》等纸媒的副刊类版面发表过。在此，对于各位编辑老师的指教一并表示感谢，他们的指导与鼓励，让我知道了文字的真实、平白、简练是一种追求，更是一种美德。

感谢我的爱人湘菊和儿子悦翔。书中不少文字，我是利用周末窝在办公室完成的，这自然离不开她的理解与支持；而儿子也是我书写的动力之一，我想把自己的经历与故事讲给他听，冀望以此告诉他，通过自己的努力，一个人有着怎样的可能性；而每个人的人生，终归是一场长跑，只能始终向前，坚持再坚持。

有些文章，如今重读时有一些新的念想。但是，我不去改动，因为，作品一经问世，就有了它自身的命运，再改就不是某时某刻原初的心绪了。每篇文章的结尾处，我均顽强地留下写作的时间刻度，是想保持一种对历史负责的敬畏与姿态。

沈从文先生曾经说过，“我的一生最怕是闲，一闲就把生命的意义全失去了。”我深为认同这个观点，这本书，或许算是为先生的这句话，增添一个注解吧。

就像人的出生无法选择一样，一个人的故乡也是没法选择的。而且，每个人的故乡都是唯一，像影子一般跟随你一生，终生都甩不掉，刻在你的脑海里，流连在你的口语和你所写下的文字里。

对于出生在小山村洪久坳，我也许自卑过，但从来不后悔、不纠结，只会在余下的人生，不断用回忆去重温与重构——从此，我不再惧怕故乡老去；从此，我可以在纸上随时重返故乡。

（2022年4月28日）